格納庫の並ぶ湾岸の陽溜りに、きみは生れた。
海峡ゆずりの切れ長の瞳。島々を点綴する潮の髪。灼けた頬。
ときにもつれる柔かい脚。
——『胡桃の戦意のために』から

目次

造本　平出隆

私のティーアガルテン行

I

世界へ踏み込む少年

ティーアガルテンというのは、Tiergarten を片仮名にしたもので、ドイツ語の簡単な辞書を手許で引くと、「動物園」の意味と「猟場」の意味とがある。

Tier と Garten とを、ドイツ語らしく単純連結させた語である。私にはこの二つの元の語の、どちらからも好ましい響きがやって来る。とくに Tier を「ティーア」と日本語表記するとき、好ましい。鷗外がしたように、訳語については「獣苑」をあてれば、「動物園」の意味も「猟場」の意味も、二重に表わすことができそうだが、どうだろうか。

私がベルリンに一年だけ住んでいたのは一九九八年五月から九九年五月までのことで、いわば二十世紀の最後の日々だった。西南部の茫々たる緑に紛れる屋根裏階の簡素な住まいだった。或る日のこと、東京の友人から電話があって、ティーアガルテンの話になった。聞いていると、どうもベルリン動物園のことをいっているらしい。この動物園は、それよりはるかに広いティーアガルテンの西南に隣接している。

ベルリンには東西にわたり二つの動物園があるが、旧西ドイツ地区にあるそれは、ツォーロギッシャーガルテン、略してツォーと呼ばれ、旧東ドイツ地区にあるもうひとつはティーアパルクと呼ばれる。ベルリンでTiergartenといえば、市の中央にある広大な公園のことである。ニューヨークならばセントラルパーク、ロンドンならばハイドパークにあたるだろう。ちなみに東西に分れていた時代、この大ティーアガルテンは西ドイツの側に属した。

公園を東西に貫く六月十七日街を東へ行くと、ベルリンのシンボルともいわれる、女神ヴィクトリアが駆る四頭立ての馬車を天辺に戴くブランデンブルク門に至る。反対に西へ行くと、南寄りの地区に、そのツォーが隣接している。隣接していることが、公園と動物園を混同させる要因にもなっているだろう。

さてこの大公園がなぜティーアガルテンの名で呼ばれるかというと、かつて王家のための「猟場」であったかららしい。

私が電話口でその勘違いを正すと、相手は少し動揺したようだった。ドイツ語とドイツ文学に精通し、ベルリンに滞在したこともあり、そこの動物園駅周辺のことも、翻訳やエッセイの筆にしたことのある人だからなおさらであったろう。こんな話をするのは、Tierの語に、あらかじめより広い意味を示しておきたいがため、とお恕し願いたい。

これから私が書こうとしているのは、ベルリンのあの広大な都市の広大な緑地そのもののことではない。気ままな筆の赴くところを自分で予測していえば、ここでいう「私のティーアガルテン」とは、ベルリンのティーアガルテンを思うたびに蘇るさまざまな私の過去の、次元は異なるが類似した空間、それらを想起の順に打ち重ねたものかと思える。

つまり、「動物園」のことか、と聞かれれば、そうではないし、「猟場」のことか、といわれれば、猟の話でもない、と断りを入れたい。

ただ、かつて「猟場」であった広大な緑地が、大都市の市民の憩いのための場所になっている。その傍らにたまたまというべきか、「動物園」もある。そう考えると、これは二つの意味が併存しているだけではなく、「猟場」と「動物園」という対照的でありながら、繋がりまた捩《よじ》れたような関係や、加えて人工的な公園緑地における人間の生存のための「自然」といった、少なくとも三つの位相が絡んでいることにも気づかされる。場所というのは時代の推移とともに、でたらめに大掛りな変化を被《こうむ》るものであって、人間の意思によってはとても統御しえないものらしい。だから、かつてここになにがあったか、ということを私たちは持続的に考えることができない。また、そんなことを考えつづけていては生きていけないし、考える必要もない。だが、私たちは時として、「なにもなくなった」ということの前に立ち尽すことがある。あるいは、なんでもないような地点に差し掛りながらここは別の場所とはなにかがちがう、ということを、不意に感知してしまうことがある。

私がはじめてベルリンのティーアガルテンに足を踏み入れたのは、まだ壁の時代の一九八八年十月のことだった。アムステルダムに長逗留しているとき、東京で知り合った、ベルリンに永く住んでいるオランダ人画家に再会し、強く勧められて、まったく予定になかった二泊三日のベルリン行を決断した。夜に着いて、若者が夜中まで騒いでいる奇妙に荒廃したホテルに泊った。

翌日はチェックポイント・チャーリーの陰険な検問を通過して、東ベルリンに入った。ところどころに瓦礫が山と積まれたフリードリヒ街を恐る恐る抜けて、ペルガモン博物館で古代の大祭壇などを観てから、食料品店に入った。パンと葡萄酒を買って小金を落とす義務を果すと、西側に戻り、ティーアガルテンの方を指して歩いた。

広大な緑の区域の東から入ったわけだが、六月十七日街の北向うに、すなわち東との境らしい石段の高みに、壁を背景に脅威の権化として飼い馴らされている獣を見た。ソヴィエト国旗の下、ソヴィエト兵が銃を手に微動だにしないでいる、その傍らの軍用犬である。じっと見据えてくる。つねに攻撃の態勢をとっているらしい。

逃れるようにしてそれからまた、私はティーアガルテンを、その広大さの中心の方へ歩いていった。人の気配がなかったが、ソヴィエト連邦の猟師と猟犬に恐れをなしたあとでは、それで治安上の恐怖を感じるというものではなかった。そこはどこまで行っても中心に届かない、と思える透明な広さだった。

緑に溺れ込んだ小径を必死で辿る体《てい》の散策の中、やがて、かつては日本大使館だったらしい、荘重ながら半ば廃墟と化した石造の建物に出くわした。そこにも人影はなく、建物外壁のあちらこちらには大戦時の銃弾の跡が残されていた。玄関に至る階段の両脇には、二頭の狛犬が据えられていた。そのときは気づかなかったが、それが建っていたのはヒロシマ街という通りだった。

だが地図を頼りに歩いていくうちに、思いあたる界隈が浮んできた。それは、ヴァルター・ベンヤミンの『ベルリンの幼年時代』という本をくり返し読んでいたことによって、私の中にイメージとして生れていた界隈だった。はじめて読んだのは、おそらく一九八一、二年のことだった。

私はうろ覚えに、フリードリヒ・ヴィルヘルム三世と王妃ルイーゼ、と呟いたようだ。子供のベンヤミンが出くわしたように、円形の台座があって、そこに立つ二人が緑の迷路の中に浮び上がるはずだ。しかし、あてずっぽうの散策はその大事な像には出会うことがないまま、ティーアガルテンの東部を南へ抜け、ベンヤミンの生れ育った界隈へ入った。

ベンヤミンは一八九二年にベルリンのマクデブルク広場に生れた。そこはティーアガルテンの東南部を限るラントヴェーア運河を渡ったあたりだった。私はいくつかの記憶の地名だけを頼りに地図を探り、南へ歩き、広場を指した。

「一九〇〇年前後のベルリンにおける幼年時代」、略して「ベルリンの幼年時代」という文章の中で、子供のベンヤミンは私のこのときの歩みとは反対の方向をとって北へ、マクデブルク広場の自分の家から川を渡り、広大な公園に入っていった、ということになるだろう。

一人の少年がこの川を渡って大公園に入る、という感覚が、読後から今日まで、私の中で特別なものとして保存され、ときに再生されてきた。それはなぜだろうか。おそらくだれにあっても、世界へ踏み込むという感覚は深いところに潜んでいるからであろう。

ところで、世界という迷宮に入る者を守ってくれるのは、あらかじめ迷路を出るための糸玉を与えてくれるアリアドネーである。「ベルリンの幼年時代」にこんな一節がある。

この迷宮にもアリアドネーがいないわけではなかった。そこへ行く道はベンドラー橋を渡ってゆき、この橋のやわらかに彎曲する路面が、わたしには最初の丘の斜面となった。そのたもとからほど遠くないところに、めざすものがあったのだ。フリードリヒ・ヴィルヘルム王と王妃ルイーゼである。円形の台座のうえに、花壇のあいだから聳え立つこのふたりは、一筋の水路が足もとの砂地に描いた魔法の曲線によって呪縛されているかのようであった。

「ベルリンの幼年時代」にはふしぎなことに、双子の片割れのようなテクストとして、「ベルリン年代記」というものがある。同じくみずからの幼少期を回顧する文章にもかかわらず、その書きかたも調子もずいぶんと異なっている。「幼年時代」のほうは短いテクストの三十ほどの集積なのに対して、「年代記」は中断をふくみながらもひと続きのものである。「年代記」を書いたのちに「幼年時代」を書いたということであるが、草稿と完成稿という関係ではない。二つはあまりにも文章として姿がちがう。姿はちがうが、至るところに同じ記憶の内容が語られている。つまり「ベルリン年代記」をいちど書き尽して、次に別様のスタイルで「一九〇〇年前後のベルリンにおける幼年時代」として同じ主題を扱おうとしたということらしい。以下は「ベルリン年代記」におけるアリアドネーの一節である。

ティーアガルテンへ行く道は、ヘーラクレース橋を渡ってゆき、橋のやわらかに下降する両側の路面は、たぶん子どもが馴染みとなった最初の丘の斜面《フランケン》であったろう——子どもの頭上に聳える美しい石造の獅子の脇腹《フランケン》という徴《しる》しをとって。だが、ベンドラー街のはずれでは迷宮がはじまっていて、そこにはアリアドネーもいないわけではなかった。つまりそれは、フリードリヒ・ヴィルヘルム三世と王妃ルイーゼの像をめぐる迷宮であって、絵を彫り込んだアンピール式の台座のうえに花壇のまんなかからそそり立つふたりは、細い水路《カナル》が砂地に描く魔法の筆触によって石化されたかのようであった。

この二つのテクストを比較することは大変に興味深いことである。別の橋を渡りながら、同じ場所に近づこうとしているこれらの二つの文章が、ちがいながらも近似し、渾然としていることを味わっていただきたい。

たとえば、ベンドラー橋は小さく、その湾曲はじつにささやかなものである。この湾曲を蹠《あしうら》に感覚した自分自身について彼が後年、「わたしは」と書くか「子どもは」と書くかは、最初の大きな岐れ路であったろう。一人称で書くところを三人称に変えることで、カフカは文学の中へ入っていった、と書いた批評家がいる。しかしベンヤミンのこの場合は逆に、三人称で書いたところを一人称に変えることで文学的経験の中へ入っていった、といえそうである。

ともあれ、四十歳になるこの思想家によって、ティーアガルテンのひとつの区域こそは、自分の生涯を形づくったおおもとの迷宮である、ということが書かれた。

一九三二年の夏、「ベルリン年代記」は一気に書かれ、「ベルリンの幼年時代」のほうは、三二年から三八年にかけて、一篇ないし数篇ずつ、断続的に、主として新聞に発表されたという。

双方において、数ある記憶の場所の中で特別視をくり返されているティーアガルテンとはなにか。或る子供が自宅近くの境界を越えて、広大な土地に踏み入っていき、そこで、最初の迷路を感じ取る。この感覚の記憶が、のちに大人となった精神にとって、「ティーアガルテン」を迷路の原型と見定めさせたものらしい。

一九八八年の私の訪問は十月だったので、たちまちに日は暮れた。私がマクデブルク広場界隈を歩いたときは、もう日は沈んでいた。

それから一年後、思いもしない世界の変貌があった。ベルリンの壁が壊されたのである。

その後、壁の壊された余韻もあらたなベルリンを、あわただしく再訪する旅もあったが、ティーアガルテンに踏み入る余裕はなかった。その機会が訪れたのは十年後である。サバティカル（大学教員の一年間の自由研究休暇）という思わぬかたちで、希望してベルリンに居住することになった。それはもう壁の崩れ去った時代であり、つまりはあの軍用犬も消え去った時代である。そうして私はさほどの緊張もなく、ふたたびあの界隈へ近づくことができた。しかしそれは、まるでもう、別の界隈であった。

この一年居住の初めのときは、ベンヤミンの生家の方から歩みはじめ、北行してベンドラー橋を渡ったものである。橋を渡るとき、足の裏に感じる「最初の丘」とはなにを指したものか、実感として分った。

しかし、私はこのときも、日本大使館に辿りつきはしても、「フリードリヒ・ヴィルヘルム三世と王妃ルイーゼの像をめぐる迷宮」とはすれちがってしまった。整備されはじめたヒロシマ街を抜けて、このたびも旧日本大使館あたりに出てしまったのである。私が意識して「フリードリヒ・ヴィルヘルム三世と王妃ルイーゼ」に出会えたのは、帰国する直前のことだった。

さて、私はこんな彷徨の中で、なにをしているのだろうか。あるいは、だれもが行なう普遍的な観光の一種にすぎないかとも考えられるが、どうもちがう。

これまでも、対象をベンヤミンにかぎらず、私は他者の歩いた、あるいは住まった、あるいは生きた跡を、内心、まるで猟犬になったように嗅ぎ歩いたものだ。しかし、その歩行のさなか、私の中に、主《あるじ》である猟師がいたかどうかが分らない。いや、それを「猟」と見なすには、あまりにも相手に親和を求めるものでありすぎただろう。それでも、それはその一人に対する親和とばかりは思えない。どうやら、場所に飢え、場所を求め、場所を狩るというような感覚があるらしい。そこに理想の知己としての一人の対象への急接近がかさなってくる。

ベンヤミンは前述した「ベルリン年代記」の中で、知り合いの原型《ウーア・ベカントシャフト》という概念を考えるに至ったことを語っている。

幾人もの貴重な知り合いによって生涯の迷路が築かれていくと、やがて知り合いの一人一人がその迷路のいくつもの入口となる、というものである。たしかに私もまた、自分にとって特別な存在と思える過去の精神に魅入られ、いまは死者となっている人々の痕跡をあちらこちらに探し歩いてきたが、その一人一人が、私の生涯という迷路の、いくつもの入口となっていくのかもしれない。私がここに書きついでみたいのは、そんな貴重な死者たち、先行者たちのお蔭でできてきた、わが迷宮のいくつもの入口の部分についてである。

主なき猟犬なのか、獲物として終るただの生命体なのか分らぬ「私」という動物《ティーア》が、どのようにして、優れた精神に焦がれて歩いていったのか、その果てにどのような迷路と出会い、みずからも迷路を築いていったのか、ということを、まずは世界へ踏み込む少年の感覚とともに、自分自身に明らかにしてみたいのである。

はじめての本づくり

京都のギャラリーで、少年時代の親友と待ち合せることになった。私の装幀し造本した書籍の展示がはじまる前日のことである。

東京で準備をしているあいだに、あれもギャラリーの隅に置いてみたら面白いのではないか、と思いついたのがきっかけだった。京都で長く高校の先生を務めてきた友は、なぜか同窓会を苦手とするらしい。大学時代にはそれなりにあった往き来もなくなって、つきあいは絶えていた。同窓会名簿から番号を探し出して、はじめて彼の家庭へ電話をかけた。

あれ、というのは中学時代に私がこしらえて、友人に示し、そのまま贈ったもので、いってしまえば、本である。

本といっても文庫サイズの小さな薄いもので、しかも本文も表紙もすべて手書きである。内容は私自身の書いたエッセイで、「除夜」と題されている。文庫サイズのスパイラル式のノートブックから、スパイラルリングだけを取り除き、堅い表紙と本文の綴じ穴のところをホッチキスかなにかで留めなおしたことを憶えていた。それから表紙に題や著者名などを書いて体裁をととのえ、帯を巻いてグラシン紙をかけた。グラシン紙は岩波文庫の薄い一冊から取り外し、流用した。

この京都での展示ということから説明しなくてはならない。《via wwalnuts 叢書》という名の下に、自分ひとりの媒体を持続的に刊行することを構想し、二〇〇七年に私は、ホームページで告知した。ということは、さらに数年前から、そんなことを計画しはじめていたのだろう。告知から三年、二〇一〇年十月にようやく創刊に漕ぎつけたのだが、これも中学時代のものと同じく、手づくりの本であった。

本といっても、それが封筒に入っている。封筒はグレーの薄紙が内貼りされているドイツ製の二重封筒である。切手と宛名を添えれば、そのまま郵便物にもなる。とはいっても、細かなことをいうようだが、本が封筒に入っているのではない。そうではなくて、封筒が表紙になっている本、あるいは表紙が封筒状になっている本というべきか。郵便ポストや郵便受けに入るときも、それは包まれていない裸の本として入る。郵便局員はいわば、その本の表紙の上にじかに消印を押すのである。彼は装幀の仕上げを行なってくれるようだ。

本文はわずかに八ページである。ホッチキスも糸もつかわずに、袋綴じのような特殊な製本をしている。二枚の長い紙にそれぞれスリットを入れ、観音開き状態に折った二枚同士を嚙み合せている。袋状の部分は広げることができ、裏表に印刷をすれば十六ページにも仕立てられる。

封緘するときには、ほぼ真四角の小さなシールで留める。そこにはＩＳＢＮ（国際標準図書番号）をふくむ日本図書コードと、それを組み入れた書籍ＪＡＮコードというバーコードが示されている。このシールの効力によって、たとえばネット書店Amazonへの委託販売が可能になる。私から郵便物として読者の家に届くというのが基本だが、一般のネット販売の本のように、段ボールの小箱に梱包されて、切手、消印、サインのない無垢のまま、という配送方式もとれる。

印刷はインクジェット印刷機による。家庭用より少し上位の、九色構成のプロ仕様の機種で、ここ数年の急速な進化だろう、精度は高い。InDesignなる、これも精緻な組版能力を極めつつあるＤＴＰソフトを用いて、版面のレイアウトから製版まで行ない、印刷・製本も自分の身のまわりでやり通す。まだつかいこなすまで至っていないのはInDesignで、それを習熟したい若い人たちに助けてもらう。彼らも手探りで学びながら、活版育ちの私のレイアウトやデザインの、そして物書きとしてのテキストへの度重なる推敲の、細かい一方でかなりにアナログな指示に応えてくれる。

初刷りは四十部で、定価は七百七十七円である。注文があれば、十部単位で刷り増しする。手伝いの態勢はできているので、儲けもしなければ草臥《くたび》れてやめることもないはずである。やがて、私ひとりで制作できるようになるはずだ。

この叢書は、創刊から一年ほどのうちに九冊を刊行した。形態が珍らしいためだろう、第一回配本のものは、ここまでで五十七刷、七百七十部を刷った。とはいえ、わずか七百である。返品がないので心理的に安寧だというにすぎない。私は数に遊ぶところがあり、各冊、七百七十七部に達したら絶版にすることと決めている。

六十歳になる秋に刊行したこの叢書で、ようやく自分の手探りしてきた形態に触れえた。ようやくというのは、中学以来、数十部から五百部までのマイナープレスの雑誌をつくっては廃刊にしてきたからである。中学時代はガリ版刷り、高校時代はタイプ印刷、受験浪人時代と大学時代はタイプオフセット印刷、大学時代から卒業後までは活版印刷だった。私の用いた印刷技術の推移は一九六〇年代から九〇年代にかけて、という時代のことになる。学級の雑誌、同人雑誌、依頼して原稿料も支払う、脱同人雑誌を意識したもの、「草稿集」と呼んで草稿のままを活字にして発表する媒体、と形態もそのつど変った。

九〇年代に入ったところで、三人の詩友とあたらしい雑誌「stylus」をはじめたことについては、技術革新の小さな恩恵を得ようとした節がある。格好をつけて呼べば、ゼログラフィという印刷方式だった。ゼロックスコピー機を使用して印刷することを指す用語である。

「stylus」の創刊はワードプロセッサの専用機が普及した時期で、ワープロ文字で組みあげた版下を、自分の家に据え置いたコピー機にかけるという方式だった。印刷所に持ち込まずに制作できるようになったという意味で、ひとつのエポックではあった。しかし、小さな技術革新に依拠した場合、その技術があたらしいそれに取って代られた直後に、躓きが来る。ワープロ専用機をつかう時代から、パーソナルコンピュータ上でワードプロセッサをつかう時代へ移りはじめたとき、四人の技術進化に遅速が生じた。ファイル形式の差異という些細なことが、そのときの躓きだった。

いつも些細ななにかに躓いて、私の試みてきたこれらのメディアは終った。私はいつからか、理由を点

雷滴　その拾遺
雷滴　その拾遺
平出隆

検するようになり、いくつかの一般的な原理を得ようとした。廃刊をくり返さないために、躓きの要素をあらかじめ排除しなければ、と思うからである。

一、刊行の基本はひとりの営みとする。

一、技術革新によって必ずやもたらされる翻弄を、あらかじめ長期的に見越しておく。

一、労力と資力の関係を精密につくり、薄利の確保のみに甘んじ、下部構造から破綻しないようにする。

一、読者を最少の数、最良の質に見定める。それ以上の数を求めず、それ以下の質に妥協しない。

一、つくっていて無駄がなく、飽きない形態とする。

まあ、こんな感じのところだろうか。

著者としても編集者としても、小出版や小文壇を経験してきた。そんな私のこの叢書は、時代への絶望を通じて生み出されたものなので、形はおのずから、背水の陣という風情になっている。どこのメディアからの誘いがなくとも書いていけるものとして考えられた。電子書籍などの攻勢に遭っても揺るがない、極小の拠りどころとして設計された。

さて、中学時代の友人とは、まず電話で話した。

「なんの用事やろうかと思った。あれなら、あると思う。このあいだ引っ越しをする前、たしかに見たので。うん、たぶん見つかると思うよ」

小さなガラス珠がころがっているみたいな、少年時代の声とあまり変りないように聞えた。

そこからのやりとりは、主に携帯メールをつかった。

「了解、では、うちでなつかしの作品を探します」

そんな文字を小さな液晶画面に読んだとき、にわかに少年時代の彼のことばを、聡明で洒脱な応答ぶりとともに思い出した。「なつかしの作品」か。あのころのやりとりは手紙か葉書だった。私以上に優柔不断という印象が残っていたのに、その記憶の彼方から、返しのことばの、むしろいつも鮮やかだったことが浮んできたのである。

二人ともクラスではおとなしい部類に属したと思う。しかし、いつからか親しくなると、私信のほうで饒舌だった。二人を繋いだものは数学だった。より正確には数学史上の逸話だった。私たちは本で読んだ数学者の逸話を共有すると、その中の人物の口跡を模倣する喜びに浸っていった。

たとえば、次のような一節を真似るのであった。


僕の発見した諸定理の真偽に関してではなく、その重要性に関してガウスとヤコービの意見を公的に求めてくれ給え。いつかはこのなぐり書きを判読して得る所のある人が現われることを期待する。

これは遠山啓『無限と連続』の冒頭近くに読んだ。数学者エヴァリスト・ガロアが、決闘による死の前夜、親友の一人に宛てた走り書きの一節だった。

また、弟に宛てての手紙には、次のような一節がある。


弟よ、泣くな。二十才で死ぬために、僕にはありたけの勇気が必要なのだから。


友人と私はこの『無限と連続』の冒頭を共有し、こうした手紙の模倣を行なうようになった。実際に手紙を、このような調子で書き送りあったのである。学校に行けば顔を合せるのに、あるいは電車で停車場を三つも行けば訪問できるのに、私たちは郵便を用いることに面白みを覚えていた。

文面は、子供らしい、抑制の利かない模倣であったろうと思われる。但し、そのような手紙が、私の文学のはじまりだったかもしれない、とは、いまにして思えることである。そのころ、まだ詩にめざめてはいなかった。けれども、数学者たちの生涯や発見やそれを伝えようとすることばに、なにかを見出しつつはあったようだ。いまも手許にある『無限と連続』の扉には、「1965. 1. 5.」と、購入日が鉛筆書きされている。

「除夜」という文章は、おそらくその五日前の、つまり一九六四年の除夜に構想されたものだったろう。私は中学二年生で、十一月に十四歳になったところだった。冬休みの宿題だったかもしれない。

文章の中身は、数学者たちの発見の価値を称揚したもの、という記憶がある。国語の先生二人に、えらく褒められた記憶もある。そのうちの一人であった鳥山晴代先生は、「科学は詩であり、詩は科学である」

除夜

ということばを、作文の余白に書きつけてくださった。

京都のギャラリーには、私の試みを日頃から助けてくれる若い人たちも集合してくれた。東京で準備をしてきたとはいえ、明るい夕方から夜までに、空間をしつらえねばならない。各種の本や雑誌のほかに、映像やインスタレーションをととのえねばならず、大急ぎの仕事になる。幸い、私のまわりにいるのは美術大学で展示を経験している者たちばかりなので頼もしい。中には大学院を修了した建築家の卵もいて、彼は工具と後輩たちを自動車に載せて上洛してくれた。

旧友と落ち合ったギャラリーは、河原町通りを四条から下がったところにある。昔は銀行だったという古い趣きのビルの五階に、子供の本の専門店として知られる書店があり、その店に隣接して付属のギャラリーの小部屋がある。東京から送っていた段ボール箱を次々とほどいていると、旧友がやって来た。笑いながら『除夜』を手渡してくる。すでにこの再会の件を話していたので、荷解きの作業をやめて、若い衆が集まってきた。

「ガロア社の山路さんです」

みんなに紹介すると、自分の記憶に一驚したか、本人が揺らめいた。懐かしい友への、私なりの奇襲の挨拶である。

『除夜』は逆徒書房という名の出版社が刊行している。なんと泥臭い名前だろう。「逆徒」は大逆事件の弁護士で、石川啄木や森鷗外とも交流があり、みずから歌人でもあった平出修の小説の題名である。当時私は、刊行されたばかりの部厚い『定本 平出修集』を、たんに同姓にこんな人がいたのかという関心から手に入れて、少しずつ読みはじめていた。

おそらく、いつものように手紙を書いて、逆徒書房の設立と逆徒文庫の刊行の趣旨を、友に大仰に予告したはずである。そのとき向うから返ってきた文面の一節を鮮やかに憶えている――「ガロア社というのはどうでしょう」。

このとき、中学生の私は一撃をくらったようになった。なぜ、このような語感が自分にやって来なかったのだろう。なぜ、「逆徒書房」なんだろう。私は対岸に憧れの瀟洒な社屋を眺めるようだった。

六十歳になった山路君が置いていったのは『除夜』のほかにも学級雑誌の何冊かがあり、その中には私の「水の記憶」という、自分でガリ版を切った刷りものもあった。

集まった若い人たちはみな本好きだから、私が見るのではなく、彼らが代る代る手に取る。そのとき私は、自作の本を遠目に一瞥して、記憶とのあいだにずれがあることに気づいた。

ままごとのような自画自讃の帯があるのだが、惹句が記憶よりさらに大袈裟なのである。表紙を開くと、グラシンの袖がかかるところに、顔写真が貼られている。顔写真の下には「十四歳の平出」とある。こんなことまでしているとは思わなかった。『大人は判ってくれない』の少年みたい、と女子学生の一人がはしゃいだ。私は久しぶりに、顔から火が出る思いだった。

こんなものだとは思わなかった、というのは、写真ばかりではなくその先である。本文は三十ページある。「除夜」なるエッセイはようやくその半分までで、その後ろ半分は水野魚骨なる架空の人物による

「解説」である。

その日は突貫工事で、夜中の一時半に展示準備を終えた。開展した翌日夕方には、お寺の本堂で小さな講演を行なった。私は会場のガラスケースからひととき『除夜』を持ち出して、話題に供した。四十人ほどの人が回し読みをしはじめた。みなくすくす笑っている。たぶん、「解説」の大仰な讃辞の連続や、次のようなあたりを見てのことだろう――「なお、『除夜』及び『平出隆』についてのさらに詳しい解説は、逆徒書房から近日出版を予定されている『平出隆全集・第一巻』を御覧願いたい」。

あとになって奥付を見て気づいたことには、私のこのはじめての本づくりは、一九六六年一月十五日の日付で、作文をしてから一年が経っているのだった。

数学者たちの「無限」を感じ取って文章にしてから、自画自讃の解説を添えて造本するまでに、私は十四歳から十五歳になった。その一年で、「数学」から「文学」の方へ、「科学」から「詩」の方へ、軸足を移していったものらしい。

「世界へ踏み込む少年」は、十四歳の私だったのか、十五歳の私だったのか。ともあれ、そこからは少しも進歩というものがないらしい。そればかりか、同じことをくり返しやって来たものらしい。本堂での小講演でそう語ると、ギャラリーで私の造本歴を一覧してきただろう人々は、またくすくす笑っていた。

そうだったか、と私は聞き手の指摘してくれた或ることばに膝を打った。逆徒文庫の「解説」の中で「近日出版」を予告されている「全集」は、四十五年後の《via wwalnuts 叢書》のことだったのか。

詩のつもりではなかったこと

中学時代の親友と久しぶりに落ち合った話が、もう少しつづく。私が造本した、書籍と呼べるのにそのままで郵便物であり、そのために通常の本とは言い切れない、そんな刊行物を展示しようとする、そこは小さなギャラリーだった。

展示の準備のため、開催日の前日、京都は河原町に近い、古い時代に銀行として建てられたビルを訪れた午後である。久しぶりに会う友人は、ママゴトのようにして私がはじめて造った「本」の、永年の所蔵者であった。

そのとき、個展会場に集まってくれていた七、八人は、いまの私の本づくりの奇妙さに気づいている奇特な人たちばかりだった。まずは、この展覧会を思いついてくれた、お坊さんになった古書通の教え子。その後輩である、本好きの学生たち。さらには、いつのまにか親しくなっていた、こちらも大変な書物通の女性が二人。

中学時代の親友は、はじめて目のあたりにする私の現在の交友関係を見届けようとするような、または見ないで過そうとするような、そんな曖昧さで幾人かと挨拶を交わすと、私にその小さな本を差し出した。前章に詳しく書いた『除夜』である。私がすぐにまわりにいた人たちに回覧すると、彼らは手に取って笑った。小さな本のまわりに人の輪ができた。

彼はまた、ガリ版を切って綴じられた幾冊かの文集も持ってきてくれた。中に、抜き刷りのようになってホッチキスで留められているものを見て私は笑った。「水の記憶」と題されているその数ページの束だけが、ミューズコットンの表紙で平綴じされた雑誌に挟み込まれている。中学三年時のクラス雑誌「沙羅の樹」である。編集担当のくせに私の原稿が遅すぎて、製本係が待てなかったのだ。三つ子の魂、というべきか、早熟にもというべきか、当時から筆が遅かったのである。

ところで、親友はそのとき、私にだけ話しかけて、こっそり別のものを手渡してきた。それは封筒に入った幾枚かの紙片だった。そして、とくにこう言い添えたものである。

「これは、見せんほうがええと思う」

私は訝りながら、それを取り出してちょっと覗いたが、あとでゆっくり、と鞄に仕舞い、展示の準備をするギャラリーの時間へ戻った。「見せんほうが」とは、この人たちに、ということであろう。ギャラリーで展示するなどはいわずもがな、というニュアンスもあった。

その紙片には、むろん、見覚えがあった。

わざと崩したとはいえ、落ち着きのない、垂れ流しのペンの運びである。相手に対する甘えのようなものが滲み出ている。いやだなあ、と私は私の少年をふり返った。その中身は、数学的宇宙の構造とその発見方法のはずである。だが、あくまでもママゴトであり、それゆえに「見せんほうがええ」のだろう。そのように旧友の心を推測した。

私がはじめて詩を書いたのは、一九六四年の終りか六五年の初めだったかと思う。朝鮮戦争勃発の一九五〇年の生れだから、中学二年生の冬だった。それまでは文学的な本を読もうとしない子供で、とくに中学二年の前半のころは、同級生の語る文学を嫌い、というより古くさい文芸趣味として批判し、数学にとても関心があったように憶えている。数学の成績がよかったということより、ひとえにその領域が好きだったのである。

フロリアン・カジョリという学者の『初等数学史』という本をはじめ、E・T・ベル『数学をつくった人びとI―III』など、数学の歴史を書いている本に読み浸った。たとえば盲目の数学者がいたり、盗賊の数学者がいたりなどと、逸話だけ読んでいっても果てしなく面白い。

子供は直観的に、これは物凄い領分だと思った。いまの私のことばでいうと、抽象世界がひろがっているのに、獣臭いのである。いや、抽象世界がひろがっているからこそ、獣臭いのである。『初等数学史』上の数学者たちのシルエットの浮ぶところは、彼らすべての志向する完璧な抽象世界を背景にしながら、生々しく一人一人の姿を際立たせ、全体にして、まるでさまざまな装備に身をかためた猟師たちの群れる「獣苑《ティーアガルテン》」のように見えた。あるいは彼らこそが、狩られるべきキミーラのようにも感じられたのかもしれない。一九六三年に刊行された『数学をつくった人びと』第三巻にはこんな結びのことばが読める。

他の何であれ同じことだが、数学においても、この地球はまだ天国と混同されるべきではないということ、完璧さということは、キミーラ〔ギリシア神話中の怪物〕のような途方もない妄想であること、さらにクレルレのことばをかりていうならば、ちょうど有理数の収束数列で無理数を定義しているワイエルシュトラスの無理数論のように、われわれが望みうるものは、ただ数学的真実——それが何であろうとも——により近い近似値でしかないのである。

完璧さという妄想がキミーラなのか、完璧さを求める者がキミーラになるのか、と思いもしたか、少年の私は、右のような記述を面白がっていたらしい。ことに小倉金之助訳の教科書然とした『初等数学史』は、おびただしい図版も本文紙も美しく、たちまちにして私の聖書になった。

そういう角度から、夢中になって数学史を読んでいくうちに、関心がひとつのポイントに注がれていった。

ユークリッド幾何学の絶対性が覆されて非ユークリッド幾何学が生れる、その前後のことが書かれているもので、リワノワ『新しい幾何学の発見——ガウス／ボヤイ／ロバチェフスキー』という本と出合った。とくにヤーノス・ボヤイとニコライ・イワノヴィチ・ロバチェフスキーという二人の数学者が、たがいに離れた土地でほぼ同じ時期に、ユークリッド幾何学の普遍性を覆す非ユークリッド幾何学の発見を果すと

ころに惹かれた。ボヤイのほうは、この論文を当時の大数学者のフリードリヒ・ガウスに送るのだが、ガウスはそれを無視するのだった。この無視するということの中には、大きな葛藤が潜んでいた。ガウスは多方面にわたって数々の重要な発見をかさねた大数学者であるだけに、数学の土台や枠組みが、近い将来どう崩れるかというところまで予見しえていた。そのため、自分が行なってきた数々の発見に対して、根底を支えている基盤以外のところからなにかが出現する可能性を、じつはよく知っていた。そんなあたらしい大展開が起ることへの虞《おそ》れも、ガウスは抱いていたのではないか、といわれている。彼は自分でも公表できたかもしれない発見をついに封印した。しかも、後続の数学者たちのそれをも、複雑な理由から封印しようとしたらしい。

この発見をガウスに無視されて、ボヤイ自身は認められないまま不遇の生涯を終えた。また、別の土地ロシアのカザンでは、ロバチェフスキーによる同様の「発見」とその「証明」から成る学術発表が、まったくの無理解によって消し去られようとしていた。しかし、非ユークリッド幾何学というものが、あたらしい真理の次元を暴くものであるということは、時を経て明らかになってくる。

この話の展開の中で、子供の私は「発見」ということに非常に興奮したようだ。ああ、「発見」ということはこういう、思考の極致のような「証明」とともに行なわれるんだ、と身体で反応したことを憶えている。

大昔にも、ターレスは天文の観察に夢中になって溝に落ちたという逸話や、アルキメデスは風呂で「原理」を見出すと裸で町に飛び出したという伝説があるが、これらは大いに怪しいものだとはいえ、しかし、

「発見」というものはそういうものだろうと確信させられる。真理を「証明」する方法を見出したとき、いい大人があられもない姿を曝して恥じないものだということに、私も素直に頷いた。どんなふうにせよ、「発見」という行為があるのだということに深く感動したのである。

子供である私は、そこで、自分も「発見」というものをしてみたいな、というふうに思ったのだろう。それには「証明」が必要だと分った。まだ証明方法が見出されていないものはないかと調べていくと、「コンパスと定規を使って任意の角を三等分することの不可能性」は証明できていない、ということを知った。これなら挑戦できそうだなという思いで、昼休みのたびに、中学校のがやがやする教室で、ひとり証明に取り組んだ。

ある日、とうとうこの子の胸の中で、激しい動悸が打ちはじめた。証明を書き上げたその子供は、教室を飛び出し、階段を駆け下り、この挑戦の唯一の理解者である親友のいる別のクラスへ、渡り廊下の長い簀子《すのこ》の上を疾走した。われ発見せり！

別の棟の山路君のいる教室に入ると、早速袖を摑まえて彼を机につかせ、証明を書き付けた紙を広げて読ませた。山路君はしばらく黙ってそれを読んでいた。発見者はそばに立って、紙面と顔色とを、交互に覗き込んでいた。昼休みのざわめきの中、そこだけ沈黙が支配していた。やがて、一箇所をおもむろに指差すと、静かな声で、ここが、と呟いた。ここがおかしい。

そんなはずは、と思いながらよく見ると、やはり、そこがおかしい。私は発見と証明の失敗をあっさりと認めた。聡明な山路君は気の毒そうな顔をし、私の全身から力という力が抜け落ちた。だが、そのとき以来、身体の中に残るものがあった。渡り廊下の簀子の上を疾走したときの、えもいえぬ歓喜の感覚が身のうちに、物理的なものとして遺留してしまったらしいのである。

山路君は同じように数学に関心をもっていた。互いに背伸びしているだけともいえたろうが、交わす手紙にはやはり、カントールなど、ガウスに無視された学者たちの話が出てきた。それから、二十歳で決闘に斃《たお》れるエヴァリスト・ガロアのことを話題にする。これらの数学者たちの伝記では、思索と発見をめぐる遺された手紙が、必ず重要な展開をみせてくれる。

そこで、このような手紙の書きかたを山路君と真似しあって、二人で、いまだ世に認められざる数学者ごっこをした。京都のギャラリーで渡された紙片はその手紙の一部にちがいなかった。とすれば、その中には幾何学的な世界図が書かれているはずであった。

他愛のない話だが、どうもこのあたりのことが、天才でない人間には三十年後、四十年後にぶり返してくるのだった。あの歓喜の感覚は、いまは痼《しこ》りのようになりながらも、身体のどこかにまだしぶとくめざめを求めているらしい。

手紙には、ユークリッドの平行線の定理のうち「第五公準」と呼ばれるものを見直すための世界図を、よく真似て描いた。リワノワの本の挿絵の中で、一八二六年二月十一日、ロバチェフスキーが黒板に書いているような図である。一本の直線上にない点を通り、その直線と交わらない線はただ一本である、というユークリッド幾何学に対して、その直線と交わらない線は無数にある、というのが非ユークリッド幾何学で、そのとき、世界の「領域」が、丸く限られる球面で説明される。しかし、それは無限の表象でもあ

り、この球面の「領域」の周縁あるいは終端でなにかが起っているのだが、それまで数学者も、そんな領域の「縁」や「端」については問題にしようとしなかったのである。そして、われわれの住んでいる空間そのものが、無限の「縁」や「端」に向ってすでに彎曲している。

ボヤイとロバチェフスキーに関しては、ほかにもいろいろな本を読み、やはりこの二人の発見は凄いものだなと思って、今度は山路君への手紙ではなくひとりで、私は言葉を紙に書きつけたらしい。彼らへのオマージュの一種を記したのである。ちょうどガリ版刷りの学級新聞が出るというので、編集している友だちに渡したところ、すぐにぺらぺらの学級新聞に掲載された。学級新聞が出たあと、エッセイの「除夜」を褒めてくれた二人のうち、才気煥発の生意気な文学少女の俤《おもかげ》を隠さなかった独身の先生が、今度も授業中に「この詩は素晴しい」とみんなの前で朗読してくださった。そのとき私が驚いたのは、「この詩は」といわれたからだった。自分には「詩を書いている」という意識が少しもなかったのである。数学史への感想文の範疇でオマージュを書いた意識しかなかったのに、「この詩は」といわれ、そこではじめて「詩」というものを意識した。「詩」という形式があることに気づいたし、それをすでに自分が書いてしまっていることを知らされもした。

数学者になりたいという一心だった私は、まあ、数学の成績もよかったのだが、「詩」なるものに意識が向うようになった日から、その方面のさまざまな本を読むようになり、それでだろうか、成績はみるみる下降線を辿っていく。

私の書いたはじめての詩らしきものは「踏破」という題で、いまもうろ覚えにしている。

踏破

古代より
不滅の光とたたえられるものも
真理の大海に
真理の湖に
常に小石を投げ込まれてきた
しかし　とびらをあけるのには
かなりの時間と膨大な熱量が――
真理のとびらはとざされたまま
神はいった
　〝ロバチェフスキーいでよ〟
　〝ボヤイいでよ〟と
ひろく見ひらかれた視野から
新奇なものに驚かされることなく
未知の世界を踏破した彼等

——その栄光
自己の創造物の不滅性を信じ
科学の屋根を打ち破る
——たとえ頭が砕けても

ママゴトのような数学への耽溺の中で、いまから見るとたどたどしい構文で私は詩らしきものを書いてしまい、やがて、「科学は詩であり、詩は科学である」というテーゼに魅惑されながら、それを口実にするように数学と別れて文学の迷路へと踏み込んでいった。そうしてすぐに、高校一年だったか、詩へ進むか小説へ進むかという岐路に立ったように感じるひとときが訪れ、あらためて、狭い意味での「詩」を選びとった記憶がある。しかし、いま思えば、そこで大きな忘れ物をしていた。科学と詩とが逆さまに重なっている「領域」について考え及ぶには、あまりにも数学的思考の蓄積がなさすぎたのだろう。

展示も終り、落ち着いてから、かつて山路君に送った私自身の紙片を取り出してみた。おそらくそこには、ロバチェフスキーの平行線とともに、暴れた字で、まったく理解していないまま世界の驚異に翻弄されている、幼くも空しい記述の身振りばかりがあるはずだ。私は理解の程度を思い知らされることを覚悟しつつ、封筒を開いた。

果してそこには、書きなぐられた幼い戯れ文があったが、それは意外にも、あたらしい幾何学への展望でも古くさい文芸への批判でもなかった。

「新厚生省式改良テスト」及び「アドバンス式テスト」なるものについての宣伝ビラである。受験のためにあらたに開発され発売される模擬テストを、架空の受験産業が一部二円で発売したという設定である。どうやら二人の少年はテスト問題を出しあってもいたらしい。当時、保健の授業かなにかで汲取り便所の進化形として「厚生省式改良便所」や「アドバンス式トイレ」があるという情報を私は得たのだろう。情報を共有したばかりの友人に対し、虚をつくつもりでその名を模擬試験商品に転用したようだ。水洗式模擬テストに対して、薬洗式の「新厚生省式改良テスト」を発売し、さらに「アドバンス式」として新型模擬テストを開発し、これは「水洗式、薬洗式よりもはるかに上の前進式」テストである、なぜなら、「数枚の小さな紙切れによって本のように構成され、また、すぐ切り離すことができる」から、という訳の分らない説明だ。これまで五分、二十分、五十分などと分けられていた制限時間が、その場に応じて可変となり、「先生方に提出なさるときも、自由に採点を求めることができます」とある。ここに書いてはみたが、たしかに、だれにも見せないほうがよかった。

時をへだててふり返るときでも、対象が自分自身であるならば、その内面を自然に透視することができる、と考えるのは誤りらしい。この子は狂っているのではないか、というのが、四十七年後から見たときの私の実感だったのである。

とはいいながら、山路君の制止を振り切って、私がそれをここに示してしまうのはなぜか。「数枚の小さな紙切れによって本のように構成され、また、すぐ切り離すことができる」というシロモノは、京都のギャラリーでの当の展示物《via wwalnuts 叢書》の原型ともいえそうだからである。近年になって私がつくり出した、そのままで書籍とも呼べ郵便物とも見えるその刊行物は、二枚の紙切れによって、同じく「本のように構成され、また、すぐ切り離すことができる」ものなのである。

三人の肖像

一九九五年の秋のこと、私はケルンのルートヴィヒ美術館でゲルハルト・リヒターの或る連作をまとめて観ることがあった。「われらの世紀」と題された、世界の現代美術の百年を総括りする展覧会の一角に、その《四十八人の肖像》の掲げられる空間があった。通路状のそこをゆっくりと通過しながら、私は深く震撼させられていた。またそうしながら、震撼させるものの正体を確かめようとしていた。

四十八人の、歴史上の人物の肖像である。まるで人名事典の写真を拡大してそのまま切り取ったような絵画が四十八点、左右両側の壁に掛り、その絵画から、一人ずつが視線を発している。その方向はまちまちだが、私のほうは集中砲火を浴びるような心地だった。

それぞれは一見、写真のように見えるが、写真を元にして絵具と筆で描かれたものである。フォト・ペインティングと呼ばれる。「絵画」と「写真」が二重になっているような美術として、すでにリヒターの作品に私は強く惹かれるものを感じていたが、そのときまでは印刷物を介して接することがほとんどだった。間近にあらわれた《四十八人の肖像》はその圧倒的なボリュームも与って、私を獲物のように取り押え、私の中にあった強い衝動を照らし出していた。

その衝動とは、二つの異なる分野や概念がたがいに接近しあい、重なりあってしまうような領域への欲望である。

子供のふとした手遊びから「詩」の領域に入りながら、十年もすると詩集を刊行していたが、やがて私は「散文」に目を凝らすようになった。「散文」を排除することで「詩」を宣言するような詩人たちの虚偽に気づいたからである。「散文」でありながらその中から「詩」が発生することもあり、「詩」でありながら、「散文」の条件を備えているような言語の様態もありうる。

私は次第に散文形式の詩として「断章」を試しはじめ、行を替えることに疑義を示すかたちでしか行替えをしなくなった。さらに散文詩と見えないほど散文に近づいた作品を書き、やがてエッセイや小説とみなされてもしかたがないものに、自分の詩を込めるようにさえなった。いつしか私は、多くの詩人たちの場所から遠いところへ向っていた。

それからさらに十数年の歳月を経て、私は美術の分野にリヒターを見出し、リヒターにおける「絵画」と「写真」の重なりあう場所に、自分の課題である「詩」と「散文」の重なりあう場所を類同視するようになっていた。

できることならば、異なる領域同士が重なりあう場所にこそ立っていたい。リヒターの一連の作品は、そんな私の欲望が、そこに鏡像のようにはっきりと確かめられる対象となったのである。

リヒターが「絵画」と「写真」とを重ねはじめたのは、一九六二年のことであったらしい。写真に写された机を対象にして、それを油絵に描くということがはじまりだった。

《四十八人の肖像》を観てから十年後の二〇〇五年のこと、日本の美術雑誌によるインタヴューのために、私はケルンのアトリエにゲルハルト・リヒターを訪問する機会を得た。

「写真」が世界の隅々にゆきわたることによって、「絵画」のありかたは根本から変った。すなわち、「写真」に媒介されない絵画的感覚というものは存在しなくなった。これは私たちの芸術のあたらしい条件ではないでしょうか。まずそんな私の問いかけに対して、最初にフォト・ペインティングを選択したときのことを思い出しながら、リヒターはこう語った――「当然の帰結として起ったことです。どういう手段であろうと、よかったのです。そのこと、つまり写真に媒介されない感覚というものはない、という事柄そのものに、当時、私は興味を抱いたからです。絵画であろうと写真であろうと、それは別に構いませんでした。そう、構いませんでした」。

一九六四年から六五年にかけてのノートの中でも、彼は次のように書いている。

表面性からいえば、私の作品はまったく因習的で、カンヴァスに描かれた油絵であるから、写真とほとんど関係したところはない。まったくの絵画である（絵画という言葉で人がなにを定義しようとも）。他方で、写真を他の映像から区別している要素を完全に含んでいる点で、私の絵画は写真に等しい。

色彩、構成、空間性など、芸術の前提とされてきたもろもろの観念を、あっさりと廃棄する方法を見出しているといえる。彼のことばをじかに聞きながら、詩であろうと散文であろうと、それは別に構いませんでした、という内心の声で、私は応答したものである。

そもそも私のこの志向はどこから来たものだろうか。ふたたび私の少年に尋ねてみる。数学及び数学史に夢中になり、二人の数学者の業績を讃えるべく、子供の私はそれが詩であるとは思わずに、詩のかたちを書きつけていた。

古代より

と書きつけたとき、なにかがやって来ていた。「古代から」ではやって来ないなにかだった。

古代より
不滅の光とたたえられるものも

この運びでなにかが起っているということが感じ取られたが、なにをどう進めればよいのか、まるで分っていなかった。私は自分に感動を与えてくれた本を読みなおし、その中にすでにあることばを組み立て

はじめた。それは他者のことばだった。他者のことばを組み立てながら、自分の呼吸で自分の方向をつくり出すようなことをしていたのではないだろうか。

「古代より」はまず「たたえられる」にかかるのであるが、その先の「常に小石を投げ込まれ」にもかかっている。このころから私は、「不滅の光」を称えながらもそれを疑うことのほうに加担する宣言をしていたのかもしれない。

古代より
不滅の光とたたえられるものも
真理の大海に
真理の湖に
常に小石を投げ込まれてきた

「不滅の光」を疑う、すなわち「常に小石を投げ込」むことへの賛意にはじまる讃仰がこのことばの骨格である。若干の語感とリズムとの中に詩らしきものの影は見られるが、それ以上のものはない。

国語の女性教師から、それが詩であり、しかも自分の能力が見込みのある水準にあると教えられても、私にはどこか居心地の悪い感じがつきまとった。だが、そのときから私は、詩と呼ばれているものを探して読むようになっていった。

そのころ、自分を導いてくれるものとして、家にあった河出書房版世界文学全集の中に見つけ出したのは、ライナー・マリア・リルケの詩で星野慎一訳の次の四行だった。

「時」は傾き
そうそうと鳴りとよみてわれに触れ
官能はおののきふるう　われは感ず　なし能う　と――
かくて　彫塑の日をつかむなり

私は洋紙のミューズコットンという銘柄から「白茶」だったか「クルミ」だったかを選んで、そこにマジックペンでこの詩を大きく書写すると、机につけば向きあうことになる壁の、天井に近いところに貼り付けた。

それを貼ったとき、この子はどうなっていくのか、という不審の目で父親がこちらを見たのを憶えている。たまたま立ち寄った母親の弟は教養のある人だったが、リルケの詩行を音読し終えると、首を傾げ、曖昧に笑った。私は自分がこの先の迷路に踏み込んでいけばそれがどのような場所になっていくのか、おぼろげながら感じ取った。

「除夜」というエッセイを冬休みの宿題として書いたのは一九六五年一月のことだった。

遠山啓『無限と連続』の扉には「1965. 1. 5.」の日付が書き付けられている。先の章に書いたように

『除夜』を造本したのは一九六六年一月十五日のことだと、その奥付が示している。では、その一年で、たとえば『無限と連続』の次のような一節を、十四歳の私はどのように読んだのだろうか。


彼ら（ヴェブレンとホワイトヘッド）は幾何学の定義をのべるに際して次のような嘆声をもらしている。

「幾何学のどんな客観的定義も、恐らく数学全体を含んでしまうことだろう。」この嘆声——恐らくは喜ばしい嘆声——は解析学にもまた代数学にも同じように当てはまるにちがいない。数学全体を含んでしまわないような解析学や代数学の定義を考え出すことも、同じように不可能であろう。

「君は代数学者か、幾何学者か、それとも解析学者か。」と問われたとき、現代の数学者は恐らくしばらくためらった後、「僕は数学者です。」と答えるだろう。

数学の世界では、有難いことに現実の世界に比してはるかに、「ひとつの世界」が間近にあり、その中に越え難い部門別の壁はないと言ってよい。

たしかに、現代の数学が「ひとつの数学」を目ざして動いていることは誰も否定できないことであろう。古い壁は至る所で取除かれ、一個所に起った新しい発見は短時日のうちに全数学に波及せざるを得ない。

しかしながら、数学者が「全数学がひとつになった。」と現在完了の形で叫び得る日は永久に来ないだろう。もし、かりにそのような日がやって来て、「刹那」に向って「止まれ、お前はいかにも美しい

TAKASHI
all best and thanks
2015, NOV. 10

から。」と叫んだファウストのように、数学者が「ひとつの数学」を祝福した瞬間、彼はやはりファウストのように墓場に運び去られるだろう。なぜなら「ひとつの数学」を目ざして進む数学者の前には、彼の手に余る新しい型の問題がつぎからつぎへと他の姉妹的科学から流れこんでくるにちがいないからである。

もしかりに数学者が、他の姉妹科学の発展から目を閉ざし、物理学、化学、天文学、統計学等の提供する新しい型の問題と取組むことを避けるようになったら、数学という科学は成長を止め、やがて死滅せざるを得ないだろう。

はたしてこのようなありかたは数学に固有のものなのか、といまの私は考えるようになっている。諸分野の中での一分野、諸部門の中での一部門の問題は、いつのまにか、私が「詩」を考えるときのきわめて重要な参照事項になっているのである。つまり、壁をつくって詩を囲い込む者たちに対して、壁はない、と言い切ること。（というのも、私には、自分の読みえた同時代の詩の多くが、どうしても詩だとは思えなかったからである。このことは別に語らなければならないが、もうすでに語りはじめているともいえる。）だが、少年であった私、つまり「詩」が生の前提になっていなかった私がそれを読んだとき、「数学」と「数学者」との関係がはるかに純粋に読まれたのではなかったろうか。

そうして、そのような少年がいたからこそ、現在の私の志向があるということは、少なくとも、時間的な順序として正しいように思われる。

ところで、数学史上の発見に感動した少年によって生み出されたものは、ロバチェフスキーとボヤイという二人の数学者への、詩のかたちをした讃仰のことばだけではなかった。

この少年は前後して、ガウス、ロバチェフスキー、リーマンの三人の肖像写真を、カジョリの『初等数学史』などから探し出し、鉛筆によってそのトレースによる模写をはじめたようである。このとき彼は、数学少年でも文学少年でもなかった、などといってもしようがない。そうした情熱は、それ自体がなにか訳の分からない小さな渾沌だった、といえるだろうからである。

なぜこの三人だったのだろうか。当時心酔していたロバチェフスキーとボヤイという選択ではなかったところに、別の意識がはたらいていたことが分る。讃仰の対象ではなく、歴史的な見渡しのような選択である。

すなわち、複素数や電磁気学などに関しての研究で近代数学の基礎を広汎な領域にわたって築いたガウス。彼は非ユークリッド幾何学を予見していたにもかかわらず、混乱を嫌い、その重層的な領域に踏み込むことをあえてしなかった、とされる。ロバチェフスキーの幾何学はガウスの君臨に対する革命でもあったが、その革命を引き受けながらガウスの業績も引き継ぎ、彼の信頼をも得たのがリーマンであり、リーマン幾何学だった。

こうして調べていくと、どうやらいまの私にはもうてんで見えなくなっている脈絡が、少年によるこの《三人の肖像》の選択のうちにあったらしいと分る。

トレーシングペーパーを被せて上から鉛筆で象り《かたど》、或る程度の輪郭と陰翳を描きとってから、あとは写真から離し、写真と見比べながら細部を仕上げていく。描きあげたら、厚めのボール紙を芯となるように用意して、描きあげた紙で芯紙をくるむ。それをさらに透明のビニールで被覆した。こうすることで絵は、いささかなりとも物体のようになった。三点の肖像は机の抽斗《ひきだし》の中に保存され、机が変っても保存されつづけ、ときに取り出されては、かつて自分はなぜこんなことをしたのだろう、と眺められた。

「ただ描きうつしている間にも、なにか新しいものが勝手につけ加わってくるのである。自分でもわからないなにかが」と、これは一九六四年に、リヒターがそのノートに書きつけたことばである。

写真のように描かれた絵、というのは永く侮蔑の表現だった。その後、あえて写真以上にリアルに描くことはハイパーリアリズムなどと呼ばれ、一様式にさえなった。しかし、リヒターのフォト・ペインティングには、まったく別の次元が探究されている。

彼の筆が向うのは写真におけるブレやボケであり、物そのものではなく、光そのものではなく、物に光があたって返す、その照り返し、すなわち物のみかけである。リヒターは絵画における光のありかたに根源的な疑いを突きつけたのである。その意味でも、二十世紀の量子物理学の展開は、リヒターの絵画世界の成り立ちや展開と深いところでつながっている。

「物体とは、エネルギー分布の場のうちで、とくに密度が高い領域にすぎないでしょう」と、リヒターは私に語った――「とすれば、描かれる対象として、物体は特権的なものではないのです」。

物体と空間とそこに居合せる者とのあいだには、輪郭や境界面が曖昧になって無限に重畳する界域がひろがっている。ブレやボケはこの重層性にかかわる。物体の輪郭や境界がぶれてぼやけているということは、たんに視覚の曖昧さのことではなく、存在についてのあたらしい探究領域の性質とつながっている。

インタヴューを終え、白アスパラガスの昼食をご馳走になったあと、私はこの世界的な巨匠に、少年の描いた《三人の肖像》を、ポケットから取り出して示した。リヒター氏は大いに喜んで、「十四歳の私は、こうはうまく描けなかったよ」と冗談で応じてくださった。

ゲルハルト・リヒターと私と肖像画のロバチェフスキーは、一枚の記念写真に収まった。いまそれを取り出してみれば、ロバチェフスキーだけが少しも笑っていない。

V

レンズの狩人

文章を中心に仕事をしてきた私が、この二〇一二年、還暦も過ぎて二度目の夏を迎えて、写真展を開催することになった。それも五月から七月までの三カ月のうちに、求められた三ヵ所の会場で、それぞれ別の内容で、というものである。

きっかけになったのは、これも思いがけず、CDジャケットのデザインを依頼されたことからだった。書籍の装幀や造本についての経験から、それならなんとかこなせるだろう、とお引き受けした。実際に取りかかってみると、微妙なところで勝手がちがった。それでも、書物をつくるときの私なりの手法でやり遂《おお》せた。

CDジャケットのデザインは、ギタリストで作曲家でもある伊藤ゴローさんのご希望だった。《via wwalnuts 叢書》の意匠や、私の書いた本『葉書でドナルド・エヴァンズに』を読んでくださってのことらしく、とくにエヴァンズの切手をあしらってほしいとのことだった。

相談のためにお会いした。あたらしいアルバムの録音はまだこれから、という時期だったが、温室のような、鉄とガラスでできた空間が見える、そして寒い海の広がりのような空気を求めているといわれた。その後、海外で録音が行なわれ、タイトルは《GLASHAUS》となった、と知らされた。

私のほうではCDジャケットのデザインを構想していくうちに、全体を郵便物と見立てる方針になった。ドナルド・エヴァンズは、架空の国を想像しながらそこが発行しただろう切手を次々と描いていった画家だからである。すると、彼のこしらえた四十二の国の中から、Yteke の国が選ばれるのも自然ななりゆきだった。Yteke は北の寒い海洋に位置する国として創られたからである。

Yteke の切手のシリーズから、海洋に鳥が飛ぶものを選んだ。ジャケットはそれを開いていくとき、あたかも封筒を開くような感覚が起きるようにと設計した。封筒を開ききると、音盤とともに風景があらわれてほしい、そう考えた。すなわち、便箋にあたるものがライナーノーツとしての印刷物で、そこに切手の中のより少しだけリアルな海が欲しい。ごく自然に、四半世紀前に自分の撮影した海が浮んだ。

ドナルド・エヴァンズの足跡を辿る旅をつづけて三年の一九八八年、私は彼が移住したアムステルダムに滞在して、その友人たちに会うということを重ねていた。

ドナルドがこの街で、不慮の火事に遭って夭折してから十一年目の秋だった。死者の足跡を辿る旅は、まだ私の方法にはなりきっていなかったから、私はいつも慄きとともに、人や建物を訪ねた。

ドナルドを庇護した戦後オランダを代表するデザイナー、ベノ・プレムスラの家に居候したり、生前に市立美術館でその作品展を開催したキュレイター、アド・ペーターセンと、画家のかつての奇妙なアトリエを探索したりしたあと、私はYteke の国の女王のモデルとなったイテケさんをご自宅に訪問した。

ドナルド・エヴァンズは親友ビル・カッツが舞台衣装を担当したことでこの舞踊家を知り、はじめて観た舞台で、すっかり魅了されたらしい。暗闇に海洋性の風が吹き、舞台にはイテケの声だけが聞えてくる。北の寒い地方で、小さなころ、「わたし」はなにをして遊んだか、そうしたことが静かに語られていく、そんな劈頭だったという。

イテケは優しく知的で、美しい人だった。初期のネザーランド・ダンス・シアターのプリマドンナだったらしい。引退後は家庭に入っていて、小さな賢そうな男の子がそばにいた。アムステルダム市の住宅地にある家は、調度の隅々まで品がよく、幸福な暮しを思わせた。ドナルドから捧げられた切手がいくつも、額装されて壁に掛っていた。よく晴れた午後だったのだろう、私はずっと明るい光を感じながら、一人の不在の人をめぐっての、どこまでも透明な追懐の話に耳を傾けた。

アムステルダムにおける諸方への訪問に区切りがつくと、私はイギリスの南西、ブリストル海峡のランディ島をめざした。まずはオランダのフック・ファン・ホランド港からドーヴァー海峡を渡る旅程だった。港を出ると防波堤沿いに客船は進んだ。その向うは北海である。ふと見ると、防波堤を構成する巨大ブロックのいくつかが、大きなサイコロになっている。発表の場に飢えた、若いアーティストによるコンセプチュアルなペイントでもあろうか。私にはそれより、あの世のドナルドからのいたずらと思えたものだった。

そしてここからは、私の旅そのものが架空の気圏に入るようだった。ドナルド・エヴァンズが行こうとして、嵐に遮られた島が目的地だったからである。そこはイギリス政府とは別に独自の切手を発行していることで知られる、人口二十五人の孤島である。

四年越しのその旅は最後の数日に入ろうとしていた。

サイコロの混じる防波堤、そんな写真が記憶からすぐにも蘇ってきたのは、私が長い時間、いくつかの筋みちで、カメラやレンズというものに拘泥してきたからであろう。

子供の遠足でもカメラを携行するだろうから、なにかを書き記そうとして実際の土地を歩くとき、私たちはだれでもそれを携える。私の場合、過去の優れた精神に導かれ、彼が見たものを見ようという旅である。彼が見たものを見ることによって、私の内面がどのように変化するか、ということを試す旅でもある。

カメラを構えるとは、まずは狩人が獲物に狙いを定める仕草に似ている。ところが、明らかに獲物が目の前にある時間と、明らかに獲物ではないものが眼前にたゆたう時間とがあり、総じて後者が圧倒することはいうまでもない。

調査研究という意味でなら、実証の対象にあたらないものにカメラを向けることはない。ところが、私の旅は、対象と探索者との関係や、探索者の内面にかかわるものだから、獲物が見えず、途方に暮れる時間さえも対象となる。対象の見つからぬことにただひたすら耐えるとき、眼前の空虚もまた対象となる。いや、そんなときは、対象が見つからないことに焦ってシャッターを切る、というほうが実態に近いかもしれない。

場所に飢え、場所を求め、場所を狩る。写真家ではなくとも写真を撮ろうとする者は、みなこの種の狩人的な欲望に憑かれているのではないだろうか。だが、言葉を書き記す者は、どうだろうか。

本を書くということは言葉だけになっていくということで、著者はむしろ、現場から離れ、あらたに生れる場所そのものになっていくのではなかろうか。そこに言い訳も説明も入る余地はない。だが、いったん書き切った本に対して、そこを閉め出された著者は、生きていればであるが、場所の外からあがくことができる。彼は一心な探索の旅の過程やそこに流れた空虚な時間もまた、作品を構成していることを知っている。そこでどうするか。


閑話休題。妙なことを思い出した。写真家の高梨豊さんに『われらの獲物は一滴の光』というエッセイ集がある。装幀を任された菊地信義さんから、なにかの酒席でお会いした折、囁かれた。高梨さんが私に帯の文を所望されていて、菊地さん、仲立ちをしてくれないか、といわれたという。そのときタイトルを教えられ、これはルネ・シャールの詩句だなとすぐに分った。

シャールは私の崇敬する数少ない詩人の一人である。高梨豊は私の敬愛する数少ない写真家の一人である。菊地信義は私のホームデザイナーを自称してくださる奇特の装幀家である。私には、このように、あまりに恵まれた依頼を受けたときに内心驚喜し、興奮を隠そうとしてもごもご言い訳をしつつ、どうトチ狂ってか、ついには断ってしまうという奇妙な癖《へき》がある。澁澤龍彥さんからじきじきにご自身の集成へ

の月報の執筆を頼まれたとき、金井美恵子さんから、これもご本人から文庫の解説を頼まれたとき、もごもごとなにかを呟いた揚句に、なんと、断ってしまったことをいま思い出した。いずれも編集者時代で、仕事上の会話と個人的な会話とのあいだを往き来できる親密な酒の席でのこと、そこになにか心理的な綾がはたらいたものかもしれない。ともあれ、大変に不遜なことをしたものである。それに、あのとき高梨さんのご希望にお応えしていれば、未来に芽生えることになった私の「写真集」に、ひとことアドヴァイスをお願いするくらいの関係はできたかもしれなかったのに。つくづく惜しいことをしたものである。

私が写真を撮るという行為をはじめて意識したのは、やはり自分のカメラを手に入れたときだった。一九五九年三月に「週刊少年マガジン」が創刊した。それまで世の中になかった週刊の漫画雑誌というものが出現したのである。当時小学三年生にあがろうとしていた少年には快い衝撃だったが、そこからさらに衝撃がやって来た。巻末に近いページに懸賞付クイズがあり、一枚の絵の中に部屋の細部がびっしりと描き込まれていた。そこは事件の現場である。絵の外にはさまざまな者たちの証言が並んでいて、彼らの証言とその部屋の情景とから犯人を当てよ、というものだったのではなかったか。壁に掛った鏡に手掛りがあったことをはっきりと憶えている。或る日の午後を費やして、私は確かな手応えとともに真犯人を突き止めた。

しばらくすると、子供にとっては大きな荷物が、講談社から届いた。開けてみると、フジペットというカメラだった。一九五七年に少年少女用として発売された廉価版のカメラで、70ミリF11の単玉レンズ、フィルムはブローニーを用いる。特徴は鏡胴の両側に二つの三角形のレバーがあり、1、2と印字されているその順番に押すと、シャッターが切れた。

このカメラがその後どこへ行ったものか分らないが、次に超小型カメラを与えられた。これはヤシカだったような気がしていたが、いま調べると、どうやらプッシュ・ポップ形式と呼ばれるミノルタ16のⅡ型だったらしい。ともかくこれを携行して、家族とともに阿蘇山へ旅行に出掛けたのは小学五年生の夏だった。門司に帰り、門司駅近くの小石カメラにフィルムを出した。

数日後、仕上がりを取りに行くと店の小父さんが、「ぼく、この写真はいいよ」と一枚を取り出して、くり返し褒めてくれた。それは煙の少しだけ立つ火口を写したもので、大きな岩が、その横で自分の一部をくっきりとした陰の平面に変えていた。画面の構図まで、いまもはっきりと憶えているのは、のちに何度も、どこがいいのだろうと見つめなおしたからだろう。

その後、別のなりゆきから小石清をまず知って、それからしばらくして故郷の、あれは小石清の店だったのかと気づいた。

小石清は一九〇八年、大阪生れ。戦前は前衛写真家として、浪華写真倶楽部に所属した。フォトグラムやフォトモンタージュといった、当時の最先端の手法を、一九三一年の「独逸国際移動写真展」から得た一人である。のちに、影響を与えられた写真家としてモホリ＝ナギとマン・レイの名を挙げ、日本の写真家は皆無と語った。一九三三年に刊行した『初夏神経』という大判の写真集がある。金属板を表紙にしてスパイラル・リングで縢《かが》った、詩句と写真と技法的な記録とが対応関係をなしている、実験的で詩集めいたところのある写真集である。

一九三八年、内閣情報部・海軍省の委嘱で大陸に渡り、三、四カ月滞在し、撮影をした。一九四〇年発表の「半世界」はこのときの従軍写真を再構成したひとつの頂点で、これを機会にシュルレアリスムに思想性を盛る連作に移った、と一九五三年にみずから語っている。

一九四五年三月の大阪大空襲で、家ごとネガやプリントを消失したという。翌年、京都に移って写真工房を構えたらしいが、一九四八年、門司鉄道管理局の嘱託という仕事を得たためか、門司に移住した。一九五三年には国立近代美術館での「現代写真展　日本とアメリカ」に出品し、一九五四年と五五年の夏には東京のギャラリーで個展を開催するなど、活動はつづいていた。

一九五七年六月、内田百閒と編集者たちの汽車旅行に、はじめて同行した。博多で合流し、熊本の八代を折返しとして、門司でひとり降りた。その半月後のことである。博多駅で転倒した小石清は、そのまま帰途についた車中で昏倒し、門司の病院で翌日、脳内出血のために死去したという。七月七日のことで、四十九歳だった。

私のその後の撮影では、写真屋の店頭でいそぎ仕上がったものを見ては、出来栄えに首を傾げることが多かった。そんな流れが様子を変えてきたのはデジタル化が進んでからである。

フィルムスキャナーの進歩が、眠ったままだった風景をめざめさせた。七〇年代以降の日本の写真屋は、

一斉に手焼きプリントを廃してオートプロセッサーによる機械焼きプリントになった。褒めるチャンスも失ったことだろう。その後、デジタル技術が進んでから、デジタルはアナログを蘇らせるほどになり、手焼きプリントが復活する。これまでの暗室作業にあたることを、フィルムスキャナーと画像処理ソフトが明るい部屋でやってくれるようになったと知って、私はそれを試してみた。

　おびただしい、整理されないままの写真の中から、ときどきまぐれのように、これはというものが目に留まらないではなかった。それをもういちど丁寧に取り出すと、鑑賞に堪えるものも芋づる式に見つかった。そういうものだけでも拾い出して、あとは思い切って捨ててしまいたい、と考えだしたのは、整理整頓こそ人生最大の課題と見定めたころである。

　《via wwalnuts 叢書》はもともと、散逸しがちな私の書きものを整理整頓していくための器としても道具としても設計されたものだから、私は未整理写真をもそこに組み込んでいくことにした。叢書中にさらに、FOOTNOTE PHOTOS と呼ぶシリーズを考案したのは二〇一二年の初めだった。脚注写真という意味になるが、いかなるものか。

　たとえば、自分の本の一節と対応する、これはという写真が部屋の隅に見つかったとする。本文と写真との対応はしかし、旅行雑誌におけるように説明しあう関係にはないから、脚注写真は、いわば本文の高さにまで並んでこない。脚注写真のほうでも本文に割り込むつもりはなく、本文もまた写真を少しもあてにしていない。どちらもそっぽを向いているいわば捩れの関係を、捩れのまま、脚注としてのみ置こうというものである。

本を書こうとしてなにかを追い求めていた探索の旅では、眼前に恩寵のようななにかが来ていないかと、通り過ぎる中空に瞬間的に縋《すが》りついた。本は結果として書かれ、刊行に漕ぎ着けるのだが、世評も去りその苦労も忘れかけたいま、そっぽを向きあった異次元同士の関係が目に留まり、それが面白く思えた。

もうひとつのきっかけは、ゲルハルト・リヒターの作品に出会い、その写真と絵画との関係を考えるうちに起った。前章で書いたように、リヒター氏はブレやボケといった素人写真で自然にあらわれているものに対して、徹底的な絵画的思考を行なった人である。とくにLicht（光源から射す光）ではなく、Schein（大気や物質にあたって照り返す光）こそ絵画がひたすら対象とするものである、という考えを実践した。中でも彼の「風景」のシリーズは、写真にまつわる私の妄念を解き放ってくれた。冗談めかしていえば、リヒター氏が油画に描き起したくなりそうな写真を、私たちだって何枚ずつかは抽斗に持っている、ということである。

二〇〇五年、ゲルハルト・リヒターのケルンのアトリエ兼住居を訪問した私の旅は、「芸術新潮」のドイツ特集のための、とくに北ドイツの旅の一環であった。私は同行した編集部のカメラマン広瀬達郎さんを師匠と呼び、盗めるものを盗もうと彼の一挙一動に、後ろからひそかに倣いながら旅をした。このとき、残念ながら私のミノルタX-700は破損を来していて思うような結果が出なかったのだが、それでも、旅の最初にリヒター氏を訪問し、師匠とともにじかにScheinについて問い質した直後であってみれば、それはひとつの好い呪縛をかけられた、愉快な撮影修行の旅だった。すなわち、私たちの風景の狩りかたの基本は、「Scheinが来ていたら狙え」という合言葉によって一貫したものになったのである。

以降、私は自分の撮り貯めたフィルムの山を掘り返すときにも、なにか心持ちに自信のようなものが据わっていると感じられる。思うように映っていない、とばかりこれまで思えていたのは、Schein を見出そうとする目と技術とがはたらいていなかったからに過ぎない、と考えられるようになった。暗室が不要になった今日では、それを取り出すための技法は、素人にも子供にも、十二分に手近になっているといえる。私は自由な素人に戻り、子供に戻り、デザインを依頼されたCDのジャケットには、あのサイコロの転がる北の海の写真を提示することにした。技術としては拙くとも、自分の探索のプロセス全体がそれを支えてくれるものと思えたからである。

その思い定めがかえって、三度の写真展にまでみるみる転がっていくとは想像もしなかったのだが。

そうか、あのとき、子供に技術はないはずなのに、あの阿蘇の火口を写した写真を、店頭で小父さんは褒めてくれた。手焼きをした直後の人の、確然たる口調だった。要点は、Schein にかかわっていたのかもしれない。

それにしても、あの小石カメラの小父さんはだれだったのだろう。息子さんにしては齢が行き過ぎていた。指を折れば一九六一年、小石清の死後四年目の夏だった。博多駅階段でのひとつの躓きさえなければ、ひょっとして私は、小石清に褒められていたのかもしれない。

VI

烏森様のこと

名前のというべきか、その呼びかたのというべきか、烏森様《からすもりさま》、という響きを、幼年時代の妖しい夢魔のようなものとして感じてきた。

それは、父方の祖父の蔵書の一冊から来ている。

幼少期の姉と私は、同じ歌や漫画や映画を同時に経験したが、本については、共有したものは少ないように思える。ところがのちになって、大学時代か、もう祖父の記憶も遠くなってきたころ、なにかの拍子に、烏森様、とどちらかが口走って、顔を見合せると、同じ本を思い出したらしいとたがいに気づき、そして笑った。

「なんか、こわかったあ」

「うん、こわかった」

そう頷きあいながら、私も姉も、こわいというだけではないその感じを、もういちど持て余していたようである。

それはさらにのちになって私に、マックス・エルンストの、或る種類の絵画やコラージュにかさなるもののようにも思えてきた。鳥の頭をした男があらわれるそれらは、エルンスト自身の肖像ともいわれているものだ。いつからか、エルンストのそれを見ると烏森様を思うようになった、といってもよい。

それはともかく、烏森様とはだれか。

『鳥物語』という本の冒頭にこのようにある。

今日《けふ》は日曜日《にちえうび》の朝《あさ》なので、太郎様《たらうさん》は御父様《おとうさん》と御一緒《ごいつしよ》に朝《あさ》の御飯《ごはん》を戴《いたゞ》きました。其《そ》の時《とき》、御父様《おとうさん》はニコ〱しながら、
父「太郎《たらう》、今度《こんど》の土曜日《どえうび》の晩《ばん》には良《よ》い事《こと》が有《あ》るよ。」
太「何《なん》ですか。」
父「当《あ》てゝ御覧《ごらん》。」
太「叔母様《をばさま》が正雄様《まさをさん》をつれて来《く》るの？」
父「いゝえ、とても当《あた》るまいから話《はな》して上《あ》げよう。昨夜《ゆうべ》御父様《おとうさん》は、御父様《おとうさん》の中学時代《ちゆうがくじだい》の友人《いうじん》の同窓会《どうそうくわい》に行《い》つたら、はからず中学《ちゆうがく》を出《で》てから一度《いちど》も会《あ》はなかつた烏森様《からすもりさま》と云《い》ふ方《かた》に会《あ》つたんだ。」

総ルビではじまったここでもう、呪縛もはじまっているといえる。あるいは、私たち、姉と弟はここま

でしか読まなかった。読めなかった。そこから先を読むことは、鳥森様に攫《さら》われかねないことだったからである。しかも、この本を私たちに贈ってくれたのは、対馬北端の米軍が駐留する小さな島に、通訳として家族から離れて住みついている、鳥好きの奇人と称される人物である。鳥森様も祖父も、なかなか私たちの家にあらわれない。してみると鳥森様のイメージは、打ち消しても打ち消しても、祖父のイメージとかさなってしまうのだった。

「御父様」が「鳥好きの太郎」にいうことには、鳥森様は中学の時分から博物が大好きで、道端の草を取って搾《しぼ》り葉をつくったり、蝶やカブトムシを捕まえて標本にしたりしていたが、なかでも大変に鳥がお好きで、大学では理科に進んで動物学を修められたという。学校の教師を経て欧米に留学したが、このたび帰って来られて郊外にお家を持った。その敷地は広いので鳥小舎にたくさんの鳥を飼い、研究の材料にしているとのことだ。

父が私たち姉弟にいうことには、祖父平出種作は大学も高校も中学も出ていない。いや、小学校さえ中退して卒業していないはずだという。しかし子供の時分から博物が大好きな人で、いわば道端の草で搾り葉をつくったり、傷ついた野生の生きものを保護しては家飼いにしたりしていた。とくに対馬では全島を歩いて、キツツキの一種キタタキの絶滅を確認しようとした。また若いときすでにエスペランティストになっていて、五つの外国語を操り、欧米から来た仲間とはエスペラントや植物学、動物学を介しての交流があったらしい。

「こんど一人で対馬から来て門司を通るらしいから、あんたたちもいろいろ、動物や植物の話を聞きなさい」という父の予告があり、それから数日すると、頭髪が白くもくもくと立ち上がっている、粗野で無骨そうな男がやって来た。孫に愛想をいうでもなく、それでいて冷たいというのでもない。失敬、といってすぐに子供の机につくと、自分の本やノートを広げて勉強のようなことをはじめた。翌日はもう、近場の山か海辺に、野外調査に出掛けたようだ。

『鳥物語』は鷹司信輔という鳥類学者が書いたものである。いま調べてみると、華族で貴族院議員となり、日本鳥学会の創立に参画、のちにその会長職に就き、また戦時中に明治神宮の初代宮司に任ぜられた人だという。渡欧し、ロンドンの大英博物館での鳥三昧の研究生活を基礎に、著書も多く著したので、「鳥の公爵」と呼ばれた。

鳥森様は太郎が鳥好きと知ると「我党《わがたう》の士《し》だね」といわれ、早速、入門の講義をはじめられた。「鳥とは何か」という章には、人から鳥に至る移り変りの途中に鳥天狗が挿《はさ》まれている図が示されている。

一週間後の日曜日、招かれて鳥森様の家を太郎が訪ねると、今度は実際に鳥を見せながら講義された。その詳細な教えがそのままこの本の内容であった、ということに気づいたのはこれもあとになってのことである。びっしりつづく講義は、次のことばであっけなく終っている。

此《こ》の本《ほん》は、私《わたし》があなたとお近《ちか》づきになつた記念《きねん》に差《さ》し上《あ》げませう。

『鳥物語』は、菊池寛の編集した「小学生全集」の一冊として一九二九年、興文社から刊行されたもの

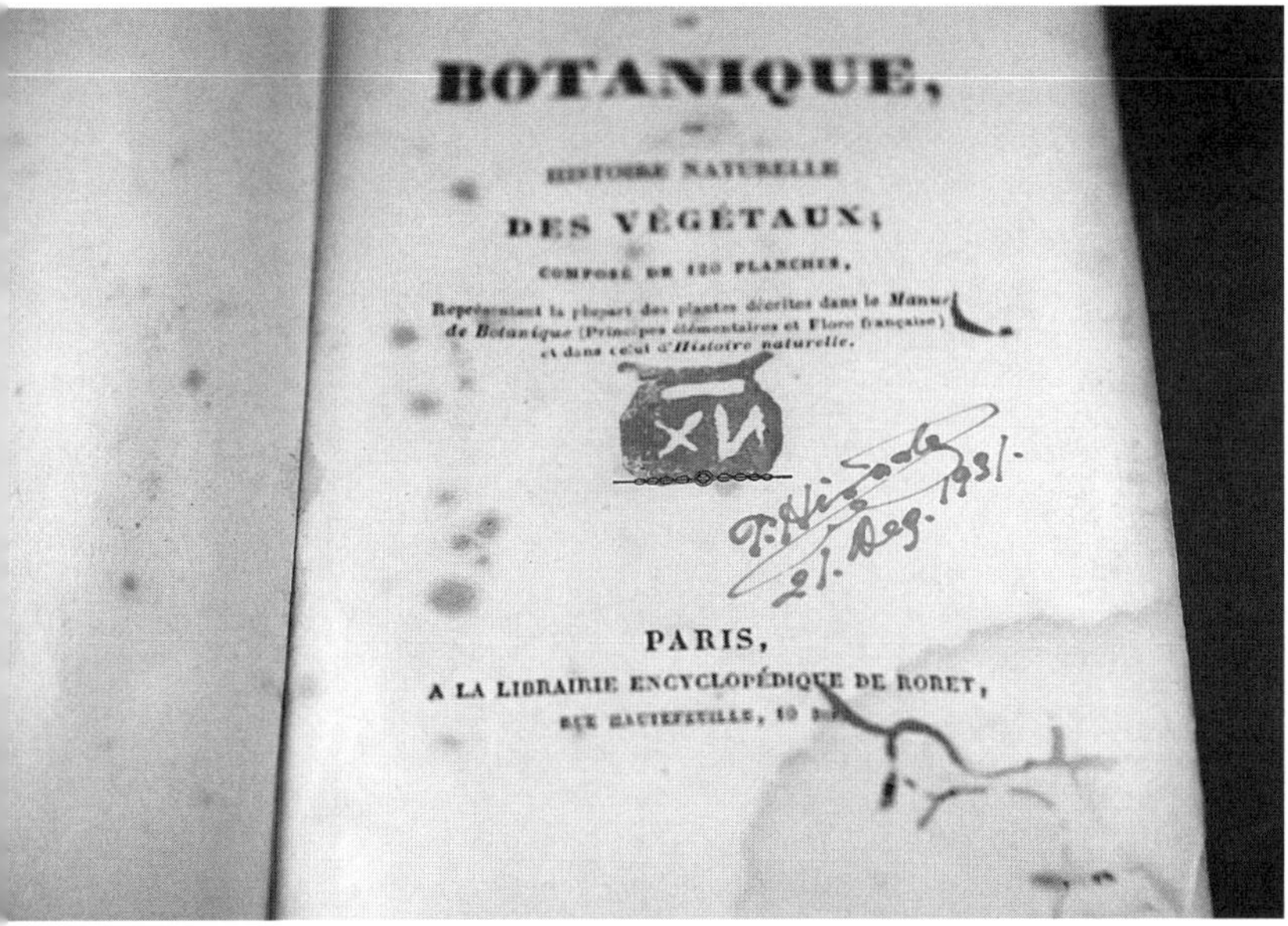

BOTANIQUE,

HISTOIRE NATURELLE

DES VÉGÉTAUX;

COMPOSÉ DE 120 PLANCHES,

Représentant la plupart des plantes décrites dans le *Manuel de Botanique* (Principes élémentaires et Flore française) et dans celui d'*Histoire naturelle*.

PARIS,

A LA LIBRAIRIE ENCYCLOPÉDIQUE DE RORET,

RUE HAUTEFEUILLE, 10

らしいが、どういうわけか、奥付も書誌情報もない。また、祖父は本の背に紙をあてて補強しなおし、自分で書名を書きつけている。それだけにいっそう、本自体の身許が知れず、謎めいた姿をしていた。ともあれ、ひたすら書き出しばかりを、恐れながらくり返し読んでいた姉弟にあっては、鳥森様の鳥の講義をちゃんと受けることができなかった次第である。

一方、祖父の門司訪問はわずかの回数に終わった。永年住んだ対馬を引き払って東京に出たからである。小学校五年の夏休みに一度だけ私は、東京の最後の住居で卓袱台《ちゃぶだい》の隅に黙座する祖父を見た。そのころはもう、顔面神経痛と糖尿病で歩行もままならぬ様子だった。二年半後、私が中学一年の二月に、門司の家に訃報が届いた。

父が葬儀から帰ってきてからしばらくして、遺品が届いた。六人の子供のうち、父が一番執着したらしく、かなりの蔵書と書きもの、切手のコレクション、鉱物標本、水牛の角でできた落款などがやって来た。

私が本というものにまぶしい思いをしたのは、個人の蔵書一塊を目にした、これが最初だったかもしれない。いや、それ以前にも、小学校に上がらない時分、友人が野っ原で見せてくれた玉手箱のように部厚い漢和辞典や、講談社の絵本『源義経』などの視覚の宝があった。ほかに家の本棚にも文学全集や個人全集、その他いくばくかの単行本が並んではいた。しかし、祖父の蔵書はまったく異質なものだったのである。そこには生きものと草木の匂いがあるように思えた。

動物学や植物学の本が多く、探検ものの物語が並ぶからということもある。実際に野外に携行するための観察図鑑・採集図鑑もあった。それらとは別に、所有者の生原稿が簡易に製本されたものや、原稿用の罫《けい》があらかじめ刷られた上製本もあった。そこに書き込まれたり原稿の束に仮綴じされた翻訳稿は、どこかの出版社に持ち込まれたことがあったのかもしれない。

恐ろしいほど乱れなく、細いペンによる筆記体で書写された英文は、『ニュナミト族』というエスキモーについての本である。その裏表に書き込まれた大判の紙の束は厚さ三センチに達していた。

平出種作のことは『鳥を探しに』という本に書いた。というより、祖父のことを書きつぎながら、祖父の書き残した翻訳原稿、植物画、風景画などを挿し込んだ一種の共作である。

この本を刊行したあと、東北大学大学院でエスペランティストの歴史を研究しておられる後藤斉《ひとし》先生からお便りを頂戴し、田中貞美・峰芳隆・宮本正男編『日本エスペラント運動人名小事典』に、祖父についての項目が立てられてあることをご教示いただいた。そこには伊東三郎、難波英夫といった人々との交流が記述されている。この方面については、『鳥を探しに』執筆の過程で調査が尽せなかった思いがあったが、やはり親族の与り知らぬ深交のあったことが分った。

ヴァルター・ベンヤミンによれば、人は他の存在と直接に知り合いとなる機縁は限られているから、生涯という迷宮の入口となる知り合いの原型《ウーア・ベカントシャフト》もまた限られている。人はそこから、あたらしい知り合いの関係をつくっていくほかはなく、迷路も「原型」からの分岐としてつくられる。したがって、その一人一人の知り合いの存在は、迷宮の扉の数々となるのである。

祖父にとって、上村六郎という日本染色学の第一人者が「知り合いの原型」であったことは突き止めていたが、この伊東三郎、難波英夫という人々もまた、そのような「知り合い」だったのだろう。

岩波新書『エスペラントの父　ザメンホフ』の著者である伊東三郎は、一九六四年の祖父の死に際し、「La Revuo Orienta」という日本エスペラント協会の機関誌に思い出を書いたが、文中にはさりげなくI. U. 作の追悼詩が挿まれている。伊東三郎はその名で書いたエスペラント詩人でもあったという。詩のあとに次のような添え書がつづく。


かれに会ったのは一九二〇年、岡山エスペラント会発足当初の会合でだった。かれはアセトン会社の技士だったが、学問好きで独学でいろいろな方面の研究をしていた。

その後大阪でめぐり会った時はかれはガラスの腐食印刷工場で働いていた。

この前後かれは難波英夫氏が出していた民主的新聞『ワシラノシンブン』のエスペラント欄に書いていた。それからおたがいに人生行路難で消息不明になった。戦時中草木染の本の中でかれの名を見た、戦後京都の工芸家のうちでかれの絵を見た。かれが根気よく染料用植物の絵を描き、よい仕事をしていることを知ってうれしかった。

（伊東三郎「平出種作君をおもう」「La Revuo Orienta」財団法人日本エスペラント学会　一九六四年七月号）


後藤先生からのご教示には、別に岡一太氏の証言もあった。それは『岡山のエスペラント』という本の一節である。

つきくさ

（平田種作氏寫）

変わり種では、まだいろいろな人物がいる。岡山市北方に武者小路実篤の「新しき村」の支部があり、そこの同人たちは、みなエスペラントに熱心だった。中でも平出種作（～1964）は抜きんでていた。大正九、十年ごろ、岡山アセトン工場の技師で、しかも俳人で画家と多趣味の上、有名な植物染料の専門家だった。だからエスペラントは、世界の植物学者と研究、情報の交換のため、ひろく役立ったのだろう。

こんな記述だが、末尾のところ、対馬という絶海の孤島のさらにさいはての小島に漂泊した祖父に、そのような望ましい学術交流が恵まれただろうか、疑わしい。

このような交友関係は『鳥を探しに』を刊行したのちに知ったわけで、思う存分に書き込み、大部にすることのできた、私にとっては稀な著作の機会であっただけに残念でないことはない。だが、その本とて一人の生涯をごく一面から眺めたばかりであって、本来、求めればきりのないことであろう。放し飼いで鴉をなつかせていたことも、書きこぼしたことのひとつである。嘱託として対馬厳原《いずはら》の町役場に勤めたころ、鴉と一緒に通勤する男ということで、町中に知られていたという。旧武家屋敷の町で男の跡をついていく鴉の歩きぶりを、私は思い描く。

鷹司信輔は自分を仕立てて「鳥森様」をつくり出した。少年時以来私は、知らぬ間に祖父を「鳥森様」に見立ててきたらしい。同じく鳥三昧に鳥類学を学ぶのであっても、華族の「鳥森様」と風来坊の「鳥森様」とでは雲泥の差があったことだろう。しかし、その雲と泥とのあいだにあったものが、そこで謎めく。謎は少しずつ解けるかにみえるが、近づき、細部の陰翳が浮びあがればそれだけ、あらたに深まる。

後藤斉先生は先の『日本エスペラント運動人名小事典』の増補改訂版を計画しておられたらしく、「平出種作」の項目について、準備稿らしい記述を私に示された。『鳥を探しに』を執筆中だった私は多少の情報を提供し、それはのちに次の記述に確定された。

静岡／小学校（中退）／植物染料の専門家として岡山乾溜、日本山林工業（三重）、日本染料製造（大阪）などに勤務。草木染をよくした。戦後、九州で進駐軍相手の通訳。植物画も得意として、上村六郎『日本上代染草考』（大岡山書店、一九三四）などに口絵として提供。のち家族会議で姓の読みを「ひらいで」に。一九二一年二月新しき村岡山支部の同人として成田重郎にエスペラントを習い、翌月、日本エスペラント協会入会。同年対馬厳原でエスペラント講習を実施。岡山エスペラント会で伊東三郎、難波英夫と知り合う。二四年十月日本エスペラント協会大阪支部創立委員。難波英夫の『ワシラノシンブン』エスペラント欄に寄稿。二五年二月、大阪府南河内郡野田村のワシラノシンブン社でエスペラント講習を行い、終了後、Verda Monto を結成。二六年六月、渥美小（大阪）で開かれた第二回エスペラント学術講演会で「硝子印刷の話」を講演。タゴール『犠牲』、司馬江漢『江漢西游日記』などをエスペラント訳するが、未刊。五九年十二月、日本エスペラント協会再入会。（略号・数字表記等を一部改変した）

難波英夫は社会運動家で、大阪時事新報社社会部部長であった大正十三年、「ワシラノシンブン」を創刊した。この新聞は社会問題講習会や地域の文化運動を推し進める使命を担ったが、他方で被差別者の解放を訴える運動を支援し、日本で初のプロレタリア新聞と呼ばれるようになった。

エスペラント語で綴られた Verda Monto（緑の丘の会）とはなにか、よくは分らない。対馬厳原に家族を放っておいて、また面白そうなことをはじめたらしいが、少なくとも、この男は社会運動家ではなかったはずだ。しかし、「知り合いの原型」たちは、彼の生涯の「変化」を示してくれる。

或るとき、彼は通訳だった。そして翻訳者だった。植物染料研究家で、植物画家でもあった。風景画家で、俳人だった。ひとときばかり古本屋、山小屋の番人、猟師だった。アセトン会社社員、ガラス印刷技術者だった。町役場嘱託、新聞集金人のときもあった。「野鳥の会」会員、「新しき村」同人、「動物文学会」会員だった。エスペランティストだった。Verda Monto の結成者だった。

後藤先生のくださった別の資料で、「第二回エスペラント学術講演会」での「硝子印刷の話」という講演について、より詳しいことが分った。それは一九二六年六月十二日のことで、化学技術者として「実物持参でやきつけと腐蝕法との比較を詳論」したという。

上村六郎に請われてその大著『日本上代染草考』に三十四の植物図を描いているが、そのうちのモノクローム三十一点は図版目次に「玻璃版《はりばん》」とある。ガラスを原板とする、フランスから伝わった美しいコロタイプ印刷のことである。

追悼文中のI. U.氏によるエスペラント語の弔詩を、むろん平出種作は読むことがなかったわけだが、その末裔である私が約半世紀ののちに次のように日本語に試訳するということは、彼らの交流、そのあいだにあったものが無に帰さなかったことのひとつの証左になるのではないか。それればかりか、なんらかの生のかたちをとりなおすのだと思いたい。

深く記憶に
古くからの友の　錐《きり》もみ
まるで魔法の色彩
草木染め師のつくる

まことに　粗野にして純粋
神秘的に変りゆく者
ときとして仄暗く　ときとして輝いて生き生きと
庭にひろがる　梔子《くちなし》の実の絵の具

VII

百獣のユニフォーム

小学校低学年のころである。住まいの団地内にあった新棟の建設予定地で、友だちと野球のノックをして遊んでいたところ、祖父らしい人影が蓬々《ぼうぼう》とした草のはずれに見えた。記憶はそれきりで淡いものだが、その直後の夕食の席にでも洩らしたか、祖父のこんなせりふが両親から伝えられ、いまもときに反芻される。

「野球なんて、桜の花のようなものだよ」

父方の祖父で、前章に書いた平出種作というエスペランティスト、翻訳者、博物画家である。当時、対馬の北端、朝鮮海峡に浮ぶ小島にアメリカ軍専属の通訳として独居していた身の上だったから、私が会うのは数回目といったところだったか。

おそらくは父からすでに話を聞いていたのだろう。ずいぶん野球に打ち込んでいる孫を目のあたりにして、危惧を覚えもしていたのだろうか。それにしても、真意の測りがたいせりふではある。

この市営団地は、鉄筋コンクリートの造りで五棟建っていて、裏手に小川を臨む棟の四階にわが家があった。

父の野球好きはいつからだったのか。少なくとも、父がその父とキャッチボールをすることで野球を覚えたのでないのは確かだ。

聞いた話では、大戦でビルマに送られ、連合軍の捕虜となったときのことである。敗戦直後の二年のあいだに、連合軍から支給されたＪＷＰ（Japanese War Prisoner）の背文字の入った衣服をユニフォームとして、ずいぶんとこのゲームを遊んだというのである。捕虜の生活がどのようなものであったか、詳しく聞き出すこともせずに見送ってしまったが、野球の話だけは少しばかり聞き取っていた。

同じ捕虜の日本兵に野球経験者と呼べる人がいて、試合をやりたいがために仲間に熱心にルールや技術を教え込んでいたという。教えがどのようなものであったか分からないが、その一端かと思われる「教材」が子供の私にも継がれたらしい。野球場のダイアグラム（概略図形）である。

或る日、草叢に縁取られたその空き地で、ボールを打ったり捕ったりして遊んでいると、珍らしく明るいうちに帰宅してきた父親が、家に帰るより先に球遊びの中に入ってきた。手には筒状にした大きな紙を持っている。取り囲んだ子供たちの目に、やがて濡れたような青が映った。でこぼこに踏み固められた土の上に、濃い青の図面が広げられていたのだった。

図面、そう父はいった。

ここがピッチャーズマウンド、ここがバッターズボックス、ここにあるのがコーチャーズボックス。

父親は電気信号の技術系職員だったから、青写真の図面というものは、持ち帰られた仕事の中に何度も見たことがあった。その後普及した「青焼き」（ジアゾ式）ではなく、「青写真」（サイアノタイプ）と呼ばれるものである。

信号系統の図面における鉄道線路、信号、切換えのポイントなどと同じように、引き締まった線と無機的な手書き文字によって野球場の図形が描かれていた。とくに、図示されたマウンドやボックスに施された引出し線が、小さなヘアピンカーブを描いているところ。そこに秘められている線の速度に、子供はうっとりした。それはまた、祖父種作の蔵書において見られる署名の最後の筆勢が、文字にはあらぬ曲線模様を勢い余ったように描いたかと思うと、軌跡を切らさぬままさらに一気に、書いたばかりの名前の下を素早く逆流し、最後の尾のところにもうひとつ折返しのヘアピンを描くといった、儀式的署名を思わせた。

どうやら私の野球好きは、このサイアノタイプの図面に理由の一端がありそうだ。以後、ベースボール・ダイアモンドというものに、ことあるごとに魅せられてきた。非常に幾何学的な空間に、予測不可能な方向と速度をもって、ボールが運動する。こうして、野球そのものに魅せられるのはもちろんだが、その模型や図面のもつ「小宇宙」に反応している自分を、たびたび感じてきたものである。アメリカに長期滞在した一九八五年のこと、書店や図書館でベースボールの本を開くごとに、野球場のダイアグラムのさまざまな「小宇宙」が目に飛び込んできた。

小学三年生のとき、夏休みの宿題に自由工作というものが出された。ところが私は、休みが終りかけてもなにをつくればよいのか、まったく思い浮ばなかった。九月一日か、手ぶらで登校した私の目を惹きつけるものがそこにあった。両手で囲みきれないほどの大きさの、同級生がこしらえた野球盤だった。扇形の中にダイアモンドが仕込まれ、あちこちの守備位置に厚紙でできたナインが立ち、打席にはバッターが構えている。ぐるりはフェンスに囲われていた。

その輝かしさに胸がときめいた。一日遅れの提出のために、私は下校時に文房具屋に立ち寄って、なけなしの小遣いで特厚の馬糞紙を購入した。私もまた、野球盤をこしらえにかかったのである。ところが、家に帰って工作をはじめると予想しないことが起った。めったに叱ることのない母親であったが、このときは傍らから、「物まね猿！」と口惜しそうに批難をくり返してきたのである。

それでももう、これしか思いつくものはない、と私は私で切羽詰っていたのだろう。耳《みみ》廢《し》いた子猿になった気持で、必死に批難を受け流しながら、私なりの野球盤をこしらえたものである。

すべての野球場に特色があるように、野球盤もまた、いくつあってもいいものではないか、といいたかったかどうかは分らない。但し、物は試してみるものである。夜更けて仕上がったとき、どう見ても、同級生がこしらえたそれよりもさらに輝かしいものになったことに、子猿は気づいた。そのころには、母親もおとなしくなっていたと思う。

しまった、こんなはずではなかった。むしろ物まねにとどまって、後塵を拝する程度で終るべきところ、これでは本家を超えてしまう。翌日、私は後ろめたい気持で盤を抱えて、登校路の峠を越えた。

その友だちがどんないやな思いをしたか、それを思うと、いまでも忸怩たるものがある。

現実の空き地で遊ぶ者たちは、どんな面々だったろうか。一人二人と集まり、キャッチボールがはじまると、いくつもの窓がそれを見つける。周囲の団地からだけではなく、大通りを挟んだ向いの、山裾に張りついた体の長屋風の住宅からも、湧くように野手たちがあらわれた。それも小学生から中学生、大人までも混じった。双子の姉妹、片腕の高校生、みなそれぞれの、汚れて一向に構わない服装である。そして父親とその同僚は、夏ならば休日のステテコ姿であった。

これが私の獣苑《ティーアガルテン》だった。私が同年の友人とキャッチボールをはじめることでいつのまにか獣たちを呼び寄せてしまうこともあれば、あとからそれと気づいて、わくわくする気持を抑えながら獣たちの群れに入っていくこともあった。なんの挨拶もいらなかった。ただグローブを持ってボールを追う者たちの中に立てば、すでにして一匹の幼い獣たりえたのである。

団体として、輪郭もユニフォームももたないこの草叢のチームは、それでも名前をもっていて「チョンギース」といった。草のあいだに跳びはねるショウリョウバッタのことを、この地方ではチョンギスと呼ぶ。チームともいえない自分たちのチームを、大人たちが語らってそう呼びはじめたのだろう。虫であって獣を名乗らなかったのは、その当時、この県一帯には百獣の王を名乗るチームが君臨していたからにちがいない。昭和三十一（一九五六）年、三十二年、三十三年は、石炭産業や鉄鋼関連業の好況を背景にして、福岡を本拠地とするプロ野球の西鉄ライオンズが三連覇を成し遂げていた。これは私の幼稚園から小学校二年までの時期にあたる。

テレビの普及で読売ジャイアンツの人気が高まっていたとはいえ、北九州でそんなところを応援する者たちの肩身が狭いことは明らかだった。ジャイアンツを追われるようにして着任した西鉄ライオンズの監督は、名将三原脩であった。その人と誕生日が同じである子供の目に映るところでは、まわりの大人たちのだれもが、大下弘、中西太、豊田泰光を神々と崇めて語り、鉄腕稲尾和久はといえば現存する神そのもの、仏そのひととして遇されていた。そして、福岡の平和台球場はその神殿であった。

ところで、ユニフォームのないチョンギースでひとり勝手に、これの着用に及んでいる者がいた。「ユニ」の意味を読み違えたか読み替えたとしか思えないこの子は、野球を覚えた三歳のときから、母親オリジナルのひとりきりのユニフォームを着用していた。小学生のサイズで誂えてもらった二着目は、同じ門司に住んでいた母方の祖父が贈ってくれたものだった。自分で背番号を希望した覚えはなかったが、知らぬ間に30という数字が背中についていた。

こちらのほうの祖父は、「野球なんて」とはいわなかった。その代りひそかに、「西鉄なんて」と思っていたかもしれなかったことが、のちに分った。父と私が熱心にライオンズの荒ぶる神々の勇姿を語らうとき、あれほどにこやかな表情で聞いていたものを、と思い返しては可笑《おか》しくなる。この土地にあって祖父が、戦前からの水原茂のファンを通していたということを、大人になって聞かされたとき、私は裏切られたような申し訳ないような、複雑な感慨をもった。それから、水原茂の30という背番号を、はたと思い出して笑った。

それにしても、チョンギスの「ギ」を「ギー」と、ひとつの音を延ばすだけでチーム名らしくなることが、この子供には面白かった。ステテコ姿の連中が中心になって学区対抗戦に出て、この空き地に優勝旗を持ち帰ったとき、それを迎える「ギー」という歓喜の声が、企救《きく》半島の浅い山間の草叢を渡ったろう。そんなふうに私にとって、チョンギースの空き地はなんの抵抗もなく入っていける野球場だったが、同じ野球場が、登校して眺めやる運動場においては、まったく別のエリアになった。

当時通っていた小学校では、忘れもしない、住友投手という美しい本格的なフォームで投げる二学年上級のスターがいた。くっきりと白線を引かれてできたダイアモンドは応援する父兄に囲まれ、その扇形の中で、野球部の連中が卵色に輝くユニフォームに身を包み、きびきびと学校対抗試合を戦っていた。その緊張感は草のそよぐ空き地でのチョンギースの野球とは別次元のものだった。五年生になれば、野球部に入ることができる。自分もあの中に入って内野の定位置を獲ることができるのだろうか、と考えるだけで、ほとんど目眩《めま》いがするようだった。

ところが、門司駅近くにあたらしくできた公団住宅にわが家が引越すことに決り、私は五年生の一学期から、校区が隣りあう小学校へ転校することになった。この微妙なタイミングが、思春期の私を野球から遠ざける要因となる。転校先で野球部への入部を申し出ると、やんぬるかな、もう締め切られたというのである。次に私がユニフォームに袖を通したのは、それから十五年後のことだ。友人と語らって自分たちのチームを創るに至った、大学を卒業する間際の話である。

小学三年生のころだったろうか、国鉄職員だった父は、往年に栄光をもつ門鉄《もんてつ》と略称された門司鉄道管理局の野球を見せに、私を野球場に連れて行った。あたりの大人たちのあいだで「ノンプロ」ということばが、球場の独特の雰囲気とないまぜになって響いていた。

試合展開や野球場のことはもう思い出せないようなおぼろな記憶の中に、一人の選手との出会いが浮んでくる。試合終了直後、私は父に付き随って、ざわめくグラウンドに降り立った。チームの主力であった三塁手に紹介されたのである。その若い選手は、国鉄の職場において父の部下にあたるらしかった。いかにも試合が終ったばかりという熱気をともなって、四角く大きな赤ら顔が、微笑を湛えながらこちらを見下ろしている。表情には、父との関係からか、その青年の生来のものなのか、はにかんだような柔和さがみちていた。父に勧められておずおず、私は三塁手と握手をした。その手のなんとがっしりと大きかったことか。

十分前まではスタンドから、その選手に声援を送っていたはずである。彼の打順はたぶんクリーンナップで、いい打撃をみせたのだったろう。試合中の頼もしさの印象から、かえって、試合後のそばで見る柔和さが、新鮮に記憶されたのではなかったか。

プロ野球の試合だったら、活躍した選手のそばに行って紹介されるというようなことは、ふつうの子供なら考えも及ばないことだ。ノンプロとはいえ、そんなことが不意に実現して、私はどきどきしていた。ただ一度きりで終ったそんな経験が、まもなく、次のどきどきにつながった。

高島正義選手といった。高島三塁手は、ほどなくしてプロ野球の東映フライヤーズに入団した。父と私だけが応援している、そんな錯覚に陥るような、マスコミに騒がれることのないプロ入りだったろうと思

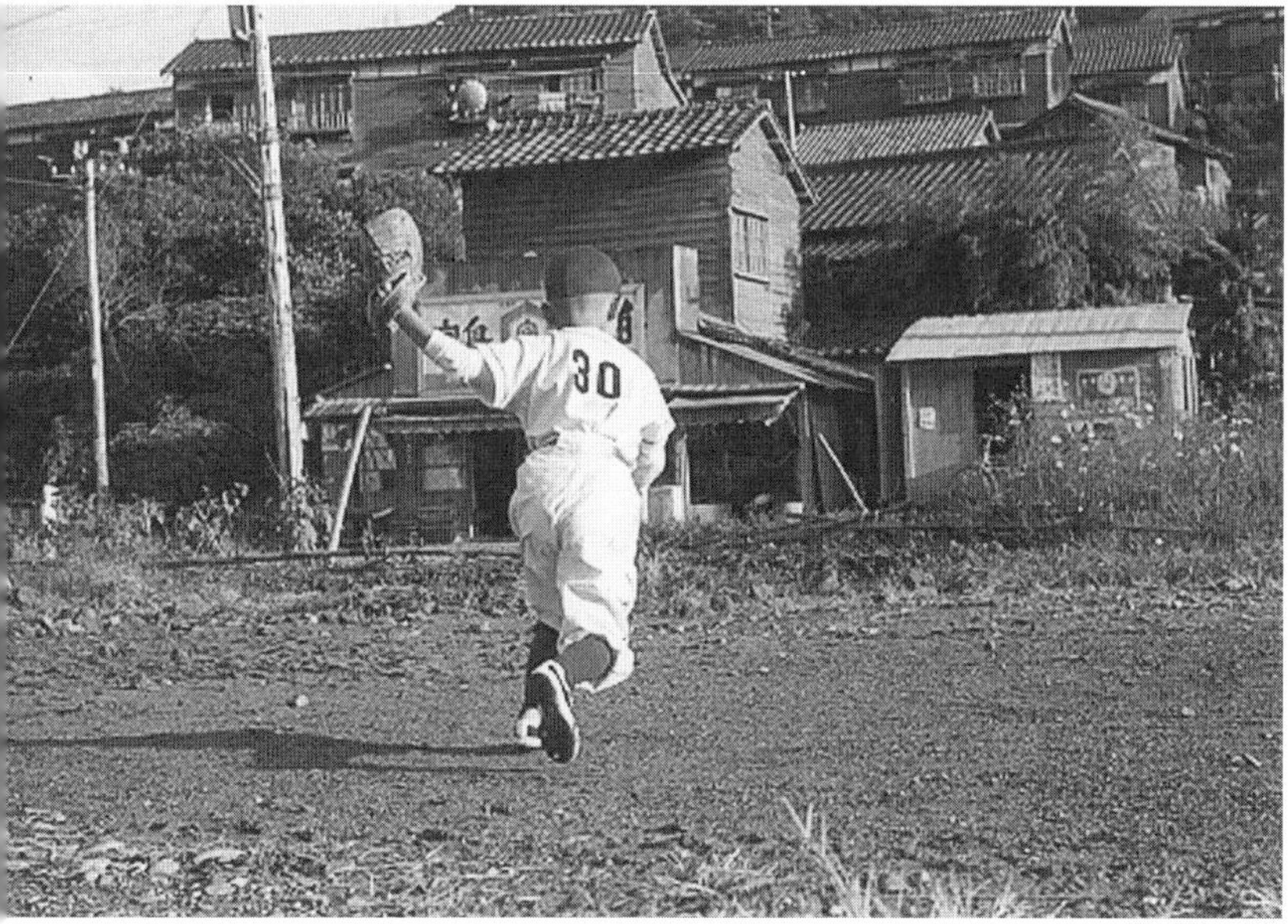
30

う。

私は開幕から、高島選手の公式戦出場を待ちつづけた。そしてしばらくしてようやく、かじりついたラジオの向うのスタジアムに、高島選手の登場を聴いたのである。あのとき、高島選手は終盤の代打で出場して、三塁線を破ったのではなかったか。そんな気がするが、いや、快打は父に連れられたあの日の門鉄の試合での光景だったかもしれない、とも思えてくる。

高島選手のプロ野球生活は短かった。私は「世界」と呼ばれるティーアガルテンの、広大と荒涼とを感じ取った。

ここから話は、大いに時間を端折る。昭和の最後の年に刊行した『白球礼讃』『ベースボールの詩学』という私の二冊の本の中に、端折られる時間がある。一冊は経験の書であり、もう一冊は探究の書である。つまり、二十五歳くらいから社会に入っていきながら、私はもう一度、草叢の野球をやりはじめた。自分たちでこしらえたチームを運営していった。それも四半世紀で千試合という頻度になった。熱心にというよりもむやみに、あるいはデスパレートに、といったほうがいい打込み具合だった。それを書いたのが経験の書である。

また、もう一方で、ベースボールの魅惑の起源と詩のことばの運動性とを重ねて調べ、詩と野球とを同一のものとして論じるという試みが探究の書である。詩人たちがそれについて情熱的に語ることの多いアメリカで、失われた野球場を尋ねて各地を歩いたりもした。ニューヨークの往古の球場ポログラウンズの設計図を入手したとき、私は深い歓びを感じた。それがしっとりと青い、サイアノタイプの図面だったからである。

少々程度を超えたそんな情熱への、ご褒美のようなものがいくつかやって来た。たとえば平成九（一九九七）年の或る日、あの神々と同じグラウンドに立つことができた。平和台球場がこわされると決ったとき、西鉄ライオンズのOBと私たちの草チームとの、そこでのマッチメイクが実現したのである。豊田泰光さんと稲尾和久さんが、子供のままで止ってしまった私の情熱に応じてくださったお蔭であった。また、わが家が引越した門司駅近くの公団住宅に、同じころ住んでおられたという西鉄ライオンズ・ファンの小説家赤瀬川隼さんも、わがチームに入団してこの試合の実現に尽力してくださった。

試合前、私たちナインは三塁側ダグアウト前で、東京から一緒に福岡入りした、西鉄ライオンズのユニフォームの豊田泰光選手が筋金入りのジョークを連射してくるのに身を委ねていた。すると、同じユニフォームの稲尾和久投手がわざわざ一塁側から挨拶に来られた。豊田さんは戯《じゃ》れかかるように稲尾さんに話しかけた。

「『ベースボールの詩学』、読みましたか。あんなええ本、博多やらの田舎には売っとらんでしょう」

いつもの挑発が来ましたね、とかわすように、敵チームの先発投手がなにか悠然としたユーモアで応じたが、そのことばをなかなか思い出せない。

父親もそこに立って、当り前のように神々に話しかけていた。百一歳の母方の祖父もスタンドに腰掛けていた。秋の好天の一日だったが、こわされる歴史的な野球場という背景のせいか、記憶には桜の花が散りかかっている。

VIII

仕込まれた歌

先月、こどもの日の夕方近くであった。母方のM叔父から電話が入り、その兄にあたるY叔父が、前の晩、不意の心疾患で亡くなったと知らされた。

二日後の埼玉での通夜に駆けつけると、故郷を離れて久しく、退職して月日も経った人だからか、見送る人の数は少なかった。

四歳違いの弟であるM叔父から、戦争を経て兄弟二人一緒に門司から上京し、同じ大学の化学と物理の専攻に進んだころの話を聞いた。

そこで、亡くなった叔父は昭和三(一九二八)年生れだったとあらためて気づき、澁澤龍彦さんと同じだったか、と思いは少し逸れて、その年代の男子のことを思った。亡くなったY叔父は、戦中と戦後の混乱のせいで、昭和七年生れの弟に並んで大学に入ることになったようだ。

通夜の食事の席には、思い出を語るため、という構えがある。それが少人数であれば、いっそう親密な語りとなる。

下のM叔父は、二人で下宿した東京時代から、それぞれに路を岐れるところまでを話してくれた。非常な就職難の時代に、弟のほうはソニーの前身である会社に入社し、兄のほうはくちが見つからぬまま、門司に帰ったという。

小さなころの思い出があった。

おそらく昭和三十（一九五五）年、やむなく帰郷したY叔父は、一時的な仕事についたり離れたりしながら、門司の実家で暮していたという。私が五歳になる年の写真が記憶に残されている。市営アパートの四階のヴェランダに七歳の姉と私がいて、おもちゃのピアノの前に、若い叔父が坐り込み、開いた膝のあいだで鍵盤を叩いている。そのときの曲がなんであるかなど知るすべもないが、記憶の中からは或る歌が響いてくる。


雪《ゆき》のふる夜《よ》はたのしいペチカ。

ペチカ燃《も》えろよ。お話《はなし》しましよ。

むかしむかしよ。

燃《も》えろよ、ペチカ。


叔父の声は重く響きながら艶があり、細身だが豪放な人柄、精悍な面《つら》つきとあいまって、しゃべるときにも脅してくるような強さがあった。この脅しのうちに、子供心にも私は、友愛のようなものを感じ取った。

私に「ペチカ」を仕込もうとしたらしい。

「タカシ、おまえは詩味《しみ》はわかっちょる。わかっちょるけど、ええか、歌は詞の意味だけじゃあ、だめなんだぞ。しかし、おまえの声はとおりが悪いのぉ」

このような教えであったことは、のちに母の証言でくり返されたので間違いはない。「とおり」とは「通り」か「徹り」、または「透り」であろうか。叔父はこのほかにも山田耕筰作曲の白秋童謡を、好んで私に仕込もうとしたようだ。

「ペチカ」にまつわってそんな記憶があることを通夜の席で話すと、M叔父がこんなふうに語ってくれた。

――「ペチカ」ねえ。懐かしい。ラジオ歌謡というのがあってね、私は小学校のとき、選ばれてNHKのスタジオに行き、ラジオで歌わされたことがある。どうしてそんなことになったか、「兵隊さんよありがたう」という歌をソロで歌わされて、恥かしかったな。

M叔父も声が朗々としてよく透り、私の幼少時には正月の祖父の家の座敷で「雪の降る町を」と「愛染《あいぜん》かつら」と「誰《たれ》か故郷を想わざる」を聞いた記憶がある。「愛染かつら」になると、俄然お座敷芸的になり、ジェスチャーが歌詞を補うのだった。

叔父たちのよく透る声は、母方の祖父の血筋だろう。祖父の十八番は「あざみの歌」だったが、よほど好きな歌だったのだろう、私の結婚式でも歌った。人妻を恋うるその歌詞を考えると、可笑しくなってしまう。

品のよい茶目っ気をもっていた祖父は、孫にこんな歌を教えてくれた。

ハルコーラッピー
ハッピーランド
フェールフィーラス　ヘンボンボン
オールドインドリストーイー
ホームトームスゴー
アンドアンドキュースキューア
オールオールラーン

歌い終るとき、「といってね」とすぐにつづけた。これを教えてくれた人の名前まで知らせてくれたが、「さて、その人がどこでこれを覚えたか、そこから先が分らなくてね、どうしてまた、こういう歌を私が覚えたものだろうか、ねえ」と語った。

祖父が長く過した門司港という、往時は日本の交通の要衝でもあった土地が、この歌の来歴を暗示するようではある。このほかにも、森山加代子がリヴァイヴァルさせた「じんじろげ」という、意味不明の歌

の門司港版を歌ってくれたこともあった。

祖父はいつも、姉と私の前で、静かに歌い終えては柔らかに笑う。若いころ、小倉でガラス吹きの仕事をやったことがあるので、息を、口で吐きながら鼻で吸うことができる、といっていた。箸を手に身振りでガラス吹きをやってみせてくれるのだが、ほんとうにそうできているのか、見ただけでは分らなかった。当地の方言でいえば、孫たちは「せがわれて」いたのかもしれない。せがう、とは、内心に親愛をもちながら、ことばで軽く相手を弄ぶことをいう。そこに立つ可憐な語感は、近年の「いじる」などという語の卑しい用法に懸絶すること著しい。

その祖父はまた、酒の飲みかたが尋常ならず美しく、しかもその酒がなかなか終らないという人だった。同じ門司の大里地区に住んでいたので、ときどきやって来ては父と酌み交わすのを、子供の私は見て育った。

あまりに祖父が美しく酒を飲むので、私はそれを小説に書いたことがある。その文章を見つけた叔父二人は、祝いごとか法事かの席で、その一節を読んだことを告げて、うまく書いたね、と喜んでくれた。

「しかし、タカシ、お祖父ちゃんもあの境地に行くまでが大変だったんだぞ」

そういったのは、Y叔父のほうである。

「へえ、若いころからかと思うとったけど」

「そんなことあるか。もうべろんべろんで帰ってきてのお」

通夜の席では歌うわけにはいかないからか、話は酒の方へ逸れていた。すると、Y叔父の長男がいう。

「タカシに酒を仕込んだのはおれだぞ、といっていました」

若いころ、M叔父は酒が飲めないくちだったが、Y叔父は大酒飲みの類いだった。

そうか、そんなことをいっていましたか。私は嬉しくなった。大学に入学すると、私はすぐにY叔父の家に飲みに行った。

「ええか、しょんべんは早め早めに行くんぞ。そうせんとおまえ、ほんと、往生するけ」

そういうと鼻翼をふくらませて、く、く、と笑うのだった。

こういう荒々しさが、私は好きだった。

私の父も酒飲みで、Y叔父とよく飲んでいた。三人で小倉の豊楽園球場に西鉄ライオンズのナイター観戦に行った帰りに、屋台街でこの酒飲みたちの口論に揉みくちゃにされたような感触がある。これも仕込みのうちだったか、五歳のときの盛り場の濃厚な記憶である。

同じ昭和三十年頃だろうか。Y叔父からは後年、こんな話も聞いた。

——おまえを連れて映画に行ったときのことだよ。劇中、「あゝ堂々の輸送船」と歌がはじまった。そうしたら、映画館の中でおまえが大きな声で一緒に歌ってのう。あんなに恥かしかったことはなかったぞ。

そういうと、く、く、と笑うのだった。

戦地ビルマで連合軍の捕虜となって終戦を迎えた父は、昭和二十二（一九四七）年の夏に応召時の勤務地である門司に帰って来た。輸送船は呉に入港し、呉からの汽車を、許嫁《いいなずけ》の家のみんなで門司駅まで迎えに行った。この話を、痩せ蛙が大きなリュックを背負ってのお、と話してくれたのはY叔父である。晩年の死の床の父を見舞いに埼玉から下ってきた折、夜、二人で飲んだときのことである。

復員した父は母とすぐに結婚し、姉が昭和二十三年に、私が二十五年に生れた。


通夜の酒をふくみながら、M叔父が歌の話をつづけた。

「しかし、タカシ君のお父さんが歌を歌ったところは憶えていないな、音痴だ、音痴だといって」

「そうですね。家の中でも歌は歌おうとしませんでした。ほかのことではでしゃばるのに、歌に関してだけは照れに照れて」

そう応じたとき、へたくそな豊後浄瑠璃をやったり、あたらしく仕込んだ手品を披露したがったり、という父の姿を思い出していた。

ところが、あとになって考えると、父にもいくつかの例外といえる歌があった。中でも、「初年兵はかわいそだな、また寝て泣くのかな」という、軍隊生活時代の消灯ラッパに合せた歌は、寝がけに直立し、剽《ひょう》げながら口遊《くちずさ》むことがあった。音痴の父は照れながらでも、歌うときは顎を突き出し加減にし、ない声量を上げようとするのだった。

あゝあの顔で　あの声で
手柄たのむと　妻や子が

ちぎれる程に　振った旗
遠い雲間に　また浮かぶ
あゝ堂々の　輸送船
さらば祖国よ　栄えあれ
遥かに拝む　宮城の
空に誓った　この決意

この古関裕而の曲「暁に祈る」を、幼い私が好んだらしい。そこで映画館の中で歌うことにつながる。小さなころから、私はかなりの引込み思案だった。それなのに映画館の中で、はばからず大きな声で歌を歌ったという。叔父から聞かされながら、よくそんなことができたものだ、と首を傾げた。

しかし、たしかに、「あゝ堂々の」という二番の冒頭が、そのころ、無性に好きだった。五歳の私は、この戦時国民歌謡の「詩味」を解していたわけではなかったのだが、

あー、あー、あど、おど、おの、

という音の転がりがひたすらふしぎで、なんどもくり返し歌ったようだ。いまでも、ふしぎである。

「そういえばタカシ君のお母さんが歌っているところも思い出せないな」

通夜の鮨をつまみながら、M叔父がいった。

「うーん、そうですか。そういえば」

と応えたが、これもあとになって、そうでもないか、と思いなおした。母の歌う「アラビアの唄」「南のバラ」「フランチェスカの鐘」は、私には子守唄のようだった。若いころの母には、どうもエキゾティシズムへの傾きがあったようだ。

「アラビアの唄」の、「沙漠に日が落ちて」のあとの、「よおると、なある、こおろ」というところ。

「南のバラ」の、「きみよ歌え　恋の歌を」のあとの、「な、やまし、こ、のむね、も、えたつ、こ、い」というところ。

「フランチェスカの鐘」の、「あああの人と　別れた夜は」のあとの、「たあ、だあ、なんとなくう、めんどく、さあくてえ」というところ。

こういう音律の微妙な転がりぐあいが、私の日本語の詩へのめざめにかかわってもいったらしい。

それでも母は、その弟たちのように朗々と透る声を誇って歌うというのではなかった。最近の私は思うところがあって「歌は歌うものではない」と呟いたりすることがあるが、これには案外、母の影響もあるかもしれない。「歌は口遊むもの」としたいのだ。

引込み思案で声もくぐもるが、歌が好きで、つい歌いだしがちという私の性質は、中学生になってもあらわれた。

二年生のとき、級長をやっている優等生の親友がいて、彼から、近ごろ遅刻者が多いのだが、なにかいい案はないか、と相談された。こんなとき、私がとっさにアイデアを生み出すことが、この友人にはなんとなく察知されていたのかもしれない。

即座に私は、「遅刻をした人は、みんなの前で歌を歌わなければならない」という規則をつくってはどうか、と提案した。

「それは名案かもしれんけど、奇抜やね。あんたから提案してくれん」

「ええよ」

滅多に手を挙げることのない私は、級長によるこうした根回しを経て、遅刻対策学級会に立ち上がり、奇妙な対策案を言葉少なに提案した。

その瞬間、教室がどよめいたのを憶えている。なにより、前方左側の教室の出入り口に近いところに立っていた女先生が、全身で笑ったのをまざまざと思い出す。

この案が可決されると、一日二日は、効果があるかの様子見としたはずであるが、すぐに私は、歌う歌を決めてから遅刻をするようになったものである。クラスメートにもだんだん、故意の遅刻が分るほどになったかもしれない。しかしそれは、私だけではなかった。毎朝、友だちの歌を楽しめる日々がはじまっていた。

或る朝、とうとう女先生まで、わたし遅刻しました、と自己申告する事態が起り、教室は沸き返った。私は彼女がなにを歌うのか、どう歌うのか、どきどきしながら、この企画の成功をひそかに喜んだ。

それは「ワシントン広場の夜は更けて」という歌だった。ヴィレッジ・ストンバーズの歌を、日本ではダークダックスやダニー飯田とパラダイスキングが歌った。女先生は才気煥発な文学少女のあとを隠さずにいて、なにをやってもあたりの空気を切るようなスタイルがあった。私ははらはらしながら、先生の歌いだすのを待ち、そして聴いた。なぜこの歌を歌うのだろう、と、独り身で二十代を終えようとしている彼女の内心を覗くような気持だった。歌だけが宙に残り、やがて授業がはじまった。

澁澤龍彦『狐のだんぶくろ――わたしの少年時代』を読みすすむと、昭和三年生れをとりまく歌謡事情、映画事情というものが少しずつ分ってくる。大正時代の唱歌、昭和の国民歌謡、戦時の軍歌、ラジオを通してドイツとイタリアから届くファシストの歌、戦後の歌謡曲などである。「戦争によって、私たちのヨーロッパ映画体験は大幅に遅れさせられてしまった」という記述もある。おそらく、その遅れの皺寄せは、甥の世代、すなわち私の年代くらいまでは届いていると思われる。

私が文章を書くようになって、読書好きであったY叔父はときどき飲みながら、川崎長太郎の名前を出してきた。その最晩年に担当編集者となった私が、歿後に作家の思い出を書いたりしたからである。

「抹香町ものは、おれも読んだくちなんだぞ」

川崎長太郎の小説集『抹香町』に連なるいわゆる「抹香町もの」が一世を風靡したのは、昭和二十九

（一九五四）年、三十年である。いまに思えば、叔父は、ひとより遅くなった大学時代の終りか、本意ならず帰郷したころに読んだ、ということになるのだろう。

編集者として『川崎長太郎自選全集』にかかわり、澁澤龍彦さんから「何をかくそう、私は昔から川崎さんのファンだったし、いまでもファンである」とはじまる推薦文をいただいたのは私の誇りのひとつである。すると私の人生に深く影響を与えた昭和三年生れの二人は、同じころに「抹香町」ものを読んでいたということになるだろう。二人の共通点を強いて挙げるならば、明るいニヒリズムである。

無為に過さざるをえなかった二十代最後の数年、どういうはずみでY叔父は、五歳の甥を連れて映画館に入っていたのか。またどんな気持で、その子の家の小さなヴェランダで、おもちゃのピアノを叩き、「ペチカ」を教えてくれたのだったか。

一枚の写真が私の目を、その時代の酷薄な音色の宙にさまよわせる。

IX

思い出のハスキー・ヴォイス

——どうして歌おうとするのかなあ。歌は歌うものですか。

偉そうにいうのではない。忸怩たる思い、というべき心境だ。

酒席などで若い人が歌いだすのを聴いて、最近そんな冗談を試みることがある。歌いかけた口を開けたままのような、きょとんとした反応を見る。歌は歌わずに口遊むこと、と伝えたい。

歌おうと息込まれる歌など、もういい、という心が私にはある。一方で、私は歌を忘れたいのに、それでも口をついて出てくるものに、依然として当惑しつづけるばかり、というところもある。

黒本君という友だちがいた。小学五年から六年にかけてのこと、その後は知らない。

夏場でなければ、汚れきった黒い詰襟の学生服に身を包んでいた。言葉数少なく、しかし挙措は刃《やいば》のごとく、性《さが》はときに凶暴、成績は最下位近辺、水っぽい洟を垂らしていた。

音楽の時間、一人ずつ歌わされることがあり、楽譜を持った黒本君が教壇からこちらに向いたまま、立ち往生する情景を憶えている。そのときの歌は、聴けたものではなかった。ちぢこまっていて、音程ははずれる、声は掠れる。ピアノで伴奏しながら先生は苛つきを隠さず、そのためにクラス中が俯いていた。

ところが、別の日の休み時間のことである。机に腰掛けた黒本君の傍らを、私は通り過ぎようとしていた。その一瞬、電気に触れたように驚いた。彼の声が初夏の蜂の唸りのように、小さく、かつ強く、私の鼓膜に届いたのである。その擦り切れたビロードのような声の質は、いまも思い出せる。

夜がまた来る　思い出つれて

息の洩れるときの摩擦音にみちた、ただひときれのその声が、私の全身を一瞬のうちに縛り上げた。当時小林旭が歌ってヒットしはじめていた「さすらい」である。黒本君、このハスキー・ヴォイスで流行り唄の歌手になるといいなあ、と、はっきりそう思った。歌いたくないのに歌わされて、音楽の時間にちぢこまっていたその身体は、昼休みのひととき、いまや解き放たれていて、いつでもだれとでも喧嘩ができる、という活力にみちていた。その一方で、掠れた声はヴィブラートによって、彼を未知なる歌い手にしていた。

いつもいざこざを起し、クラスのだれかれの胸倉を摑んでいたが、私はそんな黒本君のことを、真直ぐな優しい奴だと思って疑うことがなかった。なぜか相性がよくて、彼につっかかられた記憶はない。

ただし、その粗暴な振舞いからして、将来、暗黒街の方へ行くよう運命づけられているのではないか、と子供心に案じられてならなかった。だからいっそう彼に、天からの授かりもののそのハスキー・ヴォイスで、流行り唄の歌手になってほしい、という願いが湧いてきたのかもしれない。

掠れた声で思い出すのは、それから二十年後、私が編集者という立場で出会った、私小説家の川崎長太郎さんである。

はじめてお電話を差し上げたとき、東京から小田原のご自宅への道順を、息せき切って説明してくださった。みなまで聴き取れないと分かると、切り替えて途中から、中身を聞かず、その掠れ声が枯葉のように奏でる音楽に耳を澄ませた。

数年後、箱根の古い旅館をとってくださり、自選全集の刊行を祝う会をもつことができた。当時八十歳の川崎さんはいつも以上ににこやかで、いつも以上にはしゃいでおられた。

宴がすすむとやがて、歌いましょうかと断るでもなく、私小説一筋の人ののどを、「磯節」があふれ出ていた。この歌だったか、と思った。長い道のりの途中、折にふれこれを口遊んだと、その書きものにあらわれる。

磯で名所は　大洗さまよ
松が見えます　ほのぼのと
見えます　磯　ほのぼのと

乾ききった、それでいてどこまでも強《こわ》ばりのない声である。聴いているだけなのに、どうして目の前に大きな景色がひろがるのだろう。

さ、さ、といって、より不自由でないほうの手で、飲むように勧められる。そして、みなさんも歌うように、と求められた。歌うことに躊躇《ためら》いのない上司二人が同席していた。すぐに彼らは、いつもの歌を歌いはじめた。

「勘太郎月夜唄」や「真田隊マーチ」には、六〇年安保闘争を経験し、革命の夢想からはじかれた人たちの、やさぐれた感情が込められているらしかった。大正期にアナーキスト詩人として出発した私小説家はなにもいわないが、すべてはお見通しというふうに笑み、ご自分のペースで、次に若山牧水の短歌を朗詠したりなさった。終えるとすぐに、唆《けしか》けてこられた。

「ヒライデ先生あたりは、浅酌低吟のくちですからね」

編集者の名に先生を付けるのは、川崎さんのいつもの遊びである。おや、浅酌、そう見定められているのか、と可笑しかった。

私はそこでなにか歌ったはずだが、なんだったか忘れた。というより、いわないでおこう。高吟するような歌でなかったことは確かだ。といって、低吟すること、口遊むことができたとはとても思えない。

そのころ、私には、もう以前のように歌は歌えない、というほぐせない気持があった。どうしても歌いたくなるという衝動もくすぶっていたものの、歌わされる状況というのは、よい結果をもたらすものでは

ない。

夕方になると上司たちが、ウィスキーをちびちび舐めながら仕事をする、そんな出版社に、二十七歳から勤めはじめた。傾いては縮小していく、文芸を軸とした老舗の出版社だった。「勘太郎月夜唄」の上司は、燐寸箱を掌に包み、マイクに見立て、どういう塩梅なのか、ことさらに猫背になって歌うのが常だった。

黒いダイヤル式電話機は、受話器をあげ、0番だったかを廻すと、喫茶店になっている一階を除く、六つの階すべてに流れる社内放送のマイクになった。残業も夜八時を過ぎれば無礼講となる、というわけではなかったが、酒がまわってきた上司たちは、その受話器をマイクにして歌いはじめた。「勘太郎月夜唄」の上司の曲目は、「お山の杉の子」を経て、「インターナショナル」に移行する。革命的共産主義者同盟のシンパを自称していた彼は、いつでも「革命」すなわち「生れ変り」へと移行したがっているようだった。

最近、その上司を偲ぶ会があり、再会した別の部署の先輩から、私もまた電話機で歌っていたことを聞かされた。「錆びたナイフ」が聴えてきたそうである。

いまは知らないが、当時は文壇バーと呼べる店がいくつかあり、夜が更けると、小説家も批評家も出くわした者同士、雑《ま》ざっては歌になった。

しかし、私が歌に傷を負ったのは、文芸雑誌の編集者としてこの出版社に入社する以前のことであった。

私は、歌などもう歌えない、という気持を抱えたまま、なんとも歌う機会の多い職場に入ってしまったのである。

事の次第は次のようなものだった。二十代の半ば、出版社に入社するまで、フリーランスで雑誌の請負い編集をやっていた一年半ほどのことである。五木寛之さんを囲む忘年会で、仲間と交替で歌った。歌い終って席に戻ると、こんどキングレコードに来てください、と五木さんが思いがけないことを切り出された。

「ヒライデさんは北九州のご出身だから」と、「ご」を付けて五木さんのいわく、芸名は「玄海四郎」でいきましょう。原作者としてかかわっているテレビドラマの計画があり、「旅の終りに」というその主題歌の歌い手を探している。いま、三人に絞ろうとしています。オーディションを受けてください。

そのドラマは、芦田信介演じる、艶歌の龍というかつての演歌歌手が主人公だという。演歌は少し苦手だった。演歌が嫌いなのではなく、総じて歌詞に意外性がないためである。私が好むのは、日本語の面白さを十分に感じさせてくれる、東西の音楽の間《あい》の子《こ》的な流行歌謡ばかりだった。

なかなか社会に入れそうにない、それならば身を捨ててこそ、と、ときに思い詰めるような不如意の時間のうちにあった。一方で大学在籍中から、詩壇というべき圏内に入りかかっていた。「難解な現代詩」の新しい世代という呼び声がかけられていたようだ。瓢箪から駒で流行歌手になれば、周囲の現代詩人と呼ばれる連中が驚くかな、という悪戯ごころが起った。生来のへそ曲りに由来するが、いま思えば、まことに勝ち目のない博突《ばくち》に首を突っ込んだものである。

学生時代はよく歌った。ゼミに選んだ師はフランス文学の出口裕弘先生だった。澁澤龍彦さんの、旧制中学以来の無二の親友である。先生のお宅に呼ばれると必ず歌になった。先生は私の歌をとても喜んでくださった。戦前戦後の流行り唄の歌詞も大体頭に入っていて、声帯模写もそこそこできたので、調子に乗って次々に歌った。

下宿のあった阿佐ヶ谷に案山子《かかし》という小さな店があった。そこのマスターは年も二つだけ上、学園紛争で大学を中退していたが、ほかにも大学八年生、十二年生といった連中が、三和土《たたき》ばかり三坪ほどの空間に屯《たむろ》していた。社会に真直ぐに入れない者同士と、たちまち気心も知れて、若い主客が代る代る歌い、また踊りはじめると、朝になった。私の連れは三つ上の山口哲夫や一つ上の稲川方人といった詩の書き手たちで、彼らもまた、おそらくは不如意な暮しぶりの請負い編集者だった。

或る夜、案山子で、オーディションを受けることになった、と恐る恐る打ち明けると、マスターや居合せた客たちは、オラが村から歌手が出るぞ、といって、また夜明けまで騒いでくれた。

オーディションというものがどういうものか、分っていなかった。だれからともなく、ともかく好きな歌を選んで、金魚鉢と呼ばれる防音ガラスで囲われた小部屋の中で歌うのだと聞かされた。

五木寛之さんには、編集の仕事で、オーディションの前にもういちど会う機会があった。私は考えていた唯一の願いを切り出した。

あのう、芸名のことですが。私の親しんだ海は玄界灘ではなく、もっと関門海峡に寄った響灘なんです。そこで、ですが、「玄海四郎」ではなく、「響たかし」ではいけないでしょうか。

日本郵便
5
NIPPON

響たかし、いいでしょう。五木さんはあっさりと応じてくださった。内心私は、これで演歌以外の歌も歌える、などと、ひとまずは胸を撫で下ろしたものである。

文京区音羽のキングレコードに行くと、二人のライヴァルと挨拶を交わした。一人はずっと年上の、革ジャンにジーンズという姿の、れっきとした新劇の男優、もう一人はすでにシングル版を出している、夢を諦めていない女性で、明らかに私より年下らしい歌手の卵だった。

順番が来て金魚鉢の中に入ると、ヘッドフォンを掛けられ、ともかく歌いだすほかはなかった。ガラスの向うに立ち並ぶ重役たちやディレクター、作詞家兼原作者の五木さんの姿が見えた。私は節まわしに息み返りながら、これは駄目だと思えた。案の定、結論は直後に出た。俳優座のWさんに決ったのである。

候補者やらスタッフやらを引き連れて近くの喫茶店に入ると、五木さんはすぐにレコード会社の人に、ヒライデさんには三カ月ほどレッスンを付けてください、といわれた。それが慰みであることは明らかだった。

ほどなくして案山子に飲みに行くと、目を輝かせる村の仲間たちから結果を聞かれた。答えると、座はすっかり白けきった。そのとき、これからはここでですらなかなか歌えそうにないな、と思った。

出版社に入ったのは、それから一年後のことである。

オーディションに落ちたあと、私は歌わされるたびに殻の中にちぢこまった。しかし、なんとか恢復または更生のきっかけを、自分の節まわしの中に摑もうとしないでもなかった。しかし、いったん纏ってしまった殻を破ることは、とてもむずかしいことだった。

ひどく冷や汗をかいたときのことを思い出す。唐十郎さんと打合せで会い、新宿のはずれだったか、とある静かなバーに入った。そこでシェイクスピア研究の小田島雄志さんと歌手で作曲家の小室等さんに出くわし、唐さんが私たちのボックスシートに招き入れた。唐さんは私がキングレコードのオーディションを受けたことを別の編集者から聞いていて、二人を前に、しきりにおだてては歌わせようとする。

私はといえば、一介の唐十郎ファンのころ、後楽園ホールで開かれた「唐十郎、四角いジャングルで唄う」というリサイタルに駆けつけたことがあった。そこで状況劇場の劇中歌が数多く歌われ、ＬＰレコードになったものを買い求めもした。それで、たいがいの唐さんの歌を歌うことができた。

「ジョン・シルバーの唄」「時はゆくゆく」「オテナの塔」「とらわれの姫」「さすらいの唄」——これらの劇中歌のすべては小室等作曲である。そんな二人と日本におけるシェイクスピア学の権威にまで囲まれた夜、四人掛けのテーブル席に腰を沈めたまま、私はアカペラで何曲も何曲も、適当にその座に浮んできた歌謡曲を歌わされた。汗顔の至りの、そのまた極致であろう。唐さんはどこまでも無邪気に歌を求め、小室さんは優しく頷きながら聞いてくれる。しかし、ためらいを抱え、殻を破らずに歌うばかりなら、頷かれるほどのものではないはずだ、と私は心で悲鳴を上げていた。唐十郎作詞、小室等作曲の放送禁止歌「愛の床屋」を、声帯模写でもして歌いかませばよかったのかもしれない。しかし、そのころの私は、歌い、の手負いだったのである。

澁澤龍彥さんこそは、私の思い出の中でハスキー・ヴォイスの王子というべき存在である。担当編集者だった私は差しで飲むことも多かったので、澁澤さんがふと口遊むその瞬間を憶えている。しかしエッセイで軍歌や小学唱歌や鉄道唱歌を歌う話を読んできたせいで、目の前でなにを口遊まれ、どこからが本の中であったかが朧ろになってしまった。ただ、挙げられる澁澤さんの特徴は、歌いだしにどんなバリアもないということだ。気がつくと、会話から地続きで歌になっていた。地続きでどこに迷惑がかかるのか、というような感じだった。歌いだすことに悶々としている私とは、まったく異次元の自由さだった。

一九八一年のこと、担当した『唐草物語』が泉鏡花文学賞を受賞したので、一泊二日の出張で、私も金沢に飛ぶことになった。授賞式の夜、受賞者とその奥方を囲み、選考委員各氏及び関係者の会食の席が、古い妓楼《ぎろう》に用意されて、末席に着いた。宴たけなわも過ぎたあたりで、選考委員の五木寛之さんが、ぼくは昔、ヒライデさんを玄海四郎という名でデビューさせようとしたことがあったんです、と暴露された。これに澁澤さんが即座に反応した。

「いやあ、ヒライデ君の歌がすごいというのはデグチからさんざ聞かされている。ハッハ、歌ってください」

私は断りようがなく歌ったが、気乗りのしない歌の結果は、金魚鉢でのものと変りなかった。

澁澤龍彥さん龍子さんご夫妻の率直さを、私は心から愛する者であるが、その純度を示す後日譚をここに記しておこう。北鎌倉のお宅の応接間にて三人で談笑しているとき、なぜか歌の話になった。

「しかし、金沢で聴いたけど、ヒライデ君の歌はあまりうまくなかったな」

「そうね、デグチさんがすごいすごいっていってたわりには、イマイチだったわね」

「どうしてかな」

澁澤さんはパイプを銜《くわ》えて、首を傾げる。

「すみません」

私は悲しくうなだれるばかりだった。


ひとかけらでも気乗りのしない心が雑ざると、歌はろくなものにならない、というのが私の得た教訓である。その教えはすでに、音楽の時間外の黒本君の素晴らしい掠れ声の囁き歌にはじまり、案山子で阿佐ヶ谷村の仲間たちと心置きなく歌に浪費した時間にあった。

その後、会社を辞めて四年が過ぎたころ、一度だけ天の配剤で特別な舞台が私に贈られ、そこで心ゆくまで歌い尽せたことで、その教訓は十全に認識された。

一九九二年冬、房総で草野球チームのキャンプを張った最終日である。九十九里浜の砂地に、夏場かぎりのはずの「海の家」が化けた焼蛤《やきはまぐり》屋があると、朝のテレビで知った。本来は夏季の終りとともに畳まねばならぬ。ところが冬の海の幸が名物となり、すっかり年間営業のかたちをとるようになった。そこで、白砂青松の国有地にけしからんと県が立退き命令を出し、三十何年もやってきたのに、と焼蛤屋も坐り直したところらしかった。

朝から思う存分野球をやって、午下《ひる》がりの晴れ渡った空の下、ナインは用具をからげ、きらめく雄大な浜辺を、蛤を求めぞろぞろと辿った。到着した畳敷きの小屋にはカラオケなどないのだが、飲み食いがすすむとどうした具合か、歌いたそうにする者が出てくる。監督の私が唆《そそのか》して伴奏なしでの歌になると、それに慣れない者たちにはかえって、空気と息との衝突が、新鮮な慄きとして感じられるようだった。

選手たちの選曲によって、眼前の太平洋が、琵琶湖やイムジン河に変った。俺と似てるぜ赤い夕陽、と歌ったピッチャーの肩に本物の夕陽が落ちたときが一番豪勢だった。蛤以外の海の幸も、きわめて旨かった。

このとき、私の中で殻が脱ぎ捨てられた。いつか燐寸箱をマイクに立ち上がると、知っている歌という歌が口三味線付きで次々に襲ってきた。他の客が帰り、ナインが歌い尽したあとも、声が掠れきるまで私は歌いつづけていた。聴衆となったナインは、こんな人だったのか、と腹を抱えて笑い、悶絶をくり返していた。私が響たかしとなった、最初で最後のステージである。店の人がストーヴに火をつけて、そばに寄せてくれた。立ち退いては駄目ですよ、と思わず声をかけていた。

あの晴れ舞台の経験でもう充分だと思うから、歌は歌わずに口遊むもの、と、いまは淡然としていられるのだろう。

先生がたの文彩

一九六三年春、中学校に上がるとき、門司から小倉に「越境入学」というかたちになった。駅や港としては九州地方の要衝であっても、人口が少なく、これといった大きな商業施設もない門司で育った子供にとって、生誕間もない「百万都市」の中心部を経由しての通学は、胸の高鳴るような変化だった。しかも、そこに集まって来るのは半ば以上、戸畑、八幡、若松とその他郡部広域からの、こまっしゃくれた越境者たちである。

小倉の繁華街で市街電車を乗り換え、南の郊外へ向う、都合一時間ほどの通学となった。そこは学芸大学の附属中学であり、この学校の使命のひとつには、実験的教育というものがあったらしい。とはいえ、生徒側には実験されているという意識はなかった。ただ、門司の町にある中学校の様子とは、ずいぶんちがうことに気づいた。

校舎は広大な大学の敷地の、そのはずれにあった。正門を入り、大きな陸上競技場の脇のゆったりした舗道をまっすぐ歩き、左に折れると、ナンキンハゼの並木道がつづく。果てたところに、その小さな中学校はあった。一学年の生徒数は百六十五人で、三クラスに分れていた。

中学の敷地はその向うの運動場で、コンクリートの塀越しに精神病院の高い建物に接していた。窓から飛んできた、「世界さんへ」という文字の書かれた紙飛行機を、生徒が拾ったこともある。

毎年三月、学年の終りに刊行されるのは、「大樹」という名の八十ページ前後の活版印刷による冊子だった。そこには「教官随想」や選ばれた生徒の文章、そして卒業していく三年生全員の、二、三百字の短文が掲載された。

自分の卒業の春までの三冊が、いまも手許にある。「教官随想」欄を読み返してみると、当時の教員はずいぶん文学的だったんだなあと思われる。国語の三人の先生がたがそうであるのは道理として、他の教科の先生にも文学が見える。

いつも白衣を身に纏い、黒縁眼鏡で厳《いか》めしいばかりに思えたフラスコこと理科の田部善美先生は、「散文詩」と題する、各連の冒頭ごとに一字下げを施した、一行の脚が極度に長い微妙な形式の詩のようなものを出しておられた。こうした文彩をはじめて目にしたとき、人は見掛けによらないものだなあ、と、この子供は生意気ながら思ったはずだ。

一年次の私のクラス担任で、英語担当の川中健司先生は、その無口で暗鬱な印象から、気の毒ながらドブネズミという綽名であった。しかし先生は、「虫」というひっそりとした、しかし密度の高い掌篇を寄せておられた。

この「虫」という一篇には改行がいっさいない。散文詩と呼ぶほうがふさわしいかもしれない。梗概は以下のようになる。

老朽化した溶鉱炉を調査する研究所員が、送られてきた内部の物質を分析していて、そこに生物の遺骸を発見する。検討を重ねるが、彼の科学的知識によってさまざまな推論が消え、突然、或る考えに打たれる。それは溶鉱炉の中で生まれ、育ち、成長している生物ではないかと。

最後の一節はこうである。

> 彼は想像しました。どろどろに溶けた鉄の灼熱の海中を、悠々と泳いでいる生物の生きた姿を。いつしか彼は自分自身がその生物になっているような錯覚におちいっていました。苛酷な環境でした。身を焼く熱い世界です。それでもおれは生きているのだ。彼は目を閉ぢ、じっと考えこんでいました。外では雪が音もなく降り続いていました。

国語の三人の先生には、それぞれスタイルがあった。いつも羞じらうような笑みを絶やさずにいた二十代後半の先生は、純朗という名の通り、いささか心配になるほど純粋で朗らかな夢を私たちに示していた。吉田という姓とその名とを約《つづ》めたか、生徒たちはヨタローと呼んだ。しかし、育ちのよさそうな先生の話を聞くとほっとし、ほのぼのとするのだった。

一九六四年春の「大樹」に、ヨタロー先生は「見上げてごらん夜の星を」という随筆を寄せておられる。

アルキメデスが風呂の中で「アルキメデスの原理」を発見し、喜びのあまり裸のまま街へ飛び出したというエピソードを中学時代から信じがたいと思ってきたが、とはじまる。それが近頃になって、「あれはほんとうだ」と思うようになった。

「発見などという大げさなものでもないし、他人から見ればとるに足りないようなことかも知れないのだが、とにかく自分にとっては心のときめくような思いつきを、机の前以外でしばしば経験する」、そんなふうに話は展開する。

英語の consider（よく考える）の語源はラテン語の considus（星と共に——星を一生懸命に見る）だということを知って、ターレスのエピソードもほんとうだと思うようになった。

アルキメデスやターレス、プラトンや孔子が登場するところ、先生には学究的な古典への嗜好がおありだったのだろう。そして、夜空の星に眺め入ることのほかに、好ましい散歩道を探すこと、散歩の終りに親しい人を訪ねることなどが書かれている。ロマンティストとはこういう人の謂かと、いまにして甘美に納得させられる。

大学の正門から附中の玄関まで近道をしたがる人もあるようだけれど、ナンキンハゼの一本一本の梢の先にあたる光を味わいながら歩くなんてちょっとしたぜいたくですよ。

大樹

私の第一学年が終る春に、ヨタロー先生は別の中学へ移って行かれた。終業式の日に手帖にサインをお願いすると、にこにこと万年筆を取り出されて、「おとなしいけれどつよい情熱を秘めている。一年間の印象。それを失わずに歩んでほしい」と極太の文字で書いてくださった。ブルーブラック・インクの、そのゆったりとして愛らしくもある文字は、いつでも目に浮ぶ。筆蹟というのは記憶にかかわって、しかも決定的である。記憶そのものとなるかのようだ。

二学年の国語の先生は、女の先生だった。卒業まで、私のクラスの副任でもあった鳥山先生である。七面鳥という別の綽名もあったが、ここでは水仙先生と呼ぶことにしよう。その理由は次の通りである。「大樹」の一九六四年春の号に、「花さまざま」というエッセイを書いておられる。才女であり、また才女であろうとしていた。そういえば、生け花をされていた、と思い出した。書道もできれば、走り高跳びも得意だったらしい。すらりとして華奢な姿で、速度と透明感のある、鋭い、隙のない、美しい文字を、黒板にも謄写版にも書かれた。

学校の行きかえり毎日二度ずつ出会う道ばたの雑草が、驚くほどあおさを増してきた。それほどいそがなくてもよいのに、花のいのちのみじかさ故の因果であろうか。日一日とかたちを大きくしてゆく木の芽、厳冬を凌いでいまなおかぐわしい匂いを含む水仙の白、黄色。

いそがしさにかまけて、斯道には日頃うとくなっているが、花を活けることに、その時季であれば、私はためらいなく水仙を選ぶ。ギリシャ神話の美少年ナルキソスの物語が一等気にいっていることも、水仙好きの条件のひとつ。

　彼はニンフの求愛をきっぱり拒絶した。

文学する人の姿をだれよりも熱く示されたのは、二年三年のクラス主任で、国語担当の桑田泰佑先生だった。口の悪い同級生にかかれば、「一歩一歩足の裏全体を床にひっつけなけりゃ損という歩きかた」で、綽名は「直立猿人」だった。しかし、その泥のような柔らかい人格の清らかさが、私にはなにか、中国の文人画に見る布袋さまのようにも思い返される。

　黒板に書かれる文字は、風通しのよい藁小屋のような文字だった。その文字で黒板に、たとえば、

いと紅き林檎の実をば
明日《あす》こそはあたへむといふ。
さはあれど、女の友は
何時《いつ》もそを持ちてなかりき。
いと紅き林檎の実をば
明日こそはあたへむといふ。

と、北原白秋の詩を書かれた。

「この、いと紅き実とは、なんか」

布袋さまのような先生の目は、生徒たちの方を見ているとは思えないほど伏し目がちであったが、そのことばはきっぱりとひたむきで、圧倒的で、ことばの曖昧さを曖昧さとして味わうように私たちに求めたものだ。だから私は、そして他の者たちもおそらく、「いと紅き林檎の実」に胸をどきどきさせたのだろう。先生はいつものように、答えを示さないはずだ。そう思えばなおのこと、「いと紅き実とは、なんか」という大声の問いかけに、私たちは胸を騒がせたのである。先生はいつも一途《いちず》で、生徒の反応が本筋を逸れると呆れ果てたというふうに首を振り、「馬鹿たれ！」と、たちまち罵声を響かせた。

いまにして思えば、あれは正真正銘の文学の授業だった。詩とは、そのことばの前に立ってひたすら向き合うもの、ということを教えていたからである。

また或る日の授業では、教科書に載っていた金子光晴の「かつこう」を読んだ。

しぐれた林の奥で
かつこうがなく。

うすやみのむかうで

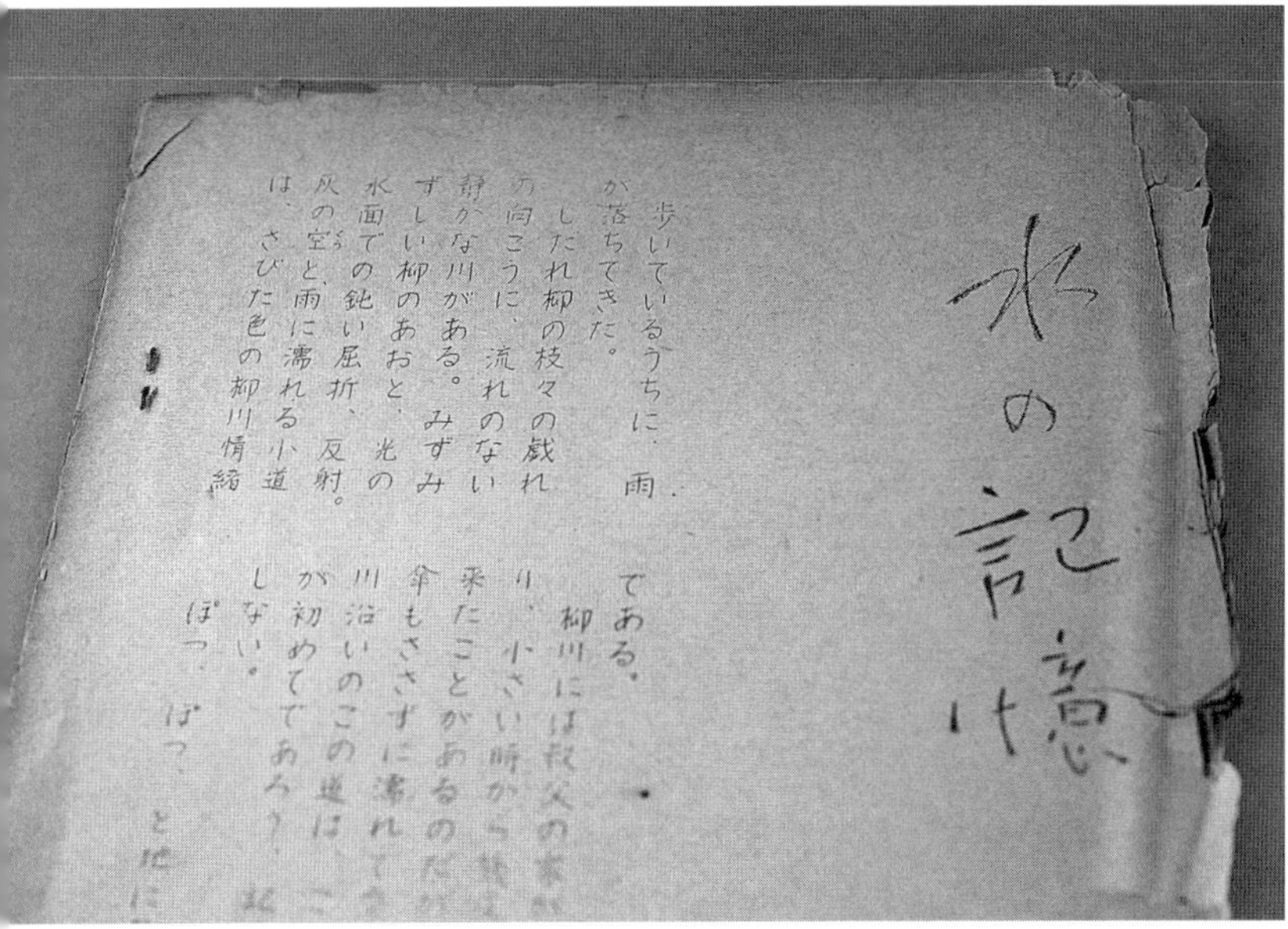
水の記憶
歩いているうちに、雨
が落ちてきた。
したれ柳の枝々の戯れ
の向こうに、流れのない
静かな川がある。みずみ
ずしい柳のあおと、光の
水面での鈍い屈折、反射。
灰の空と、雨に濡れる小道
は、さびた色の柳川情緒
である。
柳川には叔父の家が
り、小さい時から
来たことがあるのだが
傘もささずに濡れて
川沿いのこの道は
が初めてであろう。
しない。
ぽつ、ぽつ、と地に

こだまがこたへる。

すんなりした梢たちが
しづかに霧のおりるのをきいてゐる。

この詩について、どういう授業をされたか、もう憶えてはいない。しかし、先生のひとつのせりふだけが鮮明に心に残っている。それは、

僕の短い生涯の
ながい時間をふりかへる。
うとうとしかつた愛情と
うらぎりの多かつた時を。

という箇所を指差したときである。
「金子光晴がここまでの人生で、なんをしてきてこんなことばを書いたか、それは、いまここで教えん。そやから、じぶんたちが調べれ」
先生は、そう言い放った。

どの教材であっても、先生が詩の解釈を示されたという記憶はない。詩人の出自や時代背景を説明した印象もきわめて薄い。いつもその背負った袋の中から、私たちの前にどすんとテクストの束が投げ出され、その横に同じ手で、深い問いが書き添えられる、という具合だった。

或る日、小野十三郎の二十行ほどの詩を一行ずつ、すべてばらして無作為に並べ替えたプリントが配布された。順番をつけて元の詩を組立てるように、という課題だった。工業地帯の風景が展開するような詩だったと思う。

小野十三郎がどんな人か、生徒はなにも知らなかったろう。私たちは一人一人、パズルを解くように臨んだ。

ああでもない、こうでもない、と並べ替えるうち、私には、リズムが手懸りになることが分ったらしい。終ったころ、机のあいだを巡っていた先生が私の席のそばに立ち、解答の順列を確かめていた。「おおとる」と先生は、私のプリントを指先で軽く叩いて呟いた。

それから教壇に戻ると、みんなの前で名前は挙げず、「五十人のうち一人だけが正解した」といわれた。私は上気した。こんなことが、案外、私の詩のはじまりだったかもしれない。後年、先生が著わした多くの国語教育法のご著書の一冊をいただいて、その後も、じつに厖大な国語教育の研究と実験をかさねられたのだと知れた。その中に、「一つ教えて三つ気づかせる授業を工夫する」という見出しがある。この考えは、十七世紀の教育学者コメニウスの「少なく教えさえすれば、子どもの精神は飽くことはない」ということばと、「一隅を教えて、三隅を悟らざれば教えざるなり」という孔子のことばに補強されている。

桑田先生は「大樹」の一九六四年春の号に、「雪の思い出」という文章を書かれた。中学二年生になったばかりの私は、ときどきこの冊子を開いて、教えてくださる先生ご自身の文章に読み入った。


むかし、ずっとむかし……

透明な心でありたいと願っていたころが私にありました。

雪の、白い肌に、体を埋めて死にたいと憧れていたことがありました。

遠い遠い山の、深い深い雪の中に、体を埋めることの、しびれるような陶酔をなんとなく感じていたのでした。

中学生のころだったと思う。

はげしい戦争のさ中でした。

やがて日本の土に、荒々しく異国の人たちの声が聞こえるかもしれぬという風評が流れていました。

私たちは、ひとりになっても戦うのだ、と、地下に穴を掘る作業をしていました。

毎日毎日、朝から晩まで、自分の墓碑にかわるかもしれぬ穴を地下に掘りつづけていたのです。

時折り、グラマンと呼ばれていた飛行機の群れが、タカが獲物を狙うように地上めがけて舞い下りてきました。


ここまで書いてきたとき、研究室の電話が鳴った。

入試という大きな手が電話を鳴らしているのです。
ペンをおかねばならぬ。
この大きな手は、「電話が鳴る」というコトバのもつイメージを変えてしまうほどに私の手をとめる
……。

かれは死んだ。
笑うとよく涙をだしてからかわれていたかれが死んでいた。
グラマンの編隊が軽い興奮を残して姿を消してから、全員集合で、点呼があった。
かれ、ひとりが欠けていた。
みんなで探した。
穴の下に体をみつけた。
しかし、首がなかった。
そこから数十歩先の枯れ草の中に目をみひらいて首は落ちていた。
みんな集まってきた。
彼の顔を中心にして円形ができた。
「バカダナァー」と、誰かが言った。

私はなんども目を凝らして読み返した。なぜ、そこで不意に、「研究室の電話が鳴った」ことが書かれるのか。なぜ、「ですます体」と「だ体」とが交錯するのか。なぜ、入試は「大きな手」なのか。そして、「誰かが」とは「私が」だったのではないか。

この文章の後半は、白いと思って手の中に入れようとした雪に小さな汚れが見え、いったい、ほんとうに白い雪はあるのか、自分のものというときの心には、別の力が生れ、働くのか、と問いかける。なぜ、雪を、自分の手の中に包むことができなかったのか。そして、「私」はその問いを先生（つまり私からすれば先生の先生）にお尋ねする。

「ムズカシイ問題ダネ」と、おっしゃってから、考えこまれた。

しばらくして、舞い落ちる雪片を唇にうけとめるような姿態で、つぶやくようにこうおっしゃった。

「人生トイウモノハネ、砂浜デ見ツケタ桜貝ノ、二枚貝ノ一方ヲ砂ノ中カラ探スヨウナモノナノカモ知レナイネ……」

活字ではあるが、この片仮名の部分に、桑田先生のあの藁のような筆蹟がかさなって見えてくる思いがする。

私がなぜ、先生がたの筆蹟をかくも印象し、記憶しているかというと、ひとつには、中学三年の後半に謄写版刷りで、「沙羅の樹」というクラス雑誌を三冊か、こしらえ、編集実務も担当したからである。ガリ版切りは根気のいる仕事だから、分担をする。また、先生からはみずから原紙に切ってくださった原稿をいただく。水仙先生には、ときに私たちのやるべき分までガリ切りをやっていただいた。

桑田先生と水仙先生、この二人の先生の寸描を、笠敏子さんという女子生徒が、卒業の春の「沙羅の樹」一九六六年特別号に書いている。今日、四十七年と半年後に、「師に」という短い文章を私は見つけ、炯眼に舌を巻いた。

桑田先生のことは、こう書かれている――「「ばか！　死ね!!」以来、寝てもさめても桑田先生のことばかり考えている。「心酔」ということばがあるが、どうもそれらしい。あんまり人間らしいんで人間じゃないみたいにみえることもある。／彼の太陽のような笑顔と罵倒が素晴しかった」。

水仙先生のことはこうだ――「私は彼女と話してみたいとは思わない。ただみつめていたい。／素敵な人。すんなりして水仙のような芳香を持つ人。少女のような笑顔を持つ人。強いくせに弱い人」。

これを読んで、あまり言葉を交わさないでしまった笠さんは、どんな人だったのだろうと、私は思った。若くして亡くなったと、風の便りに聞いている。

彼女は編集担当三人のうち紅一点の中村セツコさんにこの原稿を渡し、ガリ切りも委ねたらしく、文末はこんなふうに結ばれている。

この原稿を出すか出さないかは中村さんにまかせます。ただし文章をかえちゃだめ。

お元気で……

XI

上級生たちの光彩

福岡学芸大学の附属中学に通いはじめた年の一学期も半ばを過ぎたころだったか、二人の三年生の男子生徒が縺れあうように歩く様子に、しばしば目を惹かれた。長身痩軀の大石さんは、廊下や踊り場で、跳ねあげた肘をもう一人の肩に置いたまま、その耳許になにかをしきりに話しかけている。もう一人はつねに寡黙だが、災いの中で思いつめたような目は絶望的に澄みきっていて、ここにないものを見ているようだった。

大石さんは球技が得意で、長い手足を華麗に操りながら昼休みの体育館で、よくバスケットボールのシュート練習をやっていた。通りがかりにその鮮やかな身の捌《さば》きを見守るようになったが、そんなときも、もう一人の三年生が、体育館の隅で黒い制服を着崩して立っていた。自分はけっしてそんな真似はしない、というふうな別の思念の籠の中から、親友のシュートの動きを眺めているのだった。

陰陽対照的な二人は、あろうことか、やがて私に少しずつ近づいてきた。仄暗い廊下に並び立つ二人の姿は、五十年後のいまふり返る私には、ウィリアム・ブレイクの後期の版画に見られる、半ば霊と化した人間たちの曲線的な姿を思わせる。この世に半分しかわが身を置かないようにすれば、あのような曲線が身につくのだろうか。こちら側が見ているだけではない、あちら側からもこちらを見ていた。なんのつながりもだれの紹介もないはずなのに、このようにして人間同士が惹かれあうということがあるのか、と胸苦しい気持に襲われた。

或る日、とうとう目の前で二人の影が離れて、きらきらした笑みを浮べつつ大石さんが近づいてきた。大判の大学ノートを開くと、そこには行を分けられた言葉がたくさんの島を成していた。ハイネ、コクトー、ジャムという名があちこちに見えた。

ノートは一日か二日、この下級生に貸してくれるのだという。岩波文庫のアンデルセン『絵のない絵本』がそこに添えられた。なぜ自分なのかと、文学に大して関心のなかった私はどぎまぎしながら訝った。物陰にいてけっして話しかけてこないものと思っていたもう一人の上級生は、大石さんの話が終ると近づいてきて、こんなことだけを語りかけてきた。

「ぼくのノートの中には、彼の詩がたくさん入ってる」

そのペシミスティックに思いつめた表情の上級生の名は、附属小学校からあがってきた同級生のI君が教えてくれた。

「あのジェイムス・ディーンにそっくりなひとがゴッホさん、千穂さんのお兄さんなんよ」

同級の壊れもののような女生徒と結びついた。剛穂と書いてゴッホと訓《よ》むらしい。数日後、三年B組に

『絵のない絵本』とノートを返しに行くと、大石さんは感想を求めながら、今度は文庫本の『車輪の下』を貸してくれた。教育によって圧し潰される青春というヘッセの物語は、読み進めるうち、共有を求められるものであるかのように重くのしかかってきた。

それからの日々、廊下で二人組と出くわすことがあっても、ゴッホは見つめてくるばかりでなにも話しかけてこなかった。私が彼の声を聞いたのはあの一言だけだった。

「ぼくのノートの中には、彼の詩がたくさん入ってる」

だが、私の側では、大石さんの陰に立つ、世間の外へ向おうとしているようなゴッホへの注視が止らなくなっていった。

前の章で触れたように、一年生の終りに刊行された「大樹」一九六四年第十五号では、読みでのある先生がたの文章の彩に魅せられた。だが、この号に掲載されていた生徒たちの文章の光彩も驚くべきものだった。ほとんどが県立小倉高校へ進学していく上級生の中に、私はまず一人、ゴッホという存在を見つめた。それははじめて見る「詩人」と呼べそうな種族だった。

「大樹」に見つけた彼の文章は、「疎外された人々」と題されていた。

ぼくは、反逆した人々とその物語が好きだ。小説では、「マノン・レスコー」のマノンとグリュー、「恐るべき子供たち」のエリザベートとポール、戯曲では、「フエードル」のフエードル、「群盗」のカール、詩では「ムツイリ」のムツイリ、映画では、「地上より永遠に」のプルウィット、「エデンの東」

のキャル、「シベールの日曜日」のフランソワーズとピエール、など。それらの中に、一人として老人はいない。そして、みな悲劇的な結末を持っている。だが、共通点はそれぐらいだ。あとはあまりにちがう。反逆の内容も、反逆の対象も。

ぼくは奇妙な比較をする。「恐るべき子供たち」と「エデンの東」と「シベールの日曜日」を、比較とよべるなら。

読んだことも観たこともない本や映画の名前、登場人物の名前が、文中にきらめいた。

そのタイトルにジェイムス・ディーンの映画がかさなり、そのディーンにとてもよく似ている原田剛穂の風貌がかさなった。そこにはポーズといえるものも指摘できたが、それを思春期特有のものとして片づけるわけにはいかないほどの本気と純粋が、彼自身の気配としてあふれていた。

「エトランゼ」という概念が、ゴッホと大石さんの合言葉でもあったようだ。この校友会誌で、二人はともにフランス語で「異邦人」を意味する「エトランゼ」ということばをつかっていた。大石さんは次のような詩の形式で書いていた――「遠い国から／エトランゼはやって来たのだ／お前たちにはわからない／そんな遠くから」とはじまる、あの大判のノートの中にあったにちがいない甘美な詩篇だった。「滑稽だと　お前たちはいうけれど／阿呆だと　お前たちはいうけれど／エトランゼはお前たちが滑稽だ、エトランゼは／遠い国からやって来たのだ――」。

ゴッホの「疎外された人々」は、映画化もされたコクトーの小説『恐るべき子供たち』と、ジェイムス・ディーン主演の映画「エデンの東」、前の年に日本で公開されたフランス映画「シベールの日曜日」という三つの作品を比較したエッセイだが、その比較は次第に、「エトランゼ」とは、「反逆」とは、という問いかけの構成へと転じられ、速度のある文章は音楽を帯びていった。破綻へと向うその音楽に、十三歳の私は感染した。

彼の文章の最後は詩的に高まり、幸福と不幸、美と残酷の逆説に近づこうとする。

「この世に至福はないのだ」という一文で終るところに、彼にとってどうにもならなかったものをいまでは読み取れるものの、当時は絢爛たる絶望の才筆に慄くばかりであった。

この破滅型のきわめてポエティックな批評が先生方の燻し銀の文章に並ぶと、七十ページほどの「大樹」は光彩を増した。だが、それらをさらに凌ぐかと思えるような文章を、別の三年生が巻頭に寄せていた。

その三年A組渡辺芳郎の「EN RE MINEUR」は、いまも私が驚異の念とともに読みなおす文章である。書き手が中学生であることが驚異なのではない。文章そのものが驚異なのである。それは、このように書き出される。

（遠い声）フランクは三度で転調してるんです。音の拡がりがほんの少し位置を変えたかと思うと、廻りの色合いが他の色と溶け合い始めて、そしてフッと別の色になってしまいます。すると、自分が急に別の場所に立っていることに気付くんです。壮大なLentoの序奏の中で木管の三つの木が鳴ります。ま

疎外された人々

3B　原田剛穂

ぼくは、反逆した人々とその物
レスコー」のマノンとグリュー、
ートとポール、戯曲では、「フェー
のカール、詩では「ムツイリ」のム
永遠に」のブルウィット、「エデン
日曜日」のフランソワーズとピエー
として老人はいない。そして、みな
が、共通点はそれぐらいだ。あとはあ
反逆の対象も。

ぼくは奇妙な比較をする。「恐るべ
と「シベールの日曜日」を、比較とよ

■

〝恐るべき子供たち〟は（これはエ
し、アガートとジェラールはふくまな
エトランゼになるためにあのような
ゼだったからあのような行動をとったの
らはエトランゼであり、積極的にそう
とは、いわば彼らの趣味であり、彼ら
だから、ある意味ではそれは反逆と
エトランゼであることには積極的だっ
た。あたりまえだ。彼らの世界にはい
きた外国は見えなかったからだ。
に帰った。もう反抗の対象

るで前の場所と次にくる場所との間に掛けられた橋のように。
――ある時の自分の気持ちを、そっくりそのまま思い浮べることができるだろうか――放送室の中でそんなことを考えていたことがあった。横にU君がいて、前でフランクが回っていた。――これ聞いてたらあの頃のこと、思い出さん？――U君がそんなことを言った。

いきなり「(遠い声)」ではじまる冒頭の節の詩劇的な大胆さもさることながら、私は、次の節の「――ある時の自分の気持ちを」と急に転調される部分に衝撃を受けた。この文章そのものの転調は、作曲家セザール・フランクの「交響曲ニ短調」の転調に対応している。

一冊の雑誌「大樹」の中に、子供の私は、前章で触れた桑田泰佑先生の(「ここまで書いてきたとき、研究室の電話が鳴った」という)転調と、渡辺芳郎さんの(「――ある時の自分の気持ちを、そっくりそのまま思い浮べることができるだろうか」という)転調の、文章冒頭からの二つの転調を味わった。これは一人の子供の未成の精神になにかを刻みつけたのではないか。

後年、『文章読本』なども書いた或る小説家から、『ベースボールの詩学』という長篇評論における私の書きかたに言及されて、この人には転調の癖《へき》がある、というような意味のことをいわれた記憶がある。その本は、『胡桃の戦意のために』という断章ばかりの詩集においていわば百もの小さな転調を試みたあとの著作であった。そのために、詩作から評論へわたった自然の勢いかと自分でも受け止めていたが、いまその本における「癖」に触れてみると、さらに遠い過去に淵源を見出す思いがする。中学二年に進んだ私は、このような転調に目を凝らし、何度も何度もそこだけを読み返して、転調というものの不思議に打たれ、その喜びに浸っていたような気さえするのである。そしてあからさまな、しかし鮮やかな転調のあとでは、そこからつづく一見なにげない文章の進行も、次の転調への予感によって打ちふるえている。

第一楽章の第二主題との出会いをいまでもありありと覚えている。薄暗い曲全体の中に、この主題だけがポツンと浮かんだ。明るい木管の下降和弦の底からみるみる輝きを増して上昇し、その絶頂で第二主題が弦によってフランクの信仰の歌を高らかに歌うのである。シンコペートされたその主題が聞くものの心をそれに乗せて大きくゆさぶる、こんなにまでも力強く、こんなにまでも暖かく。……それらの個所はいまではどう感じられるのだろうか。通り過ぎかけてアレッと思う。こんなはずではなかった。前に起った感激が失なわれた時ほどうすら寒いような気のする時はない。悲しい、というよりも体の一部でもなくなったような気がする。変わったのだなと思う。音楽というものが音の組み合わせである以上、また音というものが一種の刺激である以上、こういったことはある程度さけられない。刺激は「慣れ」を伴っている。しかしそれだけではないはずである。聞くたびに高まってくるもの、気付かない程少しずつ大きくなってくるものがある。穏やかだが迫ってくるもの、フランクのいう神への接近……。

二年生になろうとしている時期にこれを読みながら、ゆくりなくも私は、教室での或る日の昼休みを思い出していた。
弁当を終えてまわりの連中と騒いでいると、腕章をつけた上級生が二、三人、教室に入ってきた。当番制による校内見廻りらしかった。ⅢAという徽章を襟に付けたその中の一人が、一年生のとりとめもないはしゃぎの傍らに立つと、静かな笑みを浮べて、ひとこと諭しているようであった。私はその泰然として立つ上級生の目が、近くにありながら遠くを望み見ているような気がした。私がはしゃぎの勢いをかりてそばに寄ると、彼の下顎のあたりには、まばらな髭がしっかりと伸びていた。私は思わずそれに手を伸ばした。まばらではあったが、確かな長さのものだった。その上級生は自若としていやがる風も見せず、触られるままに笑みを絶やさず、さらに遠くを眺めているような様子だった。あれが、渡辺芳郎さんだった。あの人がこれを書いたのだ。私はまた、テクストに目を戻した。

——ある時の自分の気持ちを、そっくりそのまま思い浮べることができるだろうか——放送室でそんなことを考えていたことがあった。前でフランクが廻っていた。あまりに突然だったのでひどく驚いた。それはまったく自分だった。一心になって聞いているある時の自分の姿である。ある時の自分が現在の自分と重なる。旋律が黄緑の中に大きな弧を描く。フランクの和声のふるえる中に、遠くからの風が吹き寄せる。風………

驚くべき文章である。純粋や高貴の方向を指しながら、現実の相の中にいるほかない自分の姿をも眺め気のする時はない。悲しい、というよりも体の一部でもなくなったような気がする。変わったのだなと思う。音楽というものが音の組み合わせである以上、また音というものが一種の刺激である以上

こういったことはある程度さけられない。刺激は「慣れ」を伴っている。しかしそれだけではないはずである。聞くたびに高まってくるもの、気付かない程少しずつ大きくなってくるものがある。穏やかだが迫ってくるもの、フランクのいう神への接近……

――ある時の自分の気持ちを、そっくりそのまま思い浮べることができるだろうか――放送室でそんなことを考えていたことがあった。前でフランクが廻っていた。あまりに突然だったのでひどく驚いた。それはまったく自分だった。一心になって聞いているある時の自分の姿である。ある時の自分が現在の自分と重なる。旋律が曲線の中に大きな弧を描く。フランクの和声のふるえる中に、遠くからの風が吹き寄せる。風……

Lento ――神へさしのべられた手。ひきのばされた「祈願の動機」が二短調下属和音から二長調主和音へ飛揚しようとする。地上から飛びたとうとする。一度、二度、三度、複付点二分音符が二つ、最後の力を全身に満たす。このように力強い跳躍が他にあるだろうか。「完全」へのプラガール終止、恍惚とした要への音からの長い見えないタイは、伸びて伸びて、天へと連なる。

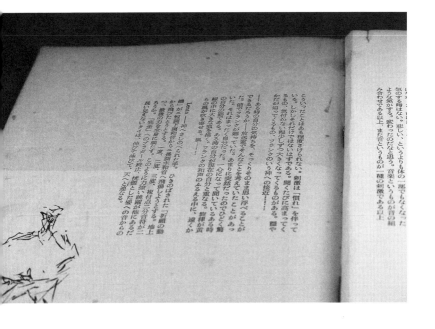

ている。
一心になって、いくど読み返したか知れない。
最後の一節はこうである。

Lento——神へさしのべられた手。ひきのばされた「祈願の動機」がニ短調下属和音からニ長調主和音へ飛揚しようとする。地上から飛びたとうとする。一度、二度、三度、複付点二分音符が二つ、最後の力を全身に満たす。このように力強い跳躍が他にあるだろうか。「完全」へのプラガール終止、恍惚とした嬰への音からの長い見えないタイは、伸びて伸びて、天へと連なる。

背表紙の部分が薄片となって、いまも少しずつ欠け落ちていくありさまの雑誌「大樹」の巻頭を飾ったその文章には、当時の私によって、一文字にだけ鉛筆で傍線が引かれている。あまりにも「完全」な文章に嫉妬したのであろうか、下級生は文章の終止するきわみの箇所、すなわち「天へと連なる」のところの、「と」の横に、かぼそい線を遠慮がちに引いた。この「と」は必要なのだろうか。これでは昇天があまりにも決定的になるのではないだろうか。「天へ連なる」とするほうがいいのではないだろうか。そんな疑問だったと思える。
あまりにも気高い精神に言葉の中で出会うと、はらはらと落涙するのをこらえるような心的状態に入るということを、私はこの文章から教わった。高みに触れるには言葉だけで充分だという教えでもあった。

一方、文章などどくそくらえという書きかたを、私はゴッホから教わった。少年の私は原田剛穂に、少年期を終えるまで心酔したのである。小林秀雄がアルチュール・ランボーを訳し、「ランボオ」を書いた、あのような書きかたと生きかたを、ゴッホは高校にかけて試行したらしい。もう彼に小さな校舎の廊下で会うこともなくなったあと、その妹を通じて求め、渡ってきた部厚い原稿の束は「ランボオ」「詩・音楽・かなしみ」「蒼い薔薇」などと題されており、小林秀雄訳『地獄の季節』に巻き込まれたような書きものだった。どうやらその気圏を破るには、特別な力や道具や行動が必要らしかった。

その後、その妹から進行形で聞きついだ話によると、原田剛穂は高校を卒業するかしないかで学年が上の女性と駆け落ちし、行方不明となった。高校で在籍がかさなった一年間は廊下ですれちがうこともなく、二度と会えずじまいであった。

渡辺芳郎さんについては、現役で東京大学理科三類に合格し、医学部に進学したとまでは聞いたが、その後を知らない。強烈な人間的魅力にふちどられた破滅型の少年詩人と、純粋な時空の純粋性を日常の自己自身の中にも探究できる超秀才と、私は二人の上級生に出くわした。この二人によって、私は自分が詩人ではないことを知り、秀才ではないことを知ったのである。

彼らと接触したのはごくわずかの時間だったが、それぞれの十五歳の声をふくむテクストは、窮地のときにこれをひそかに書架の奥から取り出して読み返してきたので、彼らとの会話はきれぎれに五十年つづいてきたともいえる。そのような折には、現在の自分が、高みに触れて狼狽する少年とかさなるのである。

XII

美術の先生とその先生

五月、こどもの日の晴れた夕方、三鷹駅の改札口を出ると人混みの中に、中学の同級生たち十人足らずのかたまりがあった。遠目にも、われわれの美術の教師で、当時、学年主任を務めておられた中村輝行先生の姿が見分けられた。先生は御齢八十四のはずなのに矍鑠《かくしゃく》としておられ、ボーラーハット（山高帽）だろうか、帽子の下に彫りの深い顔立ち、ネクタイはしているがいつものように強ばらない瀟洒な着こなしだから、通りがかりの傍目には同輩の一人に見えることだろう。なにしろわれわれも六十をとうに過ぎているのである。

先生をふくめてその中の正装の数人は、府中の競馬場経由であった。故郷小倉の繁華街で町医者をやっている丸岡啓一君は馬主でもあり、時折上京してくる用事のひとつに医事方面のみならず馬事の絡みもあるらしい。

日頃から次々とアイデアを出して集まりを演出する丸岡君は、前年の新緑の季節、芝の香りが漂う東京競馬場での優雅な昼食会を企画した。馬主席での観戦には、正装が必須のようだ。

中村先生は次の年も、もういちど競馬場に行ってみたいと希望されたそうだ。あるいは丸岡君の思惑が主導したのか、それは不明である。聞くところによると今回の先生の戦果は上々で、数えかたによっては五戦四勝といえるとのことだった。

一人の遅れを待つあいだ、駅頭で私は、先生と久しぶりに談笑した。美術の第一線におられるので、共通の知り合いが一人二人ではない。そんな人たちのうわさ話の合間にも、私の仕事が最近、海外でひろったという話を喜んでくださった。ほかの人ではためらわれるところも、先生に対しては素直な心がはたらくのかもしれない。私の書きものにしては珍らしい、各国から来る多くの反響のことをみずから報告していた。

ネットワークの中心にいてつねに情報収集を怠らない丸岡君は、同級生に関するよい知らせを少しでも聞きつけては恩師の耳に入れ喜ばせてきた。一方、中村先生は小倉に帰郷するたびに、丸岡君の医院で簡単な検査を受けるようだ。永いあいだ教え子を見守り、見守られもした関係である。この日の集まりに際しても、丸岡医師は一匙効かせたらしい。すなわち、私の小説（『猫の客』）がニューヨーク・タイムズ・ベストセラーというものに入ったことを出汁《だし》にして員数を集め、先生を囲む会をいちだんと盛り上げようと謀ったのだった。

十人全員が揃うと、玉川上水沿いの静かな道を、しばらく先生と語りながら歩いた。ここから先のお話はレストランでしようと思い、途中で同級生に会話を譲ると、私は歩道を上水側のほうへ移って、雑草に隠れがちの流れを覗きながらひとり歩いた。

うしろから同じように車道を渡って来た同窓生の気配を感じたので、水を見やりながら太宰治を思い、「死ねそうな深さだな」と悪たれぐちを声に出した。水深は脛《はぎ》の高さほどしかなかった。

二階建ての石造りの洋館のフランス料理店に入ると、個室の大きなテーブルの中央に先生が着席し、その右隣に私が着くことになった。みなで選んだ赤ワインなどが来て乾杯の段となったところで、丸岡君が思わぬ提案をした。みなで起立して黙禱を、という。前年の競馬場同窓会への参加を楽しみにしていたのに急逝した女性を悼んでのことである。この学年では花のような存在で、大胆に社交的であり、極度に繊細でもあった。私が本を出すたびにそれを見つけて、方々に宣伝のようなこともしてくれた。

私はふと、中学二年のときのガリ版刷りのクラス雑誌「沙羅の樹」に、その女性、藤谷泰子さんが太宰治について書いていたことを思い出した。ガリ版を切ったのは私である。タイトルに大きく「太宰治」と鉄筆で謄写原紙に切るとき、一画ずつじっくり重ね切りしていると、「宰」の字がだんだん奇妙な誤字に見えて、しばらく見つめていたことまでが思い出された。

黙禱が終ると、乾杯になった。先生とグラスを合せた。まわりの友人たちともカチカチとやった。着席、と声がしたら赤いものが、坐りかけた先生のネクタイをかすめるように滴ったのが見えた。そのしずくがつづく。

鼻血が、と私は声を立て、またまわりからもそれが立って、座は動顚した。私は鞄の中にあったティッシュペーパーをそのまま次々と提供し、ほかの生徒たちもつづいた。薬剤師となった園田さんは、落ち着いて先生に寄り添った。横になっていただくか、それとも救急車を呼ぶべきか、といろいろな声がしたが、声はみな、丸岡医師の方へ向けられている。

丸岡君はさすがに騒がず、横にしない、と短く言い切って、対応を考えている。どうやら救急車も呼ばないという判断らしい。中村先生はみずからトイレ手前の手洗いに入ったが、なかなか戻って来ない。出血がいっこうに止らないらしい。

コース料理が運ばれはじめるところを制止して、事態は深刻になりそうだった。丸岡医師の最終的な判断は、タクシーを呼んで、まずはご自宅に、というものであった。この土地で救急病院に入ることが、あとの事態を複雑なものにしかねないという判断でもあったらしい。また、すでに昼間の競馬場で先生から、この一週間、ときどき鼻血が出て困るという話を聞いてその出かたまで問診しており、心配するものではないとすでにあらかた診断済みだったようだ。片方から出ている鼻血ならむずかしいものではなく、鼻粘膜の一部が弱くなっているだけというケースが多いらしい。

タクシーに乗った先生は窓から会釈をしようとされたのだが、私は立派な帽子や血のついたネクタイが気に懸った。

興奮さめやらぬ中で、主役を抜きにした食事会があらためてはじまった。それが終るころ、恩師と教え子の医師とは携帯電話で連絡がついた。小平のご自宅に着いたあと、あらためて救急車に運ばれ、病院で鼻粘膜を焼灼する手当てをして落ち着かれたという。

一同に安心がやって来ると、軽口も出る。

競馬で当てすぎたんでは、といったり、いや先生の若さにはいつも驚かされる、俺たちは鼻血も出ないよ、といったり、そのような他愛ないものである。

中学に入学して、美術教室の中ではじめて先生を間近にしたときのことを私は思い出していた。あのころ、先生は三十三、四だった。

濃い眉、青みのある眼、彫りの深い細面《ほそおもて》をしげしげと観察しながら、新一年生は、どう見てもヨーロッパの人ではないか、と考えたものである。フランス映画に出てきそうなダンディズムと美貌だった。


中村先生は二十四歳のとき、二十歳ほど年上の画家、糸園和三郎に認められた。福岡学芸大学の第二師範を出て教職に就いたころだった。自由美術協会の会員になったのが八年後の一九六二年、私たちが入学したのが一九六三年だった。一九六四年には自由美術協会を退会し、主体美術協会の創立に参加して会員となった。そのころの先生の絵は、いま思うとアンフォルメル（非定形志向の戦後派的潮流）へ振れていこうとするところがあった。「先生がたの文彩」の章で書いた校友会誌「大樹」十五号の表紙や、目次・本文の絵やドローイングはそのひとこまのようだ。このような描きかたに、何人かの感じやすい生徒が影響を受けたはずである。

その後の画風は具象に徹し、とくに牛と人のモチーフを描きつづけている。

私たちが小倉高校へ進んだころ、先生は福岡教育大学と名を変えた大学の、その附属中学校で教頭にな

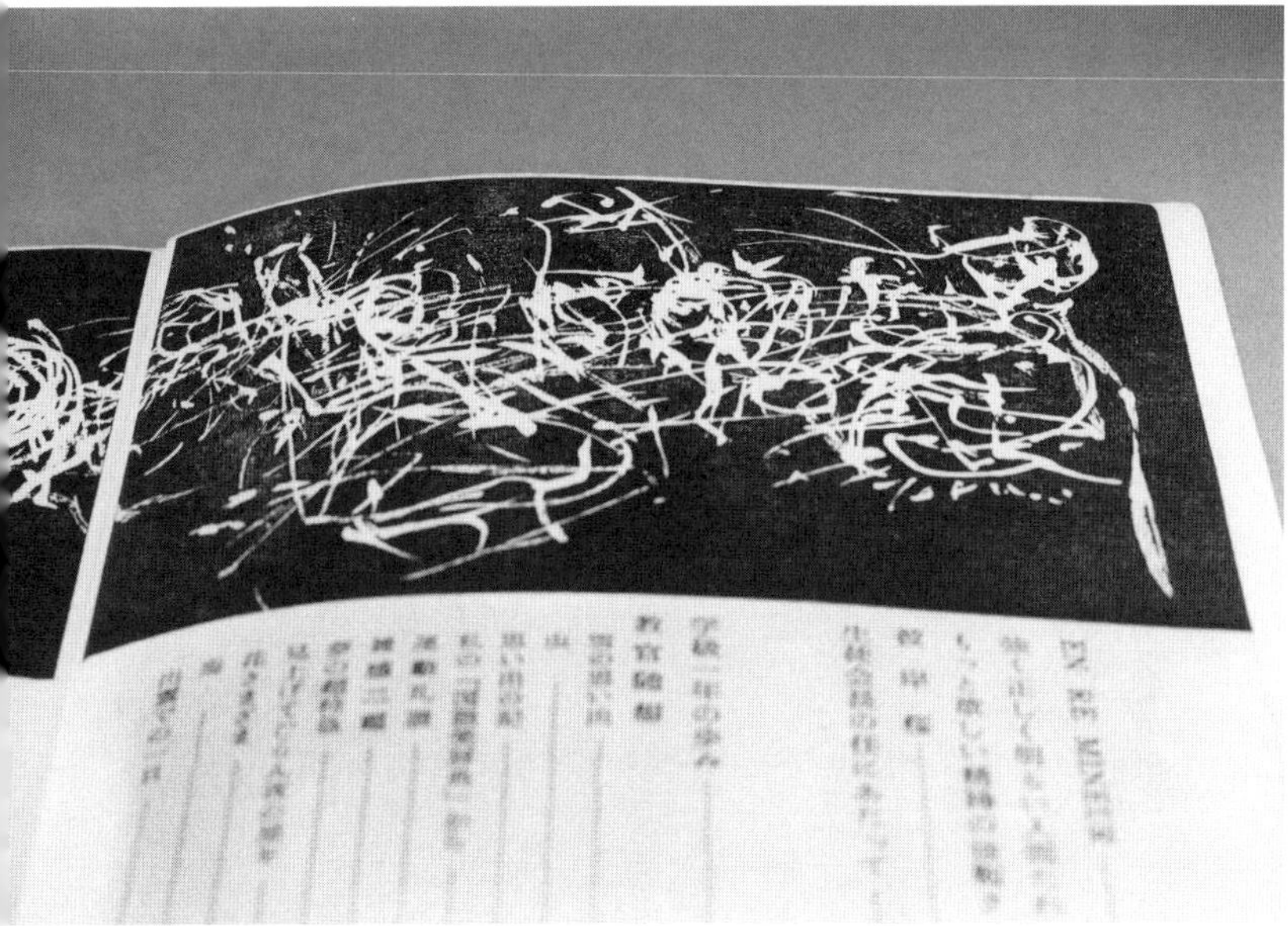

学校一年の歩み
教官随想

り、私たちが高校を卒業するころには、公立学校では校長職にあたる「総務」になっておられた。

中学を卒業したあとになってもこんなに先生の環境の変化を知っているケースは稀れではないだろうか。なぜかといえば、まずは先生が世の教師らしくなく、まるで私たちと同じように進路を探りつつ悩んでいたからではないか、それが隠されずにいて、自然に伝わってきたからではないか、とそう思える。

高校に進んでも同人雑誌をつくり、受験浪人になっても同人雑誌をつくり、ということをしていた私は、友人たちと語らって、理解を得られそうな大人たちにそれを示しながら、「カンパ」を無心しに彼らを訪問したりもした。いま思えば汗顔の至りだが、附属中学の先生がたやその紹介で知った彼らの文学的友人である大学同窓の教師たちの場合、再訪をか、活動をか、喜んでくださる場合が多かったのも確かである。

浪人時代、雑誌の刊行に事寄せて「パーティ」を開くことも、カンパ作戦のひとつだった。私たちはここで、中村先生とはじめて盃を交わす喜びを得たのだが、先生もまた嬉しかったのにちがいない。というのも、一九六九年か七〇年のこのパーティで、観る者たちがこぞって狂喜に至るほど圧巻の、中村先生の「タコ踊り」という芸が演じられたからである。

失礼ながら、先生の前髪はお若いころからかなりの後退を見せていて、私には当時、日本公開されたばかりの「昼顔」(ルイス・ブニュエル監督、カトリーヌ・ドヌーヴ主演、一九六七年)に出てくる、ミシェル・ピッコリがお姿にかさなってしかたがないという、ひそかな事情があった。前頭は髪を大きく後退させながらまるく輝き、もみあげから側頭後頭にかけてはたっぷり黒のある超絶的な色男である。みんなに「タコ踊り」を踊ってやろう、と先生は仰られて、それははじまった。

すでに残像しかないが、被《かぶ》りものをした中から頭部だけを突き出し、安来節《やすぎぶし》のように手足のくねりを見せるお座敷芸であった。

中村先生が師として出会ったころの糸園和三郎画伯は、戦時の疎開で大分の中津に帰郷していたという。一九五六年に東京にふたたび戻ったが、先生は以後も、毎年上京して絵を見てもらい、話を伺うということをくり返したらしい。


隣に坐って、ワイングラスを傾けながら中村先生とお話を、と思っていたもくろみはあえなく潰えた。その代りに、家に帰ると、十年以上前に先生が送ってくださった美術雑誌に手が伸びた。挟まれていた手紙がはらりとあらわれる――「そのうち一パイのみたいものですね。ネコの本のなかの指先にとまったトンボのところ、ゾクゾクしました。とても感動しました」。

誌面には編集人のインタヴューに答えてこんなことばがある。


――ぼくは以前からもう教師は辞めた方がいいという気持ちがずっとあったんです。糸園先生と一年に一回会うたびに心洗われて、芸術のほうのモチベーションをいただくし、普通のことはやっちゃおられんという感じでしたが、ぼくは目の前にあるものには手を抜けないのです。対象が生きている人間、子供でしょう。私が先生から受ける感動を子供たちにも、と思うでしょう。それで両方やっていた。

――当時の附属中学は、厳しい入試がありました。教育の理念は一方にありながらも、学習の能率とか、成績が現実問題としてあるじゃないですか。そういうことでもぼくは一生懸命やったんです。手を抜けないんです。

——当時、大学と現場の共同研究、文部省や教育委員会との関連のありようが問われ、県や市との人事の交流や現職教育等々、多くの人々と関わっていたんです。そういう事についてもぼくはかなり力を尽くしたんです。だけど、そういうのをいくらやっていても、糸園先生にちょっとお会いして一言もらう、その言葉で、私は根底から吹っ飛んでいました。心が洗われていたのです。

教師になって私も四半世紀になるが、その四年前に会社員を辞めるのに数年掛りの決断を要した身には、深く突き刺さることばである。それがあの「タコ踊り」の背景でもあったかと思うと、いっそう身に沁みる。

以下は、先生の語る美術教育論の部分であり、現在の私の美術大学教師としてのそれにかさなるところでもある。

社会全体が次代の子供にはこういうことを求めるという社会的欲求みたいなものがある。それに親も順応して求める。役に立つ人間、あるいは合理的な成功者としての期待。そのことと純粋の教育とはちょっと矛盾するところがあるんです。

こういう状況だからこそ、私という自己を持続できる人でないと困るわけです。すべて型にはまって

沙羅の樹

しまうとよくない。だから、社会の要求するパターンに、ときに自問できるような自我をもった人間を育てるのは、美術を通しての教育だという、我田引水もありましたよ。ぼくは絵を教える場合は、文化規範に対決するぐらいの力をもつことが自己形成であり、美意識として必要だという思いで、子供と接していました。

一九七六年は、中村先生が退職していわゆる筆一本の道を歩みはじめる年であり、ついでながらそれは、私が大学を卒業する年である。私たちにとっては、併走して道を切り開いてみせてくださる先生だった。当時四十六歳、奥さんと高校生、中学生のお子さんを北九州に置いて、単身で上京された。糸園先生に気を遣わせてはならないので、上石神井にアパートを借りてから、唯一の師にそのことを告げに行った。糸園和三郎は驚いたあと、しばらく黙っていた。怒られるかと思っていると、「だったら、中村さん、ぼくの小平のアトリエが空いているから、そこに住みませんか」と返答したという。

アトリエと母屋を合せて百坪の家の、アトリエのほうに住まわせてもらって、二年間自炊、ようやくゆとりを得て家族を呼び寄せると、母屋までつかわせてもらえた。都合七年間、家賃なしだった。少しでもお礼を、といっても、その分があったらこんど東京にアトリエを建てるのに積み立てておきなさい、と返された。同じ小平市内に家を建てて移ったのは、上京して八年目だったという。

とはいえ、糸園和三郎の家には、毎週土曜日の夜に訪問し、交流はつづいた。

鼻血事件のあと、電子メールによる同窓生ネットワーク上で中村先生の情報が伝えられた。翌日電話で確認をした丸岡君によれば、「頗《すこぶ》るお元気で、結果オーライ」とのことだった。普段の生活においては決断しにくい治療をこの際に受けられたのだから、という意味である。

こちらからお見舞いを申し上げる前に、先生からお便りをいただいた――「先日の同窓会、大変失礼しました。あなたのご発展のことうれしいです。とてもとてもうれしいです」。

前述の美術雑誌のインタヴューを読み込むと、晩年の糸園和三郎と中村先生との対話は、どうやら絵を前にしてのものではなかったように推測される。

いまはどういう絵を描いているか、と必ず聞かれる。或るとき、「いま中村さんが描いている絵は、バックはこうなって、真ん中にはこんなものがあって、それからあと、どうしても進まない……」といわれたらしい。絵はそこにない。話し相手が描いている途中の絵を、そのつづきを、話の中で一緒に描こうとする、ということだろうか。

あるいは、二〇〇一年に糸園が歿する前年の逸話がある。次第に視力を失い、そこまで四年も絵を描かなくなっていた糸園は、最後の力を尽して、翌年の高島屋での「藹々会《あいあい》」展示にあたらしい絵を描こうとしていた。その構想だけの絵を、話の中で描こうとした、ということらしい。

サイズは六十号、十五、六歳の少女、構図、色、というふうに、頭の中でできかけている絵の細部が語られていったようだ。

その場に絵がないばかりか、どこにもその絵はなかった、ということに、私は打たれる。対座する師弟のあいだの宙に、未完の絵が懸っている。

XIII

魚町、鳥町、けもの町

上京してからこれまでの四十年余り、故郷に帰ることは年にせいぜい一度か二度であった。東京から北九州までというのは思うたびに遠く感じられる距離で、法事か仕事か、深刻な状況の近親者の見舞いか、そんなことでもなければ、帰郷はなかなか思い立てるものではない。

二〇一四年は春に、一人暮らしに窮した母の転居とその直後の検査入院のために三日ほど帰った。五月にはやや落ち着いた母の見舞いのためにやはり三日ほど帰った。八月になってすぐに帰郷したのは、北九州市立美術館での講演のためであったが、それにかこつけて、住人がいなくなった実家をこの際、大々的に片付けようと思い立ち、いつもはせいぜい三泊までのところを十泊の滞在とした。

主《あるじ》がいなくなって五カ月ほどの家に八月一日の深夜帰り着くと、密閉された室内の数箇所には、梅雨をへて黴が発生していた。書棚には読む人がいなくなった本ばかりが、なお囁きをやめずにいるようだった。折から二つの台風が近づいていて、今回の滞在が梅雨のあとのもうひとつの雨期の中にあることに気づかされた。

戸畑区と八幡東区との境にある、丘の上の美術館での講演は、嵐の中でのものとなった。それでもなんとか聴衆が席を埋めてくれたのは、同窓生や知人のお蔭であったようだ。

青年が一人、開場前に私を見つけて、楽しみにしていると声をかけてくれた。北九州にも、現代美術に関心を寄せる熱心な人々もいるのだと、頼もしく思えた。

講演のあと、私より一まわり上かと見える男性が話しかけてきた。笠原です、というその自己紹介の終らぬうちに、私の記憶に、四十年前の風貌が像を結びはじめた。

金榮堂書店の店員だったという。

話を伺ううちに、すでに亡い店主・柴田良平さんのこと、その奥さんのことなど、次々と話題がつながった。息子の柴田良一さんは私の高校の一年先輩で、東京の大学を卒業して出版業界で経験を積んだあと、帰郷して店を継いだ。店を畳んだのは十五、六年も前だったように思う。いまは小倉で小さな版元を展開している。

若松、戸畑、八幡、小倉、門司の五市が合併して北九州市となったのは、私が小学校五年のときだった。中学に入ってからは、響灘から関門海峡にかけてのこの地域を東西につらぬく、西鉄の市街電車で通った。同じ市になったとはいえ、二つの区を往き来するいっぱしの越境者であった。

朝は門司駅前から市街電車に乗って、満員の吊り革を摑んでいた。下関の舟島とのあいだの関門海峡の青を、ちらりと眺めたりしただろうか。電車が小倉に入るあたりで、海峡は灘と呼ばれるひろがりに変った。砂津港のそばを過ぎ、小倉の繁華街で降りるが、その直前に車内からもよく見えるのが鳥町にある金榮堂書店だった。魚町《うおまち》で降り、小倉の南部へ向う北方《きたがた》線に乗り換える。

乗り換える魚町界隈を中心に、その周辺の鳥町や京町といった商店街と旦過《たんが》市場《いちば》近辺までが、私のティーアガルテンだった。魚町、鳥町、と人々は言い慣らすが、内心で私はそこに、けもの町と付け加えるようになっていた。朝の登校時は賑やかな交差点をあわただしく過ぎるだけだったが、帰りはちがった。まだ見ぬけもの町を探すようにうろつくのである。

高校に入ると、魚町では降りずに、そのまま戸畑寄りの日明《ひあがり》という丘の上の停留所まで行く。それでも帰りは魚町で降りることに変りはない。受験浪人として高校のそばの予備校に通ったから、このティーアガルテン散策の日課は、日曜休日、長期休暇期間を除いて七年はつづいたということか。

下校途中に魚町で降りると、真っ先に入るのが金榮堂書店だった。電車通りに面するがっしりとした三階建てのビルだった。

店の外に見せるショーケースに、新刊の内容を紹介した店主の文章が模造紙に手書きで貼り出されていた。一九六〇年代の半ばから六九年までの寄り道だから、私が眺めたのは奔騰してくる時代の空気を映したものばかりだった。

下校時に魚町鳥町界隈で二、三軒の書店を幾めぐりかするのが常だった。何度も同じ本屋に出入りしはじめるときはさすがに、この歩行が本を探すためだけではないことにみずから気づく。

金榮堂と並び称される本屋にナガリ書店があった。魚町銀天街を南下した右手の入口を入ると、書架がどこまでつづくのか、先が見えなかった。一筋西の北方線の電車通りにもうひとつ入口のある、当時としては大型の本屋だった。こちらは理工学書、学習参考書、雑誌が揃っていた。

ナガリ書店とちがう金榮堂の特徴は、いかにも家族経営という雰囲気があふれていたことと、大きくはないが、本の配置が子供の目にも肌理《きめ》細かく、実用書コーナーでも大味な感じがなかったことである。地元の同人雑誌やさまざまな社会運動体の発行するパンフレットの類もあふれていた。二階に上がると静かに文庫本や文学書が手にとれ、三階に上がると専門書の厳粛な並びに、美術工芸関係の豪華本が光彩を与えていたと記憶している。

各階にいる店員さんの雰囲気は、中学に入ったばかりの子供の目には、他業種の店ではもちろん、他の書店でも感じられないものだった。広くない内密な空間が三つ、階段を介して垂直方向に積み上げられ、それらを繋ぐ垂直の動線に沿って、きびきびとした所作が絡むためであったろうか。

学校帰りに通いつづけ、ときに小遣いをはたいて本を買うが、店の人たちと会話をすることはなかった。こちらが店員さんにことばをかけることがあるとすれば、書名を伝えて探してもらうか、それがないといわれて「じゃあ注文します」と告げるか、そのくらいであったろう。

書店の中で、子供は世界の広さにうろたえている。その世界に爪をかけようとしてなかなかかけられずに焦っている。全体が迷宮でありながら、一冊の扉を開くとそこにはさらに広大な迷宮がひろがっている

新刊 金榮堂 図書

と知られ、飛び込むことがためらわれるのだ。

この場所での少年にとって、世界に爪をかけるとは、まさしく一冊の書物の背の上の花布《はなぎれ》あたりに人差し指をかけ、それを手前に傾けさせる行為そのものだった。傾けておいて、背からそれを摑む。

うろうろと店内をさまよった挙句に、決断して一、二冊の本を買うについては、一階の勘定場で必ずしばし見とれる光景があった。カウンターの陰から、手品のはじまりのように、独自に印刷された紙が広げられる。

ストックされた状態からすでに、その一方の長辺だけは折り返されていたように思う。渡した本の厚さとサイズに合せて、もう一方の長辺も折り返し、それから鋏をつかう。目見当《めけんとう》で背幅の分だけ、中央近くに上下から切り込みを入れ、そこからは開いたり折り込んだりして、本に紙の衣裳を着せる。そんな手捌きを、毎度黙って眺めた。子供にはその時間だけが、店員さんとの会話であるような気がしたものだ。彼または彼女がにこやかに顔をあげたときが、その日の別れの挨拶であり、その瞬間である。

それなのに私は、三軒ほどの本屋を巡回していた。すでに書いたように、二巡目以降になると、街を徘徊することのほうに眼目が移りゆく。一巡目で購入を済ませていれば、つい先ほどの別れの挨拶のあとは、いい、また来た客になる、と見られることは覚悟の上だった。

私はおそらく、金榮堂で「デザイン批評」や「映画芸術」や「詩と批評」などを楽しみにしていたが、地域に限定しない同人雑誌の置かれているコーナーがあり、「試行」などの雑誌にも手を伸ばした。店主は吉本隆明に近しいと見て取ってもいた。「九州文学」「九州作家」「沙漠」など、地元の文学集団の雑誌を手にとることもあった。「九州文学」や「九州作家」の目次には高校の英語の先生がたの筆名が見られた。水俣や筑豊からの闘争の声はつねに響き、山本作兵衛、森崎和江、上野英信、石牟礼道子といった名前は、柴田さん手書きの模造紙から覚えただろう。

柴田良平さんから本を買うことはほとんどなかったような気がする。帳場に立っておられることはあっても、こちらが気後れしたのだったか。女将《おかみ》さんや女店員さんのときはなにか甘えるような気持になって近づいた気もするが、失われた書店の記憶は苦いながらも甘美なことから来るのかもしれない。ともあれ柴田良平さんの存在には、東京の思想家や文化人につながるネットワークも感じ取られれば、全国の同人誌や運動体への理解も滲み出ていた。書物というのは戦う場所だと、自然に教示された。

中学校入学の一九六三年春から、大学進学で北九州を離れる一九七〇年春までの七年間で、私の街歩きの実質も随分変ったにちがいない。なにしろ十二歳から十九歳までの時期である。路地から路地へ、歩きに歩いた。北は小倉駅周辺の京町から、南は旦過市場周辺の紺屋町まで、しかし大枠のところ、魚町銀天街と鳥町筋の、大きな電車通りとクロスするあたりが中心であり、すなわち金榮堂書店が彷徨の起点であり、中継点でもあった。

あてのない、ときに数時間に及ぶこうした歩行にとって重要なのは、どこかで腰を下ろす、どこかで用を足す、どこかで安く腹を塞《ふさ》ぐ、そのどこかというポイントを心算にもつことであった。しかし、書店はこれらのいずれの用にも応えてくれない。

喫茶店に入るということ自体、小倉高校では厳しく禁じられていた。また、コンビニエンス・ストアやファストフード店というものはそもそも存在しなかった。

自然に身につけた遊歩の技術はこうである。無料のトイレは井筒屋デパート、東映会館、鳥町食堂街の路地のそれをつかった。

安く腹を塞ぐには、はるやといううどん屋がよかった。但し、はじめて入った中学生の当時は、一軒の民家の玄関先に前庭があるばかり、店構えらしい建物はなかった。テーブルもなく、小雨がかからぬくらいの軒下の、和風の庭の植栽のあいだに丸椅子を散在させていた。メニューもない。丸椅子のひとつに腰をかけたら、黙っていても隣の丸椅子の上にうどんと麦茶が置かれた。個々の丸椅子の側から見れば、自分の上に次はうどんが載るのかヒトが載るのか、予測ができなかったろう。とろろ昆布に小葱と鳴門と細く切った油揚げが添えられるだけのうどんは、その後もほかで出くわさない、甘みのある薄味である。

魚町銀天街は日本最古のパサージュである、という説を知ったのは、ベンヤミンのパサージュ論を調べたりしながら『遊歩のグラフィスム』という本を書いているときだった。

より正確にいえば、日射しと風雨を遮るための鉄骨造でなおかつ全蓋式のアーケードとして、日本で最初のものという。意外なことにそれは戦後で、通路の片側にだけ架かる方式が東京は日本橋人形町商店街に、通路をすべて蓋う方式が小倉魚町の商店街に、同じ昭和二十六年に架かった。かくして魚町銀天街は小倉駅近いところから旦過市場の手前まで、南北にまっすぐ四百メートル伸びている。

木造のものや日覆いの方式は戦前の日本にも見られたが、鉄骨造の最初は戦後であったわけで、ガラス

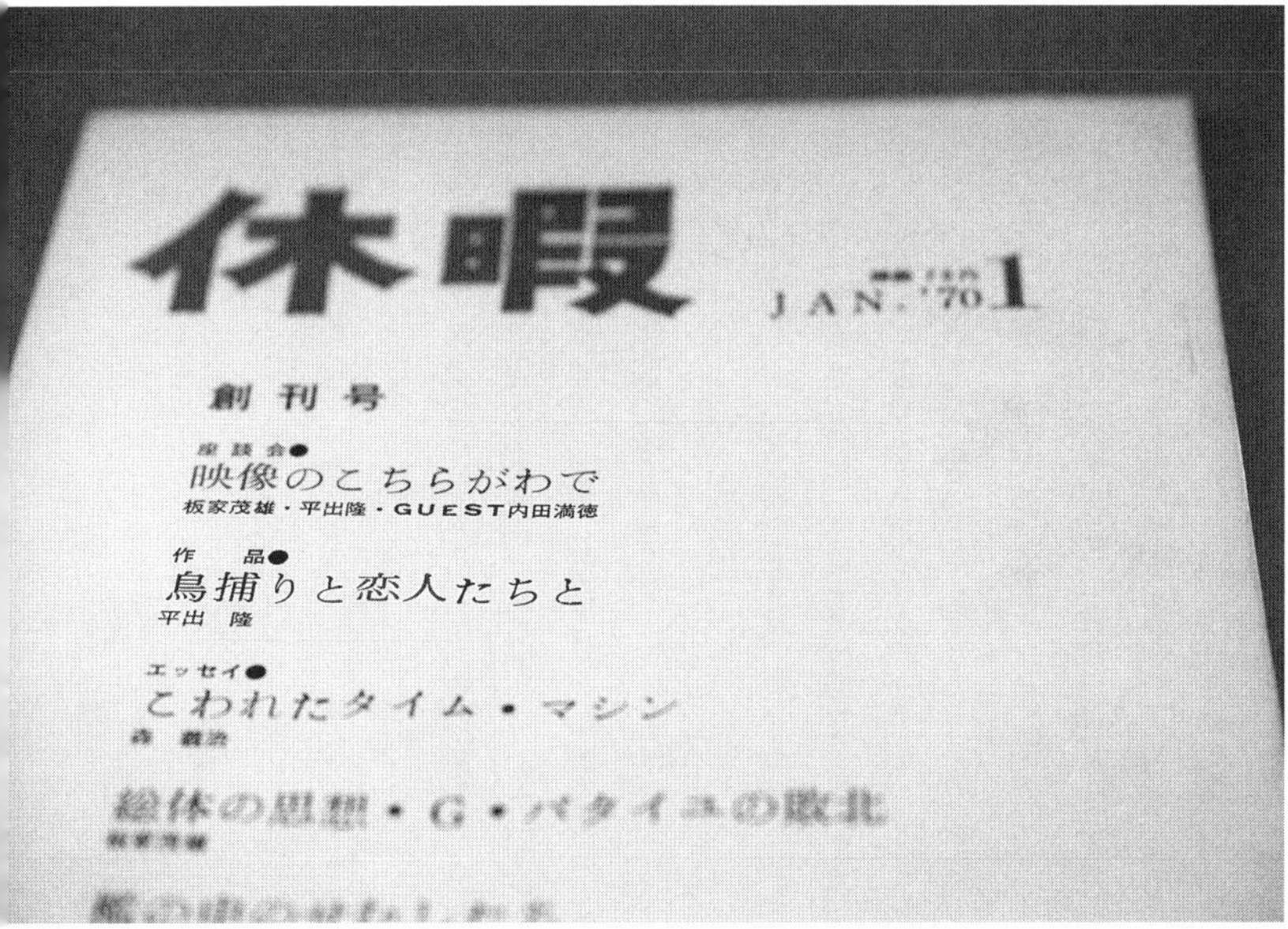
休暇
JAN. '70 1
創刊号
座談会●
映像のこちらがわで
板家茂雄・平出隆・GUEST内田満徳
作品●
鳥捕りと恋人たちと
平出隆
エッセイ●
こわれたタイム・マシン
総体の思想・G・バタイユの敗北

と鉄の建築としてのヨーロッパのパサージュが十八世紀にはじまり十九世紀に広まるのに対して、非常に遅いことが分る。

さて、教育大学の実験校であった中学の学友たちののどかさ、先生の自然体が見えていた教室と打って変って、進学した県立小倉高校をみたしていたのは旧制小倉中学からつづく強ばった遺風だった。制服・制帽・制鞄の遵守にうるさく、学年章・組章の襟文字バッジの付けかたから、冬季と夏季のあいだの合服にグレーの霜降《しもふり》学生服の着用を誇らしく指導するところまで、型に嵌めることが使命といった教育ぶりだった。われわれ男子が丸坊主であったのはいうまでもない。

一教室五十五人のクラスが十組あって一学年、廊下でいきなり頬を張ってくる教員もいて、校舎はときに兵舎のように感じられた。大学受験戦争のためだけのような窒息しそうな場所では、学べないことが余りにも多くあった。数少ない能ある教師たちは爪を隠していた。金榮堂の同人雑誌コーナーに行ってようやく、彼らの内面が見えるのだった。

金榮堂の書物によって刺激され、「世界」のイメージはふくらんだが、そのイメージは一九六〇年代末の世界的な学園の動揺によって、破裂寸前にまでなるようだった。

カルチエ・ラタンで敷石が剝がされたと聞くことは、そのまま自分のことになった。剝がすべき敷石はなかったが、その代替物として地方都市の繁華街は凝視された。幼い頭を「世界」のイメージで一杯にしてうろつくときも、この街を棄てるのだと思いつめ、われながら目の色を変えていく気味合いだった。

高校三年のころ、日本各地の大学、高校で反乱が連鎖しはじめた。受験しようとする目前で、安田講堂が学生に占拠され、東京大学と東京教育大学（現・筑波大学）で大学入試が中止された。志望を京都大学に変えると、機動隊に守られながら予備校校舎で受験をした。それに失敗したが、東京の私立大学には行かず、故郷を離れる予定を一年延ばしとすることに決めた。

大学に行っても授業がなさそうな時代だから、ただに受験浪人というばかりではない。「教育」も「社会」も、その概念が宙吊りにされたようなものだった。

その季節を私は、親しい友人たちと話しながら、「休暇」ととらえた。高校を卒業すると四人の同窓生と語らって、「休暇」という雑誌をはじめたのである。そのうち三名は予備校生だった。

タイプ印刷で表紙だけは活版である。私はレタリングによってタイトルのロゴをつくり、墨と赤の二色をはだらに配して、文字組だけの表紙をデザインした。

この「休暇」は大学までつづいた。最終の第九号は一九七二年十二月刊である。

大学や高校で反乱が起れば起るほど、わが母校とそれに附属する体の予備校教師たちの、反動的に強ばる様子が見えた。予備校であるにもかかわらず、服装への執拗な制約は高校とひとつづきだった。

ひとり、私たちのどちらかというと見えにくい反抗に、柔らかい目を向けてくださる国語の先生がいらした。やはり福岡学芸大学ご出身の、内田満徳先生である。私たちは先生の受け持ちの学年ではなかったが、予備校ではじめて授業を受けた。それは冷静かつ挑発的で、新しい文学や芸術や思潮を吸収しながらの鮮やかなものだった。

「休暇」創刊号では、先生にお願いして、私ともう一人の予備校生である板家茂雄君とで鼎談を行なった。誌面では「映像のこちらがわで」と題されたが、怏々《おうおう》とした日々が土台にあり、悶々とした街歩きが背景にある。

雑誌が出来上がったのは二度目の受験を目前にしたころだった。金榮堂に置く、ということが大きな意味をもった。ここに発火点を仕込むという意気込みである。そこではじめて、金榮堂の柴田さんやその奥方との会話がはじまった。

奥方のことを裏で私たちは、女将さんと呼んだり、ちょっとふざけてマダムと呼んだり、北九州文化の大地母神みたい、と大仰に讃えたりした。帳場ではいつもきっぷよくでんと構えておられ、いいようのない安心感と華やぎを与えていた。

数人で意を決してレジに行き、「雑誌を置いてください」と話しかけると、女将さんは、

「ええよ、あんたたちの意気に感じとるけ」

そんなことばで、朗らかに返してくださった。わずか二十八ページの冊子は、思いがけない反響を得た。繁華街に通行していた、見ず知らずの高校生や大学生が、事務局であった友人のところへ連絡してきたりした。

打てば響くといったやりとりで、私たちは女将さんと親しくなり、カンパの代りに金榮堂から新刊書の広告を戴くことになった。店先に貼った模造紙のそれと同じ筆蹟で、柴田良平さんが毎号手書きで原稿を

用意してくださったのを、同人のだれかが店まで受け取りに行くのを常とした。
「休暇」の第三号は、私が上京して半年後の七〇年十月刊行だが、柴田さんがつくってくださった広告のリストは、「わりかし宣伝の足らない新刊一社一選」と題されたものだった。

ボリス・ヴィアン　滝田文彦訳『心臓抜き』白水社
ミラン・クンデラ　関根日出男訳『冗談』みすず書房
ジェームズ・クネン　青木日出夫訳『いちご白書』角川書店
寺山修司『白夜討論』講談社
埴谷雄高『姿なき司祭』河出書房
天沢退二郎『詩集　血と野菜』思潮社
秋山清『近代の漂泊　わが詩人たち』現代思潮社
佐藤信『あたしのビートルズ』晶文社
大島渚『解体と噴出』芳賀書店
現代日本映画論大系『個人と力の回復』冬樹社
日沼倫太郎『我らが文明の騒音と沈黙』新潮社
安東次男『与謝蕪村　日本詩人選』筑摩書房

こうした広告は、「休暇」が廃刊になるまで欠かさずに出稿してくださった。相手を正確に見定めたリストともいえるだろうが、すべてをとおして眺めなおせば、柴田良平さんご自身の、同時代への読み筋が浮びあがるかもしれない。

帰省のたびにこの雑誌の仲間が集まり、ひろがった読者層も呼び込みながら宴会を企画したりした。そのころ病がちになっていた柴田さんにはお越しいただけなかったが、女将さんが武田さんという番頭格の女性と一緒に参加してくださった。

女将さんはいける口で、飲み交わしながら、中学生のころからの私の、店の出入りを眺めていたという話をされた。

「あ、また来たよち、武田さんたちと話しよったんよ」

すると、笠原さんもそこにいたのだろう。言葉を交わしたのであろうか。

北九州市立美術館での講演のあと静かに話しかけてくださった笠原さんは、そんなことにまでふれない。それでも、嵐の中、会場に来てくださっていることが、私には多くを物語っていた。

笠原さんのそばに立っているのは講演前に話しかけてきた青年だった。その感想の口ぶりから、六人の現代の美術家と私の詩との関わりという話の中心を、しっかり受けとめてくれたことが分った。笠原さんの息子さんということだった。

数日後、旧電車通りを渡りながら、金榮堂書店のあった建物を遠望した。一九九〇年代の後半に書店が畳まれてから、建物はそのまま変らずにいくつかの店が入れ替ったが、いつからかモスバーガーとなっていた。

XIV

常盤橋の小屋

小倉の中心部を流れる紫川には、いくつもの橋が架かっている。そのことに気づき、驚いたのは、じつに私が五十歳にもなろうかという一九九九年のことだった。橋は市の都市計画によって、それまでの七、八年のあいだに飛躍的に数をふやしていた。

橋のふえたのに驚いたのは、そのとき、私がドイツに一年住んで直後の、久しぶりの長期の帰郷だったせいもある。またその帰郷が、国道が通る大きな橋のそばにあった病院に最後の日々を過していた父を見舞うものだったからでもある。わざわざ遠回りとなる川沿いの道を選んだ病院通いは、病床に寄り添う長い時間に備えて、水辺の光景がくれる英気にすがりたいからであった。

驚いたのは橋の数ばかりではなかった。少年時代にはあれほど濁っていた川の水が、別の土地のそれを見るように澄みはじめていた。デパートの裏に巣食っていた水上生活者の集落は消え、代りに夢のようにきれいになった水質を地下から見透せる「水環境館」という施設ができていた。

いくつもの橋によって区切られた水辺の景色は、そのへりを溯って歩く者の目に、ゆるやかに廻されるフィルムの齣《こま》割りのような感覚を与えた。橋から橋のあいだが一つの齣で、私が行く七月のそこには、一つの齣ごと、まんなかあたりの浅瀬に一羽の青鷺がいて、水面《みなも》をつついていた。

鷺たちは、齣割りをそれぞれの縄張りとするように距離をとっていた。


橋づくしあはひに鷺の一羽づつこのへだたりの清しきいはれ

距離をとっている理由に、功利を超えたなにか決定的な生存の原理があるように思われた。それをさだかに言い当てることはできないものの、というふくみがある。

小倉の中学高校時代に渡った橋は、勝山橋と常盤橋くらいのものだ。勝山橋は市街電車の走っていた大通りを支えるもので、そのすぐ下流にひっそりと架かるのが常盤橋である。いま車の交通があまりないのは、十七世紀初めに架けられて以来、橋の東の袂が、旧長崎街道、中津街道、秋月街道の起点にして終点だったからでもある。いわば終着駅であるがゆえに、街道が廃れればかつての繁華な往来は幻となる。シーボルトによって銅版画に記録され、いまも日本の百名橋に数えられるという橋も、いつのまにか一筋南の大通りに道を譲ることになった。

この常盤橋の袂に六角柱の大きな広告塔があったことは、森鷗外の記述で知られる。それを基にした鷗外の文学碑が、谷口吉郎の設計で一九六二年に建設されていまも勝山公園内にあることからも偲ばれる。

鷗外は小倉を離れてのちに書いた小説「独身」の一節で、常盤橋の広告塔について「東京に輸入せられないうちに、小倉へ西洋から輸入せられてゐる」風俗として挙げている。

常磐橋の袂に円い柱が立つてゐる。これに広告を貼り附けるのである。赤や青や黄な紙に、大きい文字だの、あらい筆使ひの画だのを書いて、新らしく開けた店の広告、それから芝居見せものなどの興行の広告をするのである。勿論柱は只一本丈であつて、これに張るのと、大門町の石垣に張る位より外に、広告の必要はない土地なのだから、印刷したものより書いたものの方が多い。画だつても、巴里の町で見る affiche のやうに気の利いたのはない。併し兎に角広告柱がある丈はえらい。

また、『うた日記』の「無名草」にはこんな作がある。

夕風《ゆふかぜ》に　袂《たもと》すずしき　常磐橋《ときはばし》　上《のぼ》りの汽車《きしや》は　なほ姤《ねた》かりき

陸軍第十二師団の軍医部長としての小倉行きを左遷として感じた鷗外の心中が見える。但し、その夕べは、のちの日に回想して詠んだもので、明治三十八年に発表されている。

しかし、こんなさまざまを知ったのは私の少年時代のことではない。

鷗外のいた時代からははるかに遠く、繁華の中心は移り、常盤橋は寂れた裏通りになっていた。しかし、それは私の放課後の街歩きの圏内であった。魚町、鳥町が接しているどこかの隣にけもの町を探して歩いていたような少年には、当時の紫川沿いはその可能性の重点探索地域のひとつでもあった。とくに高校からの帰り、電車をつかわずに愛宕の丘を降りてきて長崎街道とも知らずその寂れた道を歩くと、常盤橋の向うで道はT字路となり、橋のはるか手前から、向う岸にぺなぺなの板張り小屋を映画の看板絵が飾る映画館、トキワ映画劇場が、どうしても見えてくるのであった。

日本の映画館の数は一九五八年にピークを迎えたという。テレビの普及以降、減少の一途を辿った。小学校高学年から中学のころまで、次々に映画館が畳まれるのを目にした。とくに門司の町から映画館が消えたのを憶えているのは、二館の経営者の娘が同級生だったからである。受験浪人として私がさまよっていた一九六九年には、ピークの半分になっていたらしい。

トキワ映画劇場は小学校の教室ほどの広さの敷地で、二階席もあるものの木造のがたがたの普請であり、幾星霜を玄界灘からの荒風に耐えてきたか、想像もつかないよろよろぶりだった。二番、三番、四番、五番と煎じ詰められてきた、ポルノを軸にした邦画群が、三日替りの二本立てで上映されていた。しかも、入場料は一九六九年まで三十円だった。一九七〇年になって五十円に値上げされたのは、徐々にテレビから駆逐される気配を示すものだったかもしれないが、それにしても一桁多く間違えて書きそうになる。

その奇天烈な外観と、出入りしている連中の迫力——荒くれやアル中、夢遊病者のせいで、はじめて入るにはかなりの勇気が要った。しかしいったん入ると、ふしぎなぬくもりがそこにはあって、感じる身の危険を避けつつ、スクリーンの危機的展開を見届けるという快楽は格別だった。劇場内一階の右手には売店があって、この場で唯一の女性の姿をぼんやりと浮ばせるその明かりが、映画館の闇を闇にしていないところも驚異といえた。

二階席はホモセクシュアルの専用なのか、昇ると異様な眼がいっせいにふり返る。そこで階下へ戻るが、一階席も数えるほどしかないため、いつも立ち見だった。観客たちから及び来るそうした危難のせいで、観終ると元の位置とはまったくちがうところに立っていることもあった。

この劇場で私は、山下耕作監督の「博奕打ち　総長賭博」（一九六八年）を観たのだった。では、すでに多くの論者によって任俠やくざ映画の頂点に祭り上げられているこの一本を、わがトキワ映画劇場のつかのまの幽閉者たちはどのように観ていたのか。

入口で肩が触れた際に、ぎろりと眼で凄んできたチンピラやくざの二人連れは、そのまま席の後方の黒い布が掛った板壁を背にして、私と並び立って観はじめた。映画が一分《いちぶ》の隙もない緊迫した展開からドラマの破局へのなだれを予感させたとき、隣のチンピラが、その隣のチンピラに、ほとんどわななくように自動的に「この映画、ええ映画やのお」とくり返し話しかけはじめた。すると連れも興奮したまま、「すごいのお、ええのお」と応じるのであった。

たしかにそれは、あの雨の墓地のシーンだったと思う。三島由紀夫は阿佐ヶ谷の場末の映画館でこの映画を観たあと、「何といふ絶対的肯定の中にギリギリに仕組まれた悲劇であらう。しかも、その悲劇は何とすみずみまで、あたかも古典劇のやうに、人間的真実に叶つてゐることだらう」と讃嘆し、「これは何

女賭博師十番勝負
30円

の誇張もなしに「名画」だと思つた」とも記した。

雨の墓地のシーンと、信次郎の松田殺しのシーンは、いづれもみごとな演劇的な間《ま》と、整然たる構成を持つた完全なシーンで、私はこの監督の文体の確かさに感じ入つた。この文体には乱れがなく、みせびらかしがなく、着実で、日本の障子を見るやうに明るく規矩《きく》正しく、しかも冷たくない。その悲傷の表現は、内側へ内側へとたわみ込んで抑制されてゐるのである。

毎月購読していた雑誌「映画芸術」一九六九年三月号の誌上で三島のこの文章を読んだとき、『文化防衛論』と同時期にあらわれた複雑さを味わいながら、しかし感動を禁じえなかった。但し、ひとつだけ気になる箇所があった。それは鶴田浩二のすべてを称讃しながら、それに比べると「さしも人気絶頂の高倉健もただのデク人形のやうに見える」、と書いている箇所だった。

その一節で私は、三島由紀夫から距離をとり、同じ「総長賭博」讃嘆でもあのチンピラたちの「ええのお」にこめられた、素朴とも粗野ともいえる空気の方へ傾いていく。三日で二本、すなわち一年に二百四十本を掛け替えていくトキワ映画劇場に、一回三十円支払って始終出入りする者たちは、瘋癲老人であれ、川筋者《かわすじもん》であれ、映画の目利きとなる。彼らはそして、板一枚、黒布一枚しかへだてていないその外部である地方都市から、高倉健という存在が上京して、この眼前の銀幕の中に入ったことを当然視している。

ここであらためていうまでもなく、高倉健は北九州の出身である。その演じる人物も戸畑、若松、遠賀川あたりの言葉を話す。観る者がしゃべれば、同じ響きが立つ。

私は上京してから何度か、「昭和残俠伝」などのオールナイト五本立てが掛っていた池袋文芸坐の祝祭的な空間を経験した。そのことは忘れられない。観客席に熱気はみち、悪玉のせりふには、学生運動に連動して「ナンセンス！」の野次が飛び交い、急に朝のシーンに変ると流行のギャグ漫画のニワトリの声を踏まえて「アサー」が叫ばれ、大笑いとなった。

しかし、小倉の足だまりである常盤橋の袂の映画小屋で高倉健を観る特権に比べれば、さしも人気絶頂だった池袋文芸坐もデクノボーな空間にしか思い返せない、とでもいっておこうか。同じ観客の声でも常盤橋では、格がちがう。私はすぐ前の席のおじいさんが、筋立てにではなく画面の細部の変化に即していちいち呟くのを、映画の運びとともにぞくぞくしながら楽しんだものである。それはたとえば、高倉健が渋い濃紺の着流しで最初にあらわれたところを観ての、こんな小さな呟きであった。

「おお。大島じゃのう」

かくほどにトキワ映画劇場では、池袋文芸坐でよりもはるかにさりげなく、映画小屋の内と外とはつながっていなければならない。「眠狂四郎」と「緋牡丹博徒」の二本立てを立ち見で観ていたときである。背中にさわる黒布一枚、薄板一枚をへだててすぐに、時ならぬデモ隊の声が渦を巻き、しばらくはお竜さんの「腰高の仁義」の声が聞えず、その金魚のようにぱくぱくする美しい唇を眺めている、そんな囚われの状態もあったのである。

さて、前章で記した同人雑誌「休暇」の創刊号で十九歳の私は、このような映画館経験をめぐって、ゲストに迎えた内田満徳先生、そして中学からの友人板家茂雄君と、こんなふうにやりとりしている。

平出　映画は映画館やね。

板家　暗闇ってのがいいんよ。

内田　たとえばその今の、映画館っていうのが出たけどね、映画館に入るの、それとも外から脱却するのどっちなの？　平出君なんか、聞きよったら大分入る方やないかなあ。（笑）

平出　そうですねえ。だけど入ってしまったら一応切れる訳だから。

板家　トキワに入る人なんか案外脱却型がいるかもしれませんね。

平出　しかし二百本以上も行ったら……

内田　むしろ逆じゃないかなあ。積極的に入ってるんじゃないだろうかという感じがしないでもないがねえ。

平出　いや、出るも入るもないんでしょう。（笑）

内田　うちの隣りの部屋に行くようなもんかね。（笑）

一九六九年十二月十九日に、こんな会話をしていた高校の先生と受験浪人生二人がいたということにすぎない。ただ、この創刊号に、板家茂雄君は三島由紀夫の『文化防衛論』とジョルジュ・バタイユの『有

KEN NIZAN
'70

罪者』とを、同じ「神人同形同性論」として繋いで考えるエッセイを書いていた。恩寵としての「総体」を求める点でたがいに近しい思想でありながら、後者は行動に至れないゆえに敗北しており、前者はその思想の可能性を天皇にかかわらせることで現実化し、行動化するものだという。板家君は、一年も経たぬうちに来る三島の「行動」を直覚した若い読者の一人だったのだろう。

私は一篇の詩と、「虚構の唐獅子は血を浴びて」と題した映画評を書いていた。「総長賭博」のような稀少の傑作ではないにしろ、マキノ雅弘や加藤泰といった監督たちの職人芸によってつくられた、数えきれない任侠やくざ映画が示しつづけている魅惑について書こうとしていた。一九七〇年には、総体としての任侠やくざ映画はすでに退潮を予感させる。やがてそれは高倉健という肉体の表象に起きる様式性の解体としてあらわになっていく。

共同体の論理に従いながら、同時に共同体のシンボルのためには死ねないという情念をつらぬこうとするのがやくざ映画であると規定した人がいる。しかしさらにいえば、シンボルのためには死ねないという情念をつらぬこうとするとシンボルと衝突する、ということに、その「斬り込み」という行動の本質がある。任侠世界というあらかじめ矛盾をはらむ閉じられた虚構が、矛盾を激化させた果てに破綻し、カタストロフを迎える。この結末をくり返すのが、プログラム・ピクチャーたるゆえんである。そこにはもちろん娯楽映画としてのカタルシスの生成があったのだが、極度に様式化された任侠やくざ映画の場合、そればかりではなく、映画の外の政治経済的、文化的状況とあやうくかかわってしまう内的要素にみちていたといえるだろうか。

先の鼎談は、いま読めば恥かしいものだが、どちらにしても「行動」の影に敏感であった二人のガキ、それに付き添おうとする一人の大人、という光景は示せるかもしれない。

一九七〇年という年についていえば、この鼎談の行なわれたのが六九年師走の十九日ならば、そのときすでに、私は年賀状制作の用意を済ませていた可能性がある。

読んでいた本と観ていた映画が葉書の上でひとつになった。それが年賀状だったのはめでたいことのはずだったが、友人たちからは不評だった。年が明けて予備校で顔を合せると、

「お袋から、きみと付き合わないようにいわれたぞ」

「ヒライデてどんなやつなんか、て、親父がいいよった」

「休暇」の仲間でさえ、そんな反応だった。

私はポール・ニザンの『アデン アラビア』の一節を、斬り込みに行った健さんに吐かせるコラージュを送ったのである。


ぼくらの行動のひとつたりとも怒りと無関係であってはならない。余暇に息をつき、夜中に休んでいては、時をむだに失うことになる、戦闘におくれてしまうことになる。それにしても愛だけが反抗の行為だ、彼らは愛を踏みつぶす。もしきみたちの両親が、きみたちの妻が敵側に属すると気づいたら、きみたちはこの人たちを棄てねばならない。

もはや憎むことを恐れてはならない。もはや狂信的であることを恥じてはならない。ぼくは彼らに不

幸の借りがある。彼らは、ぼくを危うくだめにしてしまうところだったではないか。

正月からこんなものが舞い込んできては、たしかに「両親」にとってはただならぬ家庭平和への侵害であり、一年の言祝《ことほ》ぎに暗雲をもたらす不快ではあっただろう。だが、この写真の健さんの心を知る少年にとっては、返り血を浴びた顔、一太刀のストロークとその休止が、この上なく尊いものに見え、健さんのその右上腕とはだけた左内腿にかけ、葉書のへりにそって、ゴム印に赤、紺、茶、緑、黒の絵の具をつけてアルファベットを捺すことが、その一九六九年歳末の生きる希望だったのである。

まさしくこれは、ポール・ニザンのことばに与えたい形象ではないか。私はこのコラージュで、シュルレアリスム的な奇異を求めて遠いもの同士を結合させたのではなく、遠くに見えていて非常に近いと思えたもの同士を、強くかさねて見せようとしただけだったろう。

ぼくは二十歳だった。それがひとの一生でいちばん美しい年齢だなどとだれにも言わせまい。

その本の有名な冒頭の一節が、この年賀状コラージュの背後に響いている。

二十歳を超えた、一年余りのちの「休暇」第三号を開くと、私は映画時評「なぜ藤純子を棄てうるのか？」を書いている。冒頭を読むと、あの年賀状のつづきだったか、とも思われる。

やくざ映画のヒーローである鶴田浩二や高倉健は、なぜあのように美しく素晴しいヒロイン、藤純子を捨てることができるのだろうか？

滑稽におもわれるかもしれないこの疑問符に対しては、しかし、どのような答えも答えにはならないようだ。

棄てられるヒロインの側に観るものの視点を置く珍らしいやくざ映画として、山下耕作監督「日本女侠伝　血斗乱れ花」（一九七一年）が中心に論じられている。他の任侠やくざ映画ではほとんど聞くことのできない、男の側からの女への夢がはっきりと語られている。亡夫の夢であった炭鉱の山を女手ひとつで開こうとして、悪玉からの執拗な妨害に合い、諦めようとする藤純子演じるおていに、高倉健はこういう。

おていさんは、わしの惚れちょるおひとじゃけ、
夢ば破らんでつかぁさい。

いうまでもなく、このせりふのあとに、高倉健は藤との約束を破って斬り込みに行く。だが、この映画で彼は、目的を果しえた肉体の輝きにみちびかれるのではなく、みじめに死ぬだけである。残された藤純子を山下耕作はどう描いたか、そこが恋愛映画への変貌と思わせたところである。「血斗乱れ花」は、やくざ映画がかつてなく恋愛映画へと接近し、なおかつ決定的に離れている状態をつくったと、二十歳の私

は書いている。いま同じ映画を観れば、どんな感想をもつのだろう。

私はこの一連のエッセイで、「世界へ踏み込む少年」についての話をしている。あの小屋に踏み込んで、私はどんな世界へ踏み込んだのだろう。「世界へ踏み込む」は、「世界へ斬り込む」に限りなく近づくことがある。そして、それは、いうまでもなく映画の小屋を出てからの話である。

常盤橋は一九九五年、新技術による大工事によって、まったく生れ変った。自動車の通行を禁止した橋となり、蹠に心地よい、美しい木組みの反り橋となったのである。

四十代も終ろうとしていた一九九九年八月、もう跡形もないトキワ映画劇場の前から、私はその新しくて古い橋に差し掛った。はげしい驟雨の過ぎたあとのひときわ強い日差しの中、私の前を一人の女が、すっかりしずくに濡れた雨傘をふたたびひらくと、干しながらまた日傘にもしてゆっくりと渡っていった。

常盤橋旧き木組みに直されて傘を日傘にひとは渡らむ

XV

京都の偶然

二〇一五年の二月下旬、京都は室町通にある老舗の帯問屋で、現代美術の代表的存在といえる河原温とドナルド・ジャッドの作品が展示されると聞き、東京から日帰りで出掛けることにした。とくに河原温の芸術については、生涯のテーマのひとつと呼べるほど、自分の仕事に密接させてきた。

自宅を出て、一橋大学の正門前を通り過ぎようとすると、入学試験中との看板が出ていた。私が京都大学を受験したのが一九六九年、不合格となって翌年、この大学の受験に切り替えた。大学紛争の渦中だったので、あまり授業に通わなかった。その罪滅ぼしをするかのように、十年前から母校の裏手に住んでいる、という経緯である。

こんな経緯がなくても、いまは美術大学に勤めていて、季節には試験監督や採点をする身の上だから、そのたびに否応なく、自分の受験生時代を思い出す羽目になる。

新幹線で京都駅に着いて地下鉄に乗り換えた。烏丸御池で降りて帯問屋を探していると、六角堂という名が、町角の標識にちらちらと見えはじめて、おや、と思い出した。あの年、私は六角堂のすぐそばの古い旅館に泊ったはずである、と。

それにしても、入学試験で知らない街に遠征していくときの、あの旅ならぬ旅の特別な感じはどうだろう。いちど宿に入ったらもうじっと籠っているしかないような、あの虜囚のごとき滞在の感じは。

はじめての受験遠征は、中学入試の直前で受けた模擬試験のときだった。門司、小倉、戸畑、八幡、若松の五市が合併して北九州市となった直後で、その人口は百万を超えていた。住まいのあったのどかな門司駅周辺を電車で離れ、新しく政令指定都市の中心となった小倉に入っていくだけで、地方とはいえ大都会に迷い込む感じがしたものだ。だが、大きな塾の建物の中で、何百という数の幼獣ともいうべき小学六年生の受験者に囲まれたときの動揺といったらなかった。挙措といい気配といい、まったく見慣れない子供がこんなにうじゃうじゃいるところはもはや外国ではないか。大人になってから味わった、未知の都会で未知の人種に揉まれているときのそれに、いま思えば非常に近い感覚だった。ぐったりと疲れて門司に帰ってきたが、しばらくして届いた結果の順位は、一桁の数字で示されていたので非常に驚いた。おそらく、わが生涯の学業成績のピークだったにちがいない。

小学校から中学にあがるとき、なぜ門司から小倉へ越境してまで通おうとしたのか、もはやその判断の経緯が思い出せない。親からの勧めもあったろうし、自分から望んだところもあったのだろう。

小学五年にあがるとき、隣の校区に転校した。四階建ての公団住宅が十棟並ぶ、駅前の団地に引越すことになったからである。転出元の小学校の友定甫先生がこの団地に住んでおられた。

先生はどこまでもまっすぐな人柄で、すでにしてだれからも敬愛されていた。均斉のとれたがっしりとした体軀に精悍な顔立ち、その両の顎まわりには、いつも青々とした髭の剃りあとが鮮やかだった。多くの場合、白いトレパンを穿いていた印象があるが、それは次の二つのシーンがあまりにも強烈だったからにちがいない。

運動会のリレーで、コーナーを全力疾走している。トレパンの白がまぶしく振れ動き、歓声があがる中、まるでスーパーマンを見るようだった。

放課後の掃除は生徒に率先して行なうが、そのあとも運動場でたったひとりしゃがみ込み、トレパンの膝をときどき地面につけ、ゆっくり草毟《むし》りをしながら前進している。

そのどちらも、いかにも友定先生らしい姿である。すなわちスポーツ万能の向日性の教師であり、またすなわち、だれが見ていなくても広大な運動場の荒《すさ》みに挑む、破格の行動力をもった理想主義者である。

学校で友定先生から直接習ったことはなかったが、私の母方の伯父が先生の親友であったという縁もあり、親たちの相談のもと、転出元の小学校での四人の友人とひとからげになって、毎週一度か二度、夜の私塾としてご自宅に通いはじめた。

四人が四人、小倉の同じ中学をめざした。ふた間のうちの一部屋で卓袱台を囲み、与えられた「問題」を解く。解き終るころ、次の間で夕食を済まされたりしていた先生が、卓の隅に着いた。

友定先生は藁半紙をざっくりと切って、A6判くらいにした紙の束を、いつも手許に置いておられた。

小ぶりの紙の束を両の手で立て、卓袱台の上で、とんとんと下端を揃えた。指のあいだには3Bか4Bかという芯の柔らかな鉛筆がある。先生はおもむろに「問題」の骨組みを摑み出して、それをどうほぐすべきかの道筋を藁半紙に書き付けてみせるのだった。

算数であれば、私は並木算の絵を思い出す。長い線が横に一気に引かれる。その線の上に垂直に短い線が何本も引かれていく。問題の中の並木の数が揃うと、その「あいだ」を示す小さな弧線が描かれる。その弧線の数と並木の数をくらべれば、いつもひとつだけ並木の数が多い。

そんな基礎からのことを示す教えなのだが、私には内容の理解よりも、先生がいびつな束をとんとんとする手つき、鉛筆がかすかな摩擦音を立てながら藁半紙に走って、次々とあらわれる柔らかな線、そこに組み上がってくる小世界の仕組みの図、そんなものにいつもいつも見とれていたような気がする。

二時間の授業の中で、先生は九州の豊前も奥まった地方の強い方言に加え、舌先がなかなか廻らない朴訥な話しかたに勢いをこめて、

「きみだちも、まっと勉強せないけんで」

とくり返しいわれた。

先生は、やはり小学校で教えておられる奥様との二人暮しだった。子供がいない分、すべての教え子を自分たちの子供だと、信じて疑うところがなかった。

実際に、高校卒業まで先生の着ふるしのシャツや下着までもらって着るという「理想的な父子関係」に到達した人もいた。高橋睦郎著『十二の遠景』のカヴァーには、海水浴場でのクラスの記念写真の中央に

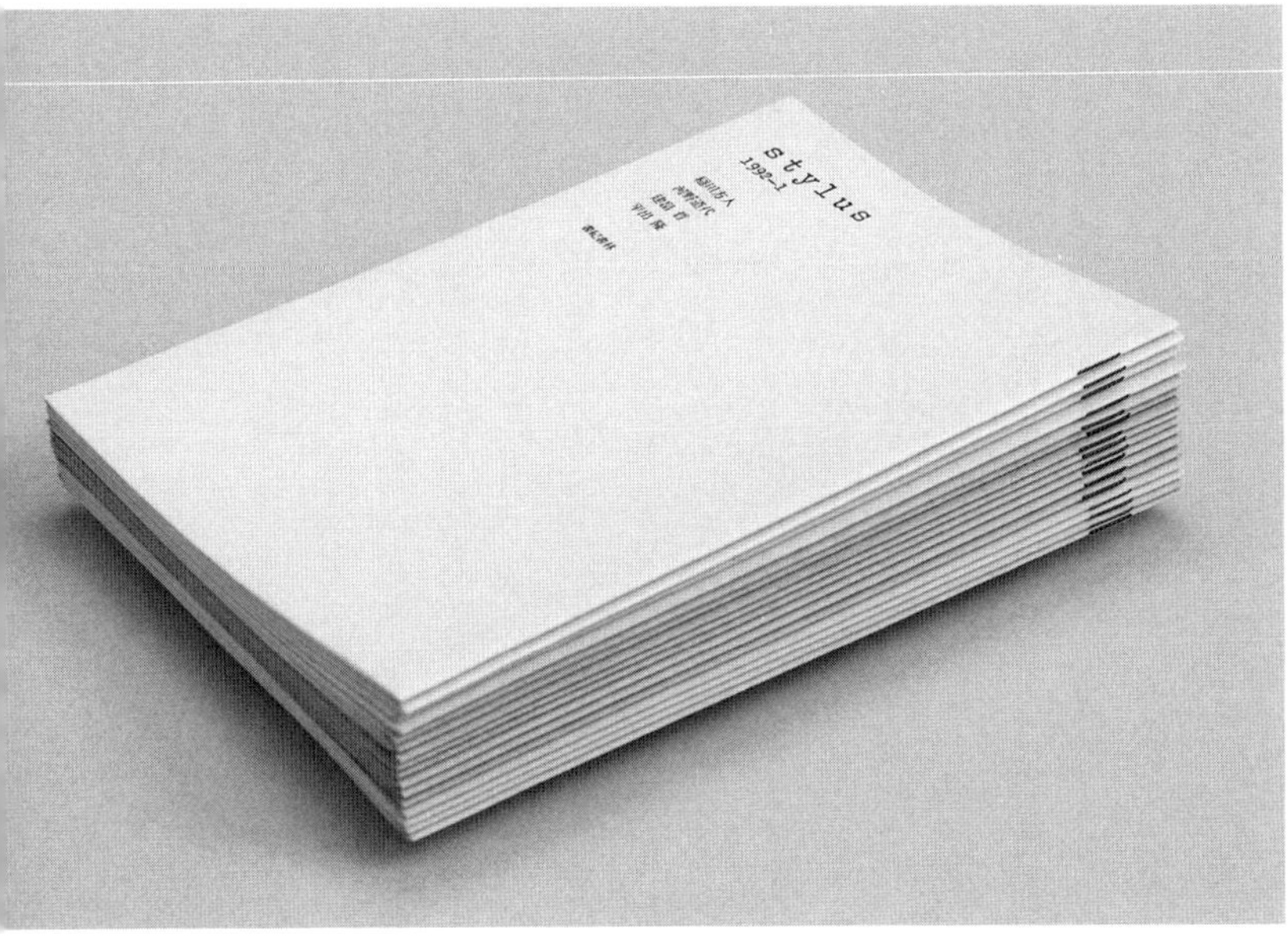
stylus
1992-1

先生の姿があらわれ、二人の「父子関係」をふくみながらすべての教え子との「父子関係」までもが、横尾忠則のデザインによって示されている。

友定先生にはいくつも伝説があり、そのひとつは教職にありながら何カ月か行方不明になったという話である。同僚が探しに探した挙句、釜ヶ崎で働いていたところを発見されたらしい。「世の中の一番苦しいところに身を置いてみんと、なんかが間違うてしまうで、と考えたんです」と答えたそうだ。

後年、私は編集者として通った先で、「丸腰の体当り」ということばを教わった。その小説家は川崎長太郎で、まさにいかなる権威にも、いかなる策略や機器にも頼らず、物置小屋に暮しながら、身ひとつで巨大な相手に挑んだ人であった。そのことばにふさわしい人はめったに見つかるものではないが、この文章を書きながらふと、友定先生の生きかたにもあてはまる形容か、と思われるのだった。

友定先生は頑として私塾の授業料を受け取ろうとされないので、親たちは相談して、お金の掛らないお礼の手立てを考えなければならなかったようだ。

勢いで、三年後、高校を受験するときの話に流れていく。試験が近づいてくる十二月頃か、もう少し前か、私は咳の発作が止らなくなった。当時はまだ、不登校ということばはなかったと思うが、軽い肺炎のような状態と診断され、気力も衰え、欠席がちになっていった。しかし、長期欠席には肺炎より大きな理由があり、そのことを、親には話さなかった。一種のニヒリズムに囚われたのである。

それには、文学書の濫読が背景にあったが、とくにアルベール・カミュの『異邦人』を読んだことが大きく起因していた。アルジェの乾燥した風土の中での動機のない殺人。明日を思わず、無感動を生きる主人公ムルソーと、それにもかかわらず一帯にあふれる太陽のきらめきは、私をとらえた。無感動と燦光と、その双方に同時に従うという強烈な矛盾を生きることが、きわめて魅力的に映った。すると、いま置かれている境遇が、みすぼらしくも非本質的なものと思える。

一カ月ほどだったか、学校を休んだ。このとき、私は生涯でもっとも虚無的な気分をもって寝起きした。窓の外に見える冬の日射しをいまでも憶えている。咳込みながら、日射しだけを見つめて過した。勉強をしようともせず、受験は目前に迫っていた。

『カミュの手帖』の二巻が手許にあった。第一巻には「太陽の讃歌」という邦題が付けられていたが、その「讃歌」の語には絶望が裏打ちされている。

> 空や、空から降ってくる光りまばゆい熱気を前にすると、絶望も喜びも、ぼくにはなにひとつ根拠のないものに思われてくる。

「明日がないこと」を解き明かそうとしながら、そこには燦々と光が降り注いでいる、という強烈な二重性が、カミュの書いたものにはあふれていて、光の単純な迷宮から私は、どうにも抜け出せなくなってしまったらしい。ところどころ、オラン、とか、アルジェ、とか、地名が呟かれる。これもまた、麻薬のように効いた。

中学生最後の期末試験のあと、個別面接で、担任の桑田泰佑先生と向き合った。先生はいつものように伏し目ながら、叫びにも近い率直なお声で「おまえのことは心配やな。なしてか！」と、傾げるようにして短い首を廻した。入学したときと順位を逆さまにしたような、百六十余人中、百五十番よりうしろだったからである。

桑田先生の面接を受けながら、その一年前の映画教室で観た、トニー・リチャードソン監督の「長距離ランナーの孤独」を、私は思い出していた。感化院の評判をあげるために院長からレースを走らされる。期待通り独走する少年は、しかしゴール直前で立ち止る。「あれはなして立ち止るんか」と、桑田先生は次の授業時間に生徒たちに問いかけた。感化院の院長による権柄ずくの特訓への復讐という、ありきたりの答えを求める問いかけではない。先生はいつものように、もうひとつ別の答えや、より深い謎に気づかせようとされていた。

しかし、その面接のときはちがった。権威主義からほど遠い先生は、ゴール直前で立ち止ろうとする者のそばにいて、その者と共に、なぜ立ち止るのか、とうろたえておられた。私にも、なぜか、と思えた。

かくするうちにも、その日は容赦なくやって来たのであろう。だが、中学の入試も高校の入試も、その本番当日のことはほとんど思い出すことができない。巨大な進学塾での模擬試験よりはるかに無機的な空間において行なわれたので、速やかに記憶から薄れたのかもしれない。

大学入試はどうだったか。高校も三年生になればすっかり受験勉強に嫌気がさしているから、志望校を

2.JAN.1971

聞かれ、東大です、と答えるのも、半ばは冷やかしのような気分だった。

だが、三年時の担当だった作田沢秋先生は、並居る権威主義的な教師たちの中で、珍らしく飄々とした方だった。東大東大と、子供たちの権威主義も似たようなもんだね、と見透かしておられたのかもしれない。受けてみてもいいんじゃないか、という懐ろの深さだったが、剣道八段の先生の微笑を見ていると、隙だらけのこちらの態勢が見切られているような気もした。

ところが、六〇年代も深まってくると、ベトナム戦争が泥沼化し、世界中の学生の力の変転が急を告げて、教育の未来もいよいよ予想しがたくなってきた。六〇年安保闘争の神話を引き摺りながら、大学紛争があちらこちらで激化し、瞬く間にひろがった。旧制度に圧し潰されそうになっていた者たちが声をあげ、石を投げはじめた。まずそれは、大きなものに圧し潰されそうになるとき、生命が当り前に発揮する本能的な抵抗のようだったかと思える。圧し潰しにかかってくる大きなものは、近くで見ると、醜きものでもあった。

安田講堂が全学共闘会議によって占拠され、総長はじめ大学当局が統制を崩し、あれよあれよと他人事のように眺めるうちに、東京大学と東京教育大学の入学試験が中止になった。

京都大学の校舎は封鎖されていたので、試験会場は市内の各地にちらばって設営された。全共闘各派は入学試験を阻止しようとしていた。私が割り振られたのは近畿予備校だった。本番の大学入学試験を、馴染みもない予備校の校舎で受けるのであった。

数日来、京都大学でも入試は妨害されるかもしれないと報道されていた。友人と泊った六角堂そばの旅館では、朝のテレビから現場の生中継が流されていた。試験会場に行くと、機動隊によるものものしい警備はもちろんのこと、新聞やテレビのメディアが入口に集まっていた。

朝日新聞の記者の一人が近寄ってきて、私たちにコメントを求めた。私は新聞には応えるつもりがないことだけを告げた。記者が驚いたようになぜと聞いてきたので、大学について自分の考えていることがあなたたちの書こうとしている記事の中に収まるはずはないし、歪めて収められるのは目に見えているからだ、とだけ話すと、「受験生で、そんなことまで考えているんですか」といったので、新聞記者はなにも考えていないんだな、とこちらも驚いた。

数学の試験で全問を解いたあと、少し時間が余った。すると、自分の背後、玄関のあたりで衝撃音がした。角材をつかって突入を図っているかのような気配だった。動揺した。そのまま戸外の様子を感取しようとしながら答案用紙を眺めていたら、答えを書き付けていた一問が、なにか怪しく思われてきた。考えなおしはじめたことが、私の人生を変えたかもしれない。正解をわざわざ書きなおしたのである。

試験のあと、数カ月すると、京都大学から正解と総得点と合格基準点とが知らされてきた。いっときは獲得していた三十五点の正解を失うことによって、かろうじて達していた合格ラインを割った次第を知った。あのタイミングであの衝撃音がなかったならば、そしてそれに動揺するやわな心でなかったならば、私の生涯はすっかり変っていたかもしれないと、その後いくどか、思わないことはなかった。

しかし、人生というのはそういう偶然やはずみだらけでできているともいえるだろうから、「たら」や

「ればい」はない、と潔くあるべきだ。この一事もそんな真実を象徴する一例に過ぎないだろうが、なぜか私は、京都のような特別な街で学生時代を過さなくてよかった、とも思えてならないのである。

さて、その四十六年後の古都である。京都駅に着き、地下鉄に乗って烏丸御池で降りたところまでは冒頭に書いた。

街角の表示に「六角堂」の文字がちらつくたびに、意識は過去に戻りかけたが、そんなことに気をまわす場合ではなかった。帯問屋での現代美術の展示とはどのようなものであろうかと、暖簾をくぐる。するとそこには、予想を超える空間がひろがっていた。

私は撮影をしながら一時間半ほど、一階から二階へ、二階から一階へと移動したが、飽きることがなかった。河原温のデイト・ペインティングはその日の「日付」を描いた一見無機的な絵画である。だが、はるかな高みで、作家の日付と観る者の日付とがスパークするところがある。

午後五時をまわった。六時までの開場だから、遅い昼飯をとってもういちど来て、暗くなりかけた光のもとでも眺めようと、いったん外に出た。近くの定食屋のウィンドウを覗き、思い決めて入ろうとしたが、もう一軒、他の店もあたってみようと身体をくるりとさせたときである。

目の前に知人の笑い顔があった。美術評論家で、詩人でもある。十四年ほど美術大学という職場を共にしたし、二〇一五年の春からは私の勤務先に彼を学長として迎え、ふたたび共に働くことになっている。帯問屋に来たことは明らかである。

いまこのレストランに入っていたら、偶然会うことはなかったろうね、と思いつくままのことを口にすると、相手は即座にこう返してきた。

——これは偶然とはいえない。河原温の四日間しかない展示会期の、最終日の最終時間帯に、河原温と縁の深い東京の人と京都に住む美術評論家が出くわす可能性は、それでも十パーセントくらいは潜在していたわけだ。つまり、これは偶然とはいえないね。それにぼくは、道の遠くから、おや、と姿を見定めて近づいてきたんだ。

なるほど、そういう「偶然」の認定法もあるか、と思った。つまり、簡単に「偶然」ということばをつかわないばかりではなく、「偶然」と呼べる条件をみたしているかどうかを検証し、つかうときはつかうが、簡単にはつかわないぞ、という構えらしい。

すぐに連れ立って帯問屋に入った。展示の中で気になることを語りあったりした。二階の壁が鉛の板になっていることについて、その由来を会場付きの老人に尋ねたりもした。大正時代に設計されたときから、帯の絵柄が映えるようにとあえて取り付けられた、極薄の手延べの鉛板だという。

会場を出てから彼は、「いま四人ほど知り合いがいた。話はしなかったけれど。つまり、偶然ではない」と、まだ「偶然」の問題を楽しそうに反芻していた。

時間があるならば食事でも、といわれたとき、思わず私は、六角堂というのはこのへんですか、と聞いていた。

四十六年前のおぼろな滞在の思い出があるのだと話すと、行ってみますか、ということになった。

五分ほど歩くと六角堂があり、かつてのままに見覚えのある古建築は、高い近代的なビルに囲まれるようになっていた。旅館はどこにあったのか、もう消えてしまったのか、こちらもビルの陰に入ったものか、定かではなかった。

「ここのスターバックスが有名なんです、入ってみますか」

なんのことかと角を曲り、付いて入ると、奥は巨大なガラス張りになっていて、その向うに六角堂がまるまる見えるではないか。まっすぐ向きあえる席もある。なるほど、新旧の建築の関係には、日陰のうちに囲うばかり、囲われるばかりではなく、時間を二重に重ねるような、こんな共存のしかたもあるのだな、と感心した。

最終の新幹線の時刻を意識しながら、鶏料理屋で飲んだ。

すぐ向いが彼の単身赴任のマンションだという。

京都で生れた。生涯の時間の半ば以上を京都で過したことになった。毎朝五時か六時に起き出して、一、二時間、あたりを散歩している。どうして京都を離れなければならないんだ、と思いながらね、と彼は笑った。

彼も私も、いつのまにか、試験を司る側になっている。私はといえば、まだ試験を受けなければならないのではという、かすかな怯えを拭いきれていない。

日帰りで京都に行ったのははじめてのような気がする。国立《くにたち》の駅に帰り着くと深夜十二時をまわっていた。四十五年前に入学試験を受けた大学の正門前に差し掛ると、看板から、入試は明日もつづくらしいと分った。

XVI

映像の葬儀 一九七〇年

一九六九年から翌年春にかけての受験浪人時代には、映画と演劇に対しての渇仰は抑えがたい域に達していたらしい。私は八月に上京、亀戸の叔父の家に厚かましく居候させてもらった。その三週間ほどのあいだに、映画と演劇を、一年分まとめて観る、という計画を実行しようとしたのである。

特別に目当てであった唐十郎の状況劇場は、ちょうど「日本列島南下公演」を打つべく東京を離れると知り、急遽、北上の途中に南下のそれとすれちがうように出立の日を変えたりした。京都は鴨川の河原に立てられた紅テントに入ると、異形の役者と鮨詰めの観客の熱気に噎《む》せ返った。たまたま通路寄りに坐っていた私は、芝居の客いじりとしてヒロイン李礼仙にしがみつかれ、つばきが飛ぶようなせりふまわしを耳許に聞いたりもした。

こんなことがあるのか、と観衆のどよめきの中で思った。大団円では舞台背後のテントが引き裂かれたように開かれ、夜の鴨川の河原がひろがったのであろう。この屋体崩しは状況劇場時代から唐組時代まで、その後おびただしく観ることになったので、むしろそのはじめての情景は、興奮の記憶の中に消えている。

中学時代から本や雑誌は小遣いで購入したが、いつも懐は逼迫していた。高校生の或るときから、弁当でない日の学校食堂では、一杯三十円の素うどんにした。すると、購入できる本が目に見えてふえた。

バックナンバーが書架に揃ってきた「映画芸術」の背に、或るとき酔った父親が手をかけた。ぱらぱらと見ながら、不機嫌そうに嫌みをいった。そのせりふは憶えていないが、毎号の冒頭にある一折分のグラビア・ページが、ほとんど濡れ場ばかりを取りあげていることに苛立っているらしかった。しかも、そこには、アンダーグラウンド・フィルムが多く混在し、若松孝二や足立正生や大和屋竺の過激な映像やタイトルもあふれていた。ただ、私が発情していた対象は濡れ場ではなく、まあそれもあるにはあったが、大の大人が、たかが映画をめぐって論争ということを果てしなくやっている、そのありさまや姿や批評言語のほうにあった。中学校では桑田先生も鳥山先生も教えてくれなかった世界である。ともあれ、父には気に入らない種類の映像だったようだ。

ところで、映像というものと幼年の経験とがどうかかわるのか、記憶の中で曖昧になる。記憶もまた、映像のような性質をもつからだろうか。それが時代の経験とどうかかわるのか、それも曖昧になる。時代もまた、記憶のような性質をもつからだろうか。

私の観た最初の映画は四歳のときの溝口健二監督「新・平家物語」であるという。若い母は六歳の女児と四歳の男児の二人を連れて、「三菱化成黒崎工場」に入った。これはれっきとした映画館の名前である。

どうしてそんな名前がついたものか、三菱化成株式会社（現・三菱化学株式会社）が八幡市の黒崎に工場をもち、その工場労働者のための慰安施設であった映画館が、社員のみならず一般にも開放されていた、とでも推測はされるが、それにしてもそんな館名ともつかぬ館名が、映画館の歴史資料にそのまま残っているというのも奇特である。

当時のことばでいえば「総天然色」映画だった。筋もなにも憶えてはいない。ただひとつのシーンにおいて、群青というのか紺青というのか、夕焼けによってかえって際立つ濃い青が目に焼き付いていて、いまも離れない。こんな空の色があるのか、とその四歳の子は思ったのだろうか。「天然とは」と考えたはずはないが、いつまでたっても、あんなにけざやかな空の色があるだろうか、と思い出される。いつかまた観てみたいと思ってはきたが、大事なものを失ってしまいかねないという心理が歯止めをかけて、観ることに至らない。

これとよく似た映像の記憶で、子供の目にも格調のある武者絵の世界に身を委ねたことがある。こちらは絵本の中の映像である。たしか、講談社のこどもの絵本シリーズの一冊で、『源義経』だった。名のある日本画家の手になったものであることは間違いない。

京都から落ちていく平氏、それを追う源氏の戦いを、義経を引き立てながら綴る絵本で、固有名詞のほかはほとんど平仮名表記だったと思う。

一の谷の戦さ、その鵯越《ひよどりご》えの馬の絵、屋島の戦いで那須与一の射る弓矢、そして壇ノ浦の合戦での義経の八艘飛びというふうに、有名な合戦の場面が次々とくりひろげられる。

添えられたことばは子供向きに優しく簡潔だが、私の記憶違いでなければ矢に射抜かれて息を引き取る家来の武士を抱きかかえて、義経の目は涙を湛えていた。「義経のめにもあついなみだがあふれていました」という記述を憶えている。「あついなみだ」ということばがあるのだ、と思った記憶である。

この絵本が、学校にあがる前に与えられた本のうち、私には一番の気に入りだった。中学時代にさえ、それを幻の本として回顧する短い文章を書いている。しかしこれも、あえて古書店に探し出そうというところまで、私は腰を上げようとしてこなかった。かくも鮮やかに眼裏《まなうら》に残しながら、もういちど実物を眼前にすることにためらいを覚えるというこの心理は、心理学的になんと名づけられるものなのだろうか。

一方は平氏の映画、一方は源氏の絵物語、そして源平の戦いがクライマックスを迎える壇ノ浦は、日々に目の前にしている関門海峡の、もっとも狭まった下関寄りの海を指す。対岸とは指呼の間といえる距離である。それは自分の海での話だった。

それどころか、私がその座敷で生れた旧・門司市大里《だいり》の母方の祖父の家は、御所町という町にあり、これは町内にある御所神社に由来した。平氏により柳の木が植えられたので、いまも柳の御所と呼ばれる。幼い安徳天皇を護りつつ京都から逃げ落ちてきた平氏は、この九州でもっとも京都に近い、海峡べりの村に「内裏《だいり》」を設けて、再興の機を窺った。

結局、安徳帝は乳母と共に壇ノ浦に入水するという終りかただが、「内裏」が「大里」という同音異字となって、王朝のかすかな痕跡が残った。

源氏か平氏かという大人たちの話の中に、安徳帝のイメージが浮び、そして絵本で手にした源義経の美しさに惹かれ、ちょうど、西に引いては東に引き、を交互に激しくくり返す関門海峡の潮のように、源平の合戦は幼い頭の中にも渦を残した。

私の姓の中の「平」の字を楯にし、御所町生れの自分は安徳天皇の生れ変りであるという冗談を、ときどき酒席でつかってきたことを白状しよう。しかし、絵本の義経を思い出すとき、幼帝の生れ変りであるはずの子は、容易に源氏側へと翻るのであった。


一九七〇年春、私は東京の大学を受験しなおし、実業の大学に入学した。文学部に入るものだと極めつけているらしいおおかたの友人たちの予想を裏切ることにも、少しの狙いがあった。もちろんそれよりも、自分の予想をこそ裏切る進路選択に、意義と快感があったのである。

また、実業の大学の語学担当教官とはいえ、じつは出口裕弘、鈴木道彦、海老坂武、河村錠一郎など、海外文学の歴々の先生がたが揃っていることにも気づいていた。結局私は、実学どころか、大学にはそっぽを向いて別の活動に走った。ゼミの教官である出口裕弘先生ひとりが、私にとっての大学ということになるが、このあたりのことについてはまた稿を改めることにしよう。

一方で、「実業」へ傾きすぎたかもしれない自身の進路を補うことにも手を打とうとした。四月の入学と同時に、現代思潮社が主宰する「美學校」に入学したのである。

現代思潮社は一九六〇年代に、戦後日本のラディカリズムを、ヨーロッパの無神論や無政府主義の古典と結びつけた、いわば蘝《えぐ》みのつよい出版社だった。

源義経

日本の著者では、埴谷雄高、瀧口修造、澁澤龍彥、種村季弘、巖谷國士、粟津則雄という著者が並び、現代ヨーロッパ文学の紹介でも、モーリス・ブランショの『文学空間』や『来るべき書物』、グスタフ・ルネ・ホッケの『文学におけるマニエリスム』、ロラン・バルトの『神話作用』などが読者に大きな影響を与えた。澁澤龍彥の翻訳によるマルキ・ド・サド『悪徳の栄え』が刊行されたのは一九五九年、訳者と刊行者に有罪判決が確定したのは一九六九年である。その出版社が、美術の学校を開くというのだから、その筋の青年たちの心を騒がせることは必定だった。

美學校は一九六九年に開校された。まずは中村宏と中西夏之の工房を開講し、さらに講師陣を広げていった。徒弟制度を謳う、まったく虚学の極のような、美術学校ともいえない学校であったが、そのパンフレットに檄文のような文体で講師として紹介されるのは、先の錚々たる筆者たちだった。次のような宣伝文句は、特別な衝撃を与えたものだ。

教えをうけることを、みずからの意志として据えて、欲するものを得ることはありえても、教えることをみずから意図し、果しうるということはないのであって、教える意志は、生徒の脳皮質をかすめて消えるのである。総じて耳目を通し、すなわち空間を媒介として、達して頭脳にいたるコースにおいてそうなので、脳皮質を駁撃して残るのはきわめて生理的な衝撃感ということだけであったり、あるいは、金蒔絵に使う筆は舟ねずみの毛で作らなければいけないといったことだけで終るのである。そこで、教えられる機関は考えるとしても、教える機関は考えるわけにはいかぬと、私は思う。そこで、最高の教育とは、教える意志をもたぬものから、必要なものを盗ませるということになろうか。

一九六九年の一年間を地方の受験浪人としてじりじりと過した者には、上京して、映画や演劇、舞踏や文学、その他の渦に飛び込むことは、独り立ちを求められる幼い獣のように、ようやく来た獲物との対面の機会をものにしていくことであったらしい。それまでは、「季刊フィルム」「デザイン批評」「映画芸術」「日本読書新聞」といった雑誌や書評新聞が渇きを癒し、それらのもたらしてくる情報によっていよいよ狩猟の渇きを激しくするのだった。

まずは、狩りのためのねぐらが必要となる。

私は一橋大学のある東京西郊の国立市という文教地区ではなく、美學校のある神田神保町にも通える、その東西の中間に下宿を探そうとし、結局、騒然たる新宿で深夜まで映画を観たあとも歩いて帰ることのできる京王線の幡ヶ谷に居住することになった。

これからのティーアガルテンを、新宿と見定めたのである。

一九六九年の夏休みの一時的な上京では、こんなことがあった。アートシアター新宿文化に「新宿泥棒日記」を観に入ると、紀伊國屋書店にて万引きをする横尾忠則を取り押さえる田辺茂一社長を、ご本人が演じていた。それを観終えた足で同じ書店へ向うと、当時の紀伊國屋書店のエントランスであった外付きのエスカレーターで上がっていく、サンダル履きの寺山修司の姿が街路側から見えた。

唐十郎の「愛の床屋」は新宿三丁目の伊勢丹裏にあるはずであり、「新宿見るならいま見ておきゃれ、いまに新宿灰になる」というようなうそぶきともいえる惹句は、状況劇場のテントが張られた花園神社や新宿西口広場に立つものだった。

とりわけ、アートシアター新宿文化とその脇の蠍座では、面白いプログラムが目白押しだった。一九七〇年の一月から七月にかけて、私は次のような映画鑑賞経験をした。日付はないが、どうやらこの順序で観覧したらしいので、そのままに列記して当時の事情を伝えておこう。

ジャン＝リュック・ゴダール「ウイークエンド」（博多東宝名画座）、土本典昭「パルチザン前史」（九州大学工学部講堂）、ルイス・ブニュエル「小間使の日記」「ビリディアナ」（新宿蠍座）、鈴木清順「殺しの烙印」（シネマ新宿）、ゴダール「男性・女性」「小さな兵隊」（蠍座）。

おそらくここからいったん帰省したのだろう、小倉の中央シネマで松本俊夫「薔薇の葬列」を観ると、いよいよ住民票を移す体の上京をして腰を据え、アートシアター新宿文化で吉田喜重「エロス＋虐殺」を観た。さらにつづく。

飯村隆彦「シネマ・ラブ・イン」（蠍座）、大島渚「白昼の通り魔」「無理心中　日本の夏」（板橋人世坐）、ロマン・ポランスキー「タンスと二人の男」「反撥」（シネマ新宿）、フェデリコ・フェリーニ「8½」（蠍座）、デニス・ホッパー「イージーライダー」（有楽町スバル座）、木俣堯喬「恐るべき密戯」（新宿アートヴィレッジ）、山下耕作「博奕打ち・流れ者」（歌舞伎町オデヲン座）、リチャード・レスター「ビートルズがやって来る　ヤア！　ヤア！　ヤア！」、ジョージ・ダニング＋ジャック・ストークス「イエロー・サブマリン」（歌舞伎町地球座）、ゴダール「中国女」（蠍座）、ロベール・ブレッソン「バルタザールどこへ行

かならず みんなて
しっかりと 継信《つぐのぶ》の てを にぎった
義経の めにも、あつい なみだが あ
ふれて いました。

化)。

く」、トニー・リチャードソン「マドモアゼル」(アートシアター新宿文化)、セルジュ・ブールギニョン「シベールの日曜日」、ウィリアム・ワイラー「ファニーガール」(池袋文芸坐)、フェリーニ「サテリコン」(銀座ヤマハホール)、大島渚「東京战争戦後秘話」、林静一「10月13日の殺人」(アートシアター新宿文化)、

演劇についても記しておこう。

演劇センター68/70「鼠小僧次郎吉・三の替り・極付発狂版」(アンダーグラウンドシアター自由劇場)、状況劇場「唐十郎　河原男爵　愛のリサイタル」(アートシアター新宿文化)、俳優座「あなた自身のためのレッスン」(六本木俳優座劇場)、劇団四季「ブラックコメディ」(新宿紀伊國屋ホール)、文楽「義経千本桜」(国立小劇場)、俳優小劇場「不思議の国のアリス」(代々木八幡青年座劇場)、早稲田小劇場「劇的なるものをめぐってⅡ」(早稲田小劇場)。

代々木八幡青年座劇場では、こんなことがあった。座席のすぐ近くに、岩下志麻がひとりで観に来ていることに気づいた。幕間となり、私は通路に立ってロビーに出ようとしていたが、観客が少し混雑して進みあぐねていた。すると後方から岩下志麻が近づいてきて、私のすぐ傍らに立った。一年前の夏には「心中天網島」を観ていた。その日も夏だった。おたがいに半袖だった。すると彼女は、その白くて細い二の腕を私の二の腕に触れさせてきた。思わずわずかに首を廻して横顔を見たが、ひるむ様子もなく遠くを見つめていた。通路に人が動きはじめると、そのひとは離れた。東京では、こんなことがあるのだろうか、と思った。岩下志麻は昂然と、見ず知らずの十九の青年に、いたずらをはたらいたのである。なんという

小気味のいい大女優であろう。

ぼんやりと思い出される葬儀がある。ぼんやりとではあるが、いくつかのシーンが輪郭をつくっている。まず、非常に長い時間をかけたものだった。おそらく、夜の七時から、十時間はかけたろう。場所は地下だった。渋谷の駅から遠くないところで、ステーション70という名だった。がらんどうのように広いスタジオ風の空間に大勢の人々が集まって、床に腰を下ろしていた。畳敷きであったか、絨毯敷きであったか、もう思い出せない。

それも十九の、上京してほどない時期だった。幡ヶ谷の下宿からひとりで出掛けてきた。ひとりだったが、見知っている人たちがそこここに動いていた。

いかにも葬儀らしく、白い幕や黒い幕や供花で飾られた正面の壁に向って、みながみな、床に腰を下ろしていた。つまり、楽屋というものがない。彼らは著名な論客たちだった。といっても、あくまでも同じ床に尻を下ろしていた。壇上にいるというわけではない。そもそも壇上があるというわけでもない。彼らは進行に従って正面のスペースへ出て行って、弔いのようなことばを喋ったりしていたが、また客の中に戻っていく。

はじめはどこのだれなのか、と眺めていた人でも、紹介されて正面に立ち、ひとしきり喋りはじめると、たちどころに既知の人に変った。名前によってその文章が思い返されるからであった。客同士の会話に聞き耳を立てていたりすると、これがあの人か、と推測がつき、あの文章を書いたのがこの人か、と納得していった。

最後まで推測がつかない人たちがいて、私もその範疇の一人だった。つまりは、読者である。執筆者と読者とが同じように入場料を払って一堂に会した「葬儀」だった。一九七〇年の夏、弔われているのは刊行停止を余儀なくされたばかりの雑誌で、「映画芸術」といった。

一九四六年創刊、編集は小川徹。私は高校二年のころから、小倉の金榮堂書店で毎月購入するようになっていた。よく似た雑誌に佐藤重臣編集の「映画評論」があり、松田政男編集の「映画批評」はこのころ創刊されたのではなかったか。もちろん、このお二人も、葬儀の初めから目立っておられた。

式次第というものがなかったわけではない。しかし、流れは予測できず、突然、舞踏がはじまったりした。暗黒舞踏の若い舞踏家たちが群舞した。土方巽はすぐそこにいたが、踊ったのではない。そのころすでに滅多に踊らぬとされて半ば伝説化した存在であった土方巽が踊るのを私が観たのは、アートシアター新宿文化で行なわれた「唐十郎　河原男爵　愛のリサイタル」という歌づくしの舞台の大団円のひと齣、それきりだった。その強烈な唯一の目撃があるが、このだらだらとつづきつつ危険を孕みゆく渋谷の「葬儀」の場所では、舞踏さえ、演し物というありかたではなく、強いていえば供花の一鉢のようなものだった。

地下の葬儀場のおぼろな記憶の中では、この舞踏に絡むかたちで、映像が壁に投影されていた。コラージュ的な非連続の映像は、土方巽の弟子たちが踊る床の背後の壁に映し出されるとともに、その身体にもかかっていた。

歴史的な動乱をあれこれ繋いだ映像の流れの中に、突然、鮮やかな色彩で武者絵が幾枚も幾枚もあらわれた。私は息をつめた。それは紛れもない、講談社の絵本『源義経』のものだった。私はあわてた。いまつかまえなおさなければ、それはまた海の藻くずと消えてしまうだろう、と思った。十九のそのときすでに、その本は失われたものであり、その絵ははるかな記憶の底に眠っていたものだったからである。だが、やはり、映像の中の絵はたちまちにして消えてしまった。幼年時代が二度失われたような感覚に、そのとき見舞われたのではなかったか。

猥雑で奇妙な酒宴として長い通夜は更けてゆき、そのブリューゲル的なあるいはボッス的な広場ではあちこちで獣たちの論難や哄笑が湧いてはまた消えた。ときどき波のように、ほんものの喧嘩がはじまっては崩れていた。弔いの客たちは最終電車を前に半減したが、いよいよ殺伐としていく空間に興味は尽きず、私はひたすら飲みつづけていた。明け方に獣たちは、もうわずかとなり、だれもかれもくたびれ果てていた。

グラスの割れる音が遠くでしたかと思うと、佐藤重臣の手から、かなりの血が滴った。すぐに囲む者たちがいて手当てをしていたが、本人は手負いの熊が麻酔をかけられたように泥酔していた。そうしてさらに飲みつづけていた。

もうお開きだ、とだれがいったわけでもないが、帰るほかはない白んだ時が来た。地下の階段から、包帯を片手にぐるぐる巻きにされた半死半生の巨漢を担ぎ出さなければならない。すでに人手はなかった。

狭い階段で、左右から一人ずつが支えるほかない。私はその左腕を摑んで左脇に首を入れて支えた。反対の右脇に首を入れ、右腕を摑んで階段を昇るのは、唐十郎だった。
東京では、こういうことがあるのか、と私は思った。

（追記）この原稿をヨーロッパ旅行中にeメールで編集部に送ると、乗換えのフランクフルト空港にて開いた返信に、私にとっての幻の絵本『源義経』の絵がＰＤＦで、贈りもののようにあらわれた。幻が幻として終りにくい時代になったということか、と思えた。一九五四年刊とのことだから、六十年ぶりの再会である。

獣苑の恩師

二〇一五年夏、酷暑のさなか、出口裕弘先生が逝去された。享年八十六。大学における私の唯一の先生である。しかし、その存在との出会いは、大学という場所を、最初からはみ出していたかのようにも思える。

一橋大学経済学部の教授だったが、フランス文学者であり、E・M・シオラン『歴史とユートピア』、ジョルジュ・バタイユ『有罪者』『内的体験』の優れた翻訳者だった。一方、アカデミズムには与せず馴染まず、一九七二年に『京子変幻』を著すなど、小説にも踏み込まれた。

私は一九七〇年の入学である。一橋に入ったなら『ボードレール』の出口裕弘につくのだと見定めていた。入学してすぐ、その最初の評論集『行為と夢』を手に入れた。冒頭はバタイユとミシェル・レリスを中心に、現代における「聖性」を論じて、「夢のエロス」「告白と闘牛」「ミノタウロスの影」とつづく。骨格ははしばしまで整えられているのに、「赤裸の心」(ボードレール)が閾《しきい》をこちらへ越えてくるような文章に魅せられた。

たとえば「白熱」ということばを、たとえば酷も香もある赤ワインを、たとえば東京の東部という幼少からの縄張りを、そして歯切れのよい啖呵を、愛された。身長は一六〇センチに満たないが、足を振り上げれば鴨居に届くんだ、と自慢をされた。そして大学という枠を、自然にはみ出していた。芸術や文学を理解しない商科の大学の同僚のことは、容赦なく「算盤《そろばん》野郎」と呼んでおられた。


入学した一九七〇年の秋、大学祭の人混みの中で高校の先輩Tに出くわした。それがはずみで、彼の属する新聞部に入ることになった。

神田一橋に残された、大学の敷地の一角に「一橋新聞」の小屋があった。はじめての日、下宿のあった幡ヶ谷から新宿に出て、総武線に乗って水道橋駅に降り、白山通りを歩いて部室に入った。そこに三島由紀夫自決の速報が来た。たったいま、その現場の最寄り駅市ヶ谷を過ぎたばかりだった。論議を経ると先輩Aがその場から電話で、平岡正明にこの件の原稿を依頼した。

入部したとき、学生Bの存在を聞いた。デモで逮捕されて獄中にいるらしい。やがて、Tが出口教授を訪ね、先生の署名入りの『内的体験』をBに差し入れさせてください、とお願いした。それなら、と先生はひとりで巣鴨の東京拘置所に赴いたという。

一九七三年春にようやくゼミを履修できるようになるまで、私は出口先生に近づくことはできなかった。だが、先に掲げた幾冊もが書棚にあった。そうして、キャンパスにおける先生の噂が、TやBから次のように伝わってきた。

ゼミのあとに学生たちと入った国立の店で酒がまわった。そこで立ち廻りのようなことが起り、テーブルが壊れた。店の通報で警察官が駆けつけてみると、暴れたのは一橋大学の教授だった。

そこに居合わせた先輩Kによると、こういう話だ。先生は学生と喧嘩になり、相手に向って飛び蹴りを試みた。ところが、身体は標的に届かぬままテーブルの上に落ち、グラスや皿が割れ、食べものは散乱し、テーブルが壊れた。

晩年に先生はこうおっしゃった——「教師も体罰を加えると怒られる時代に、学生と取っ組み合いをするようなバカはいないよ」。

当時の新聞部には全共闘系の学生が多く、闘争・集会の記事と大小の政治学経済学の論文が紙面を構成し、たまに映画評や演劇評などのコラムが混じった。月二回の刊行をベースに、年に数回広告特集号が入る。その版下取りで先輩の企業をまわるのも部員の仕事で、しっかりした収入基盤があった。新人として入った私は一本の集会記事も書かず、代りに詩論を書きはじめた。枚数を気遣わずに、好きなだけ書くことができる、願ったり叶ったりの場所になった。断続的な連載で書いたのは、そのころ、詩の雑誌で反響を呼んでいた天沢退二郎の「作品行為論」をめぐって、その周辺を解析するような内容だった。

新聞部では論文やコラムはすべて、筆者を一文字で表わす匿名の習わしがあり、私はどういう思いつきだったか、「水」という文字を用いた。三カ月いて巣鴨プリズンを出てきたBとは、すぐに親しくなった。「B」とは彼の、イニシャルではない筆名である。六〇年代後半から、バタイユ、ブランショ、バルト、バシュラールの著作が次々と翻訳されていた。Bは彼らのイニシャルの暗合に気づいた多くの読者の一人だった。

出口先生はそれらのうちのバタイユ『有罪者』『内的体験』、ブランショ『文学空間』の訳者であった。Bは新聞に「夜論」という、奇怪な独白とも深遠な論文ともつかぬものを黙々と連載していた。先生は彼の筆力に一目置いているばかりか、同じ葛飾出身ということでもウマが合うらしかった。

Bと先生とが後年、二人で飲みはじめて深夜に及び、路上で、どうも柔道のようなことになったらしい。Bに背負い投げをかけようとして、先生は背後から潰された。翌朝、ジャケットの背にBの靴の跡を見出した、といって豪快に笑っておられた。

一九七一年の暮れか、連載の締めくくりに天沢退二郎さんにインタヴューを申し入れた。神保町のラドリオで落ち合い、新聞部の小屋へお連れして、長時間お話を伺った。これがきっかけで、私は雑誌「ユリイカ」に紹介され、論文をまとめなおした新稿の掲載が決った。また、それに先立って、一九七二年四月号の同誌に長篇詩が掲載されることになった。

神田方面にばかり足を運んだため、一年留年し、私が小平校舎の教養課程を脱したのは一九七三年四月のことだった。国立校舎の先生の研究室にデビューすることは、晴れがましく、どこか恐ろしいことだった。先生の中心が詩であること、それもランボーからバタイユに至る、詩を否定するほどに白熱する逆説の詩であることを知っていたから、国立キャンパスの杜の中にある研究室までの道は、自分の未知の中心

書紀
3
出口裕弘
正津勉
伊藤聚
稲川方人
山口哲夫
河野道代
荒川洋治
平出隆

へ向うような畏怖すべきプロセスだった。その手前に立つ兼松講堂は伊東忠太の設計で、内部にも外壁にもロマネスクの怪獣の像がたくさん棲みついている。講堂前の庭園中央の池の周囲もそうだ。日時計の台座や池の吐水口などに何体かの怪物像がひそんでいる。時計塔をもつ真向いの図書館の外壁や軒にも、獰猛な、あるいは珍妙な怪獣がいて、こちらを見ている。そこは獣苑だった。

ゼミナールの内容は原書講読で、一年目はプルーストの評論「サント＝ブーヴに反駁する」、二年目からはバタイユの『エロティスム』だった。

講読がはじまる前の十五分ほどが、私には貴重だった。先生はさまざまな雑談をされた。パリの生活では、鉄道や電話局やあちこちの窓口の、棘のある対応に心が荒んで、口論をくり返したという。

「そうやってフランス語の腕を磨いたんだからね。しかし、腹の虫が収まらず、夜中に公衆電話を壊して歩いたりもした」

からからと笑われたが、苦い表情も混じった。

先生の話には、「シブサワ」という名前がよくあらわれた。旧制高校以来の親友として、澁澤龍彦周辺の裏話は、ゼミ生のだれにとっても耳を欹《そばだ》てるものだった。そこに種村季弘、土方巽、矢川澄子、加藤郁乎、巖谷國士、四谷シモンなどの名前が混じった。こういう話にはいっそう、からからと笑われた。

私が「ユリイカ」に発表した詩の反響は、ほとんどなかった。しかし一年以上経った一九七三年秋に、未知の同世代の人から、急速に停滞しはじめた詩の状況を見据えた長い感想の手紙が来た。会うことになった。一九七四年春には未知の女子学生から、詩と散文を掲載した雑誌が届いた。この三人で「書紀＝

紀」という名前のタイプ印刷の同人雑誌を創刊し、やがて一九七五年には「書紀」という活版印刷の非同人雑誌もはじめることになった。

こうした動きは、そのころようやく活動が顕著になってきた若い詩人たちによる「書翰」「唄」などという活版印刷の小メディアと呼応し、やがて相俟って、詩の読者の注目を集めるところまで行った。

詩の雑誌を自力で刊行するということが、私の学生の日々の時間を占めていった。詩作や詩論の執筆と編集とが一体的に進み、やがて詩の状況などへ意気込みがちとなり、あわただしく最初の詩集を準備するようになった。私はフランス語を学ぶ勢いを、そのあたりから失った。

予習をせずに朝の出がけに澁澤龍彦訳を仕込んでおき、あたかもその場でするかのように訳すと、先生はすぐに、「おい、それはシブサワだろ」と見透かすのである。

『エロティスム』は意味が通らないほどの悪訳の本がひとつ出ていたが、そのあと一九七三年、三島由紀夫を喜ばせるはずだった明快な澁澤龍彦訳が出た。

しかし、出口先生には澁澤訳でもちがうと思えたらしく、これは自分で訳さなければ、と一語一語を辿って読んでおられた。

澁澤龍彦と出口裕弘との友愛の機微は、のちに私が文芸雑誌編集部に入り、その両方の担当編集者になるという思いもしなかった展開によって、いわば双方の机辺から知ることになった。澁澤さんはデグチ、デグチと話題にし、少しでも友人に不利があればその肩を持とうとした。出口さんはシブサワ、シブサワと戯《じゃ》れるようにしながら、自身とのちがいを見つめ、ときには仮借なく批評した。

それは少年のままの友情、しかし敗戦時に十七歳であった世代のそれだった。一九八七年八月七日、澁澤龍彥の葬儀で読まれた弔辞は、出口節がもっとも炸裂したものとなった。

「君のおかげで、日本の戦後は、充分、面白かった。ありがとう、澁澤、さようなら」

北鎌倉東慶寺の境内に、マイクで割れた声が響き渡った。


忘年会か新年会か、一同で、ゼミ生だったYのアパートで飲みはじめたときである。不意に先生の形相が変り、棘のあるせりふが語気鋭く発せられはじめた。眼を上げずに目前の学生に詰め寄る、凄まじい切れ味をもったことばの刀で加減なしに斬りかかる、と見る間に、刃の向う先は世の中全体となり、毒舌は世界に対する呪詛、または怒号となった。

このシーンを、私は少なくとも三度、いや四度経験している。二度目は西伊豆での夏合宿の夜である。三度目は先生のつつじヶ丘のお宅である。奥様の心のこもった手料理を振る舞われる、その特別な場所では、大概、歌になり、私は羽目を外した。「た、べ、よー」という、いつもの歌うような先生の合図で楽しくはじまった宴が、しかし一度だけ、暗転したことがあった。

頬の筋肉を震わせて、バタイユやシオランのそれが乗り移ったような、世界への呪詛のことばが吐かれた。抑えようとする周りのことばは火に注ぐ油だった。そうなると、周囲はひたすら聴きつづけ、憤激が収まるまでただ飲みつづけるしかなかった。

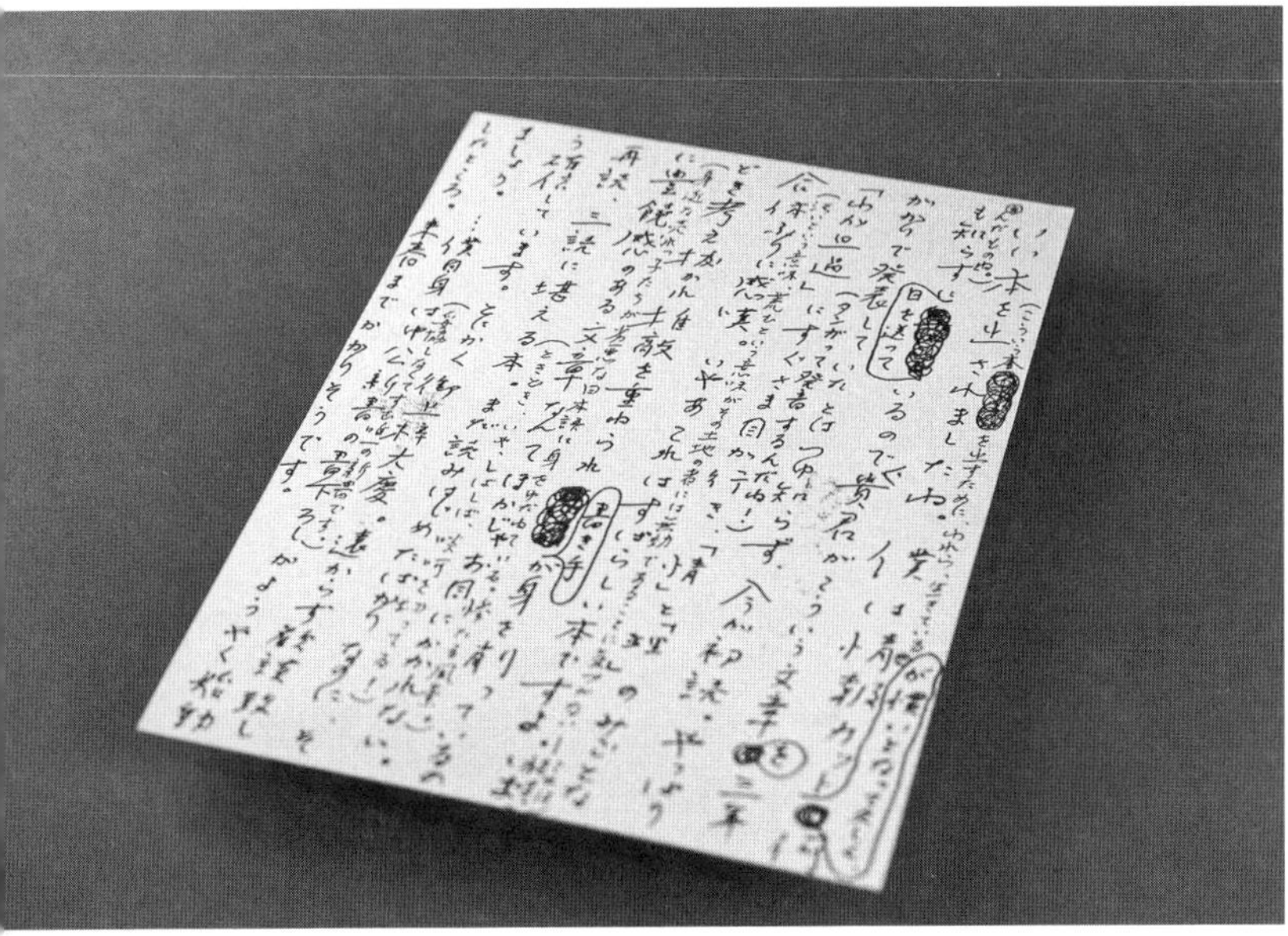

一九七五年秋の刊行となった「書紀」第三号に、先生の原稿を頂戴した。逸見猶吉の詩集『ウルトラマリン』について、二百字詰め原稿用紙に四十枚ほども書いていただいたのである。

万年筆のロイヤルブルーのインクで書かれた、腰のある独特の文字が、ところどころ同じインクの描く円運動によって潰されていた。原稿を書くとき、書き損じの文字はこうやって堂々と潰すのだ、と暗黙に教わった気がする。たまに戴いた、「来週は休講です」と大書されたお葉書にも、ときにそのぐるぐる巻きの潰しが見られたものである。

この批評的エッセイは、出口裕弘の詩人としての出発を明らかにしている。昭和二十一年、旧制高等学校の一年のときに、あたかもランボーの前知らせのように猶吉の詩を読んで、その「手を触れれば硝酸のように手を焼く苛烈」に茫然としたという。「そのまま、昂奮のあまり自分もどことなく逸見調の詩をつづることに」なったと告白してもいる。そこから詩を離れて小説の方へ向ったのも、ランボー的な袋小路からの脱走であったという。

一九七六年三月八日の夕刻だった。漫然と過していた阿佐ヶ谷の六畳一間のアパートで、電話が鳴った。いきなり雷が落ちてきた。

これほど怒られたことは親からさえなかった。あるいは、「雷が落ちてくる」という比喩が、比喩でなくその大気現象に近づく場合がある、とも思わされた。

雷は落ちて、さらに鳴りつづけ、私はそのまま失神するかと思えた。なにしろ、なぜ、電話機の向うで先生が怒髪天を衝くさまになっているか、最初は見当がつかなかったからである。

卒論が提出されていないことが理由であった。大学六年になり、就職もかろうじて決っていたにもかかわらず、いざ卒論をという気になれぬままだった。自分たちの詩の雑誌を刊行し、そして最初の詩集をまとめるのに曲りなりにも奮闘していた。詩集を十全なものとして出すために、もう一年ゆっくりするか、と開き直りかけていた。

締切を過ぎてもそれが事務室に提出されていないことを知った先生は、いい加減に卒業しろ、と癇癪玉を破裂させた次第だった。受話器に雷は鳴りつづけ、耳を聾さんばかりだった。

最初は、卒業を一年延ばすのも学生の勝手ではなかったか、と思いかけたが、雷は落ちつづけた。なぜこんなに怒るんだろうという疑いは、湧いてくる端から雷に打たれた。

その日の流れが伝わってきた。「大学の事務室で、空っぽの鞄を叩いてみせたぞ、おい」といわれた。「この学生の卒論は提出されていません」という事務職員に対して、「いや、彼の卒論ならこの中に入っている」といって鞄を叩いてみせたんだ、とおっしゃった。さすがに職員から教授に対して、「ではその鞄を開けてみてください」とはいえないだろうと踏んで、はったりを演じてくださったらしい。

凄まじくつづいていた雷鳴は、不意に終った。

「有無はいわさん、とにかく朝までに書け。書いて社会に出ろ」

こう言い捨てると、およそ三十分にして、恐るべく滑舌のいい雷鳴は終った。私は全身が木乃伊《ミイラ》か熨斗《のし》烏賊《いか》のようになったのを感覚しながら、すぐに手許に原稿用紙を広げ、一晩で書けるテーマを書棚から選び取った。

そこからは完全な徹夜で、一瀉千里、というより淀むゆとりもなくおろおろと筆を走らせ、四百字詰原稿用紙三十枚余りの北原白秋論を書きあげた。論じている頭の中で、まだ先ほどの残響がめぐっていた。

その先は憶えていないが、翌朝、大学に行って先生にお渡しした、という記録が残されている。

翌朝の先生はいつもの先生だったと思う。日雷《ひかみなり》、あるいは火神鳴《ひかみなり》ということばがあるが、あれは夜の日雷だった。雷のとき、雨気も湿り気もなかった。大轟音だが、等身大で、からりとしている。それが出口裕弘先生だった。

ほどなく卒業祝いだとしてご自宅に招かれると、先生は論文の感想を淡々といわれた。それはまったく内容に即したもので、この事態とのかかわりはなかった。一晩であれだけ書けるとはね、と褒められてもいいはずだ、などと私は早くもいい気になっていたが、そんなことばはなく、内容に即していた。しかも、それは教師による講評というものではなく、なにか文学的な相槌を求めるような静かな感想だった。

卒業して三十年ほど経ったころ、立ち寄った母校の図書館で卒業論文のアーカイヴの一角があることに気づき、恐る恐る検索をかけてみた。しかし、それはなかった。おそらく特殊なルートを通過した私の卒論は、先生の鞄に戻り、先生の部屋か私の部屋かの、どちらかの混乱に埋もれているのだろう。

卒業して入った会社はすぐに退社し、いささか転々とした。次に得た雇われ編集者の仕事も、本社の倒産によって無職となった。二年後の一九七八年、河出書房新社の「文藝」編集部に拾われると、私はすぐに出口先生にエッセイをお願いし、小説をお願いした。これはのちに『越境者の祭り』という本になった。シオランとの実際の出会いをモチーフにしたこのあたらしい長篇小説は、じつは難渋した。まず編集長と編集者の意見が随所で分れがちとなり、原稿は停滞した。微妙な書き直し要請がつづいた。エッセイでは堂々と直接性をもって振る舞う「私」が、小説では半ば以上、幻想小説の「私」となる。もともと直接性の人が搦め手をえらぶ。そこのところがむずかしい。「赤裸の心」を至高のポエジーに近づけようとするバタイユ＝レリス的な告白の文学においては、作品は「闘争の角《つの》」となって作者を全人的に脅かす。それは出口先生ご自身がエッセイ「告白と闘牛」で厳粛に論じきったことだった。

或るとき、作家を囲んで三人で食事をしながら、編集長と私とが紛糾した。私は極まって、そばのコップを持ち上げると、編集長の顔に水をかけた。先生は目を白黒とさせておられたが、のちに、私を前にして他の人に何度か、面白おかしくこの情景を伝えようとされた。

また或るとき、新宿のハンガリー料理のレストランを予約し、二人で打合せをはじめた。先生と差し向いで気持よく赤ワインで乾杯すると、民族音楽を奏でる楽師たちがテーブルにまわってきて、さらに先生はご機嫌になった。と思ったのは間違いだった。やがて原稿の話になった。気がつくと眼が据わっている。これは、と焦った。過去に三たび見舞われた、呪詛の嵐の兆候だった。

それはすぐにはじまった。険しく震える表情で眼を上げずに発することばが、容赦なく斬りつけてくる。この夜は差しだから、躱《かわ》しても躱しても斬りつけてくる。俺は文学と喧嘩をしたいのが、おまえのせいで文壇なんぞに屈従を強いられている。文壇のトンチキ野郎どもに、おまえもへつらうのか。

ここまで編集に腐心してきたことが、と無念がこみ上げてきた。しかし、いよいよ、火山が大爆発しはじめた。

先生は荒々しく立ち上がり、表に出ろ、と叫んだ。とっさに私も立ち上がり、この瞬間しかない、という実行を決断した。立ち上がるや恩師の胸倉をとると、そこからためらわず前へ踏み出しながら、背後の壁に身体ごとぶつけた。とたん、滂沱の涙があふれた。

それでも、教え子は先生の襟元を締め上げ、そのまま頭を前後に揺するようにして、思い切り壁に、何度もぶつけた。

「なにをいっているんですか、先生、なにをいっているんですか」

店のボーイも楽師たちも他の客も、止めに入ることはなく眺めているばかりだったようだ。攻撃しているほうが泣いている、これは喧嘩ではない、なにか少しちがうものだ、と判断されたのだったか。すると、先生の表情から、ハッとして憑きものの落ちるところが見えた。

「わるかった、ヒライデ、わかった、わるかった」

澁澤龍彥の十七回忌は、卒業から二十七年後の二〇〇三年八月、北鎌倉の浄智寺で行なわれた。食事をしながら、私は先生に語りかけた。

大学キャンパスのすぐ裏手に家を持つようになりました。あまり大学に通わなかった罪滅ぼしです。

へえ、といって先生はしばらく箸を運んだり、ワイングラスに口をつけたり、向いの種村季弘さんと言葉を交わしたりしておられた。

そのうちに不意に私にふり返ると、いつもの切れ味でこうおっしゃった。

「いやあ、きみはじつに面白いことをした！」

この「じつに面白い」はあの弔辞の「充分、面白かった」とつながる質であったか。

たびたび、出口裕弘は戦後日本に、いや、戦後日本の文章に、喧嘩を売ろうとした。その文章の隅々にはたっぷりとした苦味のある、しかし論理的にも音律的にも晴朗な啖呵が仕込まれていた。世の中の評論や批評やエッセイに、芯のところでの律動、最終的な律動の仕込みを期待できなくなって久しいが、いま、『ボードレール』『行為と夢』『楕円の眼』を開くと、節々に仕込まれたこの文明への喧嘩腰の口上によって、逆説的に文学の歓びとはこういうものであったか、と嘆じさせるのである。

二〇〇七年、私は雑誌に連載してきた長篇エッセイをまとめ、単行本として『遊歩のグラフィスム』なるものを刊行し、先生にお送りした。文学と美術とにわたり、あるいは洋の東西にわたり、自分が出くわした過去の精神との遭遇を繋ぎなおすスタイルで、そこに自分の半生の思考の歩みもかさなり、ベンヤミンのいう、あの「わが生涯の図式《グラフィシェス・シェーマ・マイネス・レーベンス》」があらわれる。その「あとがき」に私は、「きみはじつに面白いことをした！」という先生のことばを書き留めた。バタイユやシオランの断言の強度を教わった一九七〇年代前半の日々は螺旋を描いて、同じ獣苑《ティーアガルテン》に戻ってきたかのようだが、ほんとうに戻ってきたことにはならない、というところが「じつに面白い」のではないか、とも書いた。

ほどなくして、お葉書を戴いた。いま、先生を偲ぶ時間の中で手に取ると、その率直な声に驚く。

いい本を出されましたね。（こういう本を出すために、われら、生きているんだものね。）僕は情報ヵットが慣いとなって久しく、何も知らずに日を送っているので、貴君がこういう文章を三年がかりで発表していたとはつゆ知らず、今が初読。やっぱり「わが旦過」（タンガって発音するんだね！）にすぐさま目が行き、「情」と「理」のみごとな合体ぶりに感嘆。（汚いという意味、荒むという意味がその土地の者には無効である――これは絶唱。）いやあこれはすばらしい本ですよ。いまどき考え抜かれ推敲を重ねられ書き手が身を削っているのに豊饒感のある文章なんてほかじゃお目にかかれない。（身近な売れっ子たちが劣悪な日本語に身を委ねている。惨たる風景。）再読、三読に堪える本。（ときどき、いや、しばしば啖呵を切ってる！）

自身への褒めことばを引くことを、この場合、お許し願いたい。私がいつまでも目を凝らすのは、しかし次の一箇所から、文字をやすやすとこちらへ越えてくる、圧倒的に親密な呼びかけの声に対してなのである。

（こういう本を出すために、われら、生きているんだものね。）

XVIII

郵便とともに

若いころの呼吸の苦しさがどのようなものであったか、思い出せるようで、じつは思い出しているかどうかさえ、はなはだ怪しい。弱年の思い出とはそんなものだ、といえばそれまでだが、モノに即して手繰っていけば、少しは見えてくるような気がする。その苦しさは、郵便とともにあったようだ。

手紙や葉書が届くということは恐るべきことです。そうではありませんか。郵便ポストや電話の受話器がのぞかせる闇の空洞は、久しくぼくの恐れてきたものです。

或る人に宛てた便りの中でこう書いたことがある。送るべきか、送らざるべきか、その迷いは郵便ポストの口を覗くときまでつづいた。受話器を取ってダイヤルを廻しても、最後のひとつの数字の回転を完遂させないで、受話器を置く。そんな日々もあった。

右の便りは次のようにつづく。


ここでの日々には、毎日のようになんらかの便りが、海を越えて訪れてくれましたが、それらを、おののきとともに読みはじめなかったことはありません。差出人とのあいだに、いったいどのような距離があるのか分らない、と思うからです。しかもそれは、差出人がだれであるかにかかわらないおののきなのです。だからすぐに消えてしまい、いつまでも正体を明かしてはくれないおののきなのです。


一九八五年の秋のこと、作家招聘プログラムによりはじめて海外に住んで、ようやく郵便というものが見えてくる気がした。アイオワシティという、北米大陸の真中に位置する大学町だった。実際、同じ知人からの便りが、これまでとちがった文面となって届くという場合がいくつもあった。一人一人との関係においで、あらためてあたらしい心持ちで向き合う、といったことが起きたのだ。人情として当り前のことのようだが、それは海をへだてたからだけではなくて、それもあるが、海のへだてによって郵便ポストが、電話機が、ようやく見えてくるからだと思えた。

郵便というものが見える。電話というものが見える。

先の引用は三十五歳の記述で、もはや青年期を過ぎていた。しかし、十代から三十代半ばまでつづいたことがすべて、「闇の空洞」にかかわっているらしい。そしていまもその残像を、とうとう六十五歳となった私の身体は瘢痕のように抱えていると感じられる。

今日という時代、すなわちインターネットで便りが飛び交う時代には、送信にはためらいの隙間も決断の息継ぎも許されていないかのようだ。しかし、郵便、すなわちモノとしての便りはかえっていっそう、強度と翳りを加えているのではないか。

先の私の葉書の宛先である、架空の国の切手を描いたドナルド・エヴァンズと、葉書や電報をそのコンセプチュアルな作品としてきた河原温と、二人のそれぞれに特異な画家たちからの強い示唆、揺らぎのない啓示によって、私は自分の中のあの「闇の空洞」へのおそれを、おそれのままに抱え込む術を、いつからか学んだらしい。

二〇一〇年の秋から、郵便は、ようやく私にとって、身体の一部になりはじめたかもしれない。自分の書いたもの、書くものを、すべて郵便のかたちにしてしまおうという構想を、《via wwalnuts 叢書》という封書のかたちをした書籍に込めて実践しはじめたからである。

身体の一部に、とは、あの「闇の空洞」を瘢痕のようにしてしまうという意味にもなりそうだが、作品を郵便として書いていくことが、なにか、少年期からの課題の克服のようでもある。瘢痕化しつつあるとはいえ、そのおそれとの間柄はまだつづいているのだから、私の少年期もまた、どこか深くでつづいているのかもしれない。

ドナルド・エヴァンズは架空の国々をひとつずつつくり出し、「その国々の発行した切手」を描いていったアメリカの画家である。その個展を東京で観たのは、一九八四年の初夏のことだった。画家が三十一歳という若さでこの世を去ってから、もう七年が過ぎていた。私は時流におもねらないそのひそやかな作品制作のありかたと、架空でありながら精緻に積み重ねられていく「もうひとつの世界」のあえかな秩序に心を動かされた。エヴァンズのことを本に書かないか、と促してくれたのは、同じ展覧会を観た、小出版社の社主である友人だった。

ちょうどそのころ、季刊雑誌「is」から、なにかを連載で書かないかという話を戴き、こうして、テーマと発表媒体と将来の書籍の版元が揃った。あとは書きかたである。

私はすでに、「別の書きかた」を探しているところだった。評論であっても評論らしくない書きかたをしたい、エッセイであってもエッセイらしくない書きかたをしたい、と考えていた。このことは私が、詩であっても詩らしい書きかたをしたくない、と思っていたこととひとつながりであった。

ゆったりしたテンポで書き継ぐことのできる季刊雑誌への連載は、私に、旅をしながら旅について書くということを可能にしてくれた。（季刊「scripta」のこの連載が、ゆっくりと老年に入りながら少年時代について書く、ということを可能にしてくれているように。）しかも、現実の流れに従って、日付も固有名も変更せず、つまり、いわゆるフィクションをいっさい交じえずに書く、というルールをみずからに課すことができたのである。もちろん肝腎なところにひとつの虚構があり、それは死者へ葉書を書き送るこ

Lundy
CORONATION 2·6·1953
PUFFIN
Lundy
CORONATION 2·6·1953
LUNDY
BY AIR
CORONATION 2·6·1953
PUFFIN
LUNDY
BY AIR
PUFFIN

とが自然であるかのように振る舞う、という点だった。

連載の準備期間と偶然に重なった三ヵ月のアイオワシティ滞在は、この作品の冒頭の背景となった。その町から私が送ろうとした画家の両親への手紙が、郵便局の窓口で実際に拒絶されるところが書き出しとなった。それにつづく二ヵ月近いアメリカ国内旅行は、この本の第一部を形づくった。また、冒頭から三年後にあたる第三部には、この本を書き切るための旅そのものがあらわれる。一九八八年秋、死者である画家の足跡をアムステルダムに辿り、最後は彼が渡ろうとして嵐に妨げられた辺境の島に渡る。しかも、その島はイギリスの領土でありながら独自の切手を発行し使用しているところだから、現実と虚構は入り交じった。ゆるやかな雑誌連載は、葉書に便りを書くように書き、紙片に日記を書くように書く、ということを可能にしてくれた。

ところで、手紙と日記は、私の少年時からのオブセッションだった。一日の記録が、一通の返事がなかなか書けない。手紙や日記を自在に書くことに憧れながら、それが不可能な感覚に、永いあいだ苛まれてきたのだった。学生時代にはカフカの小説に惹かれる以上に、その手紙と日記に惹かれ、全集ではそれらの巻ばかりに読み浸ったが、それは、私のオブセッションをかえって強めることにしかならなかった。カフカほど深く、手紙の不可能性や日記の不可能性を見据えつつ、その不可能性の中で作品を書いた人は稀れだからである。

ゆるやかなテンポで死者ドナルドに便りを書き継ぐことは、私の実生活を書くことになり、ひいては、私の身のまわりにつづいた親しい者たちの逝去を書き込むことになった。ことに、東京で会社勤めをしながらの第二部がそれにあたる。

連載が終ったのは一九八九年だった。すぐに本として刊行されると思っていた読者や友人を、私は裏切りつづけた。その後永く、刊行を決断することができなかったからである。実際に刊行されたのは十二年後のことだった。その理由は二つあり、よいタイトルを思いつけなかったことがひとつ。もうひとつは、身近な人々を葬送する日記になっている第二部に顕著なごとく、作品として、なまなましい時間をわが身から引き剝がすことが不可能になったからである。

原書の二年後に刊行された英訳版のタイトルは《Postcards to Donald Evans》とシンプルだ。しかし、日本語で「ドナルド・エヴァンズへの葉書」とすると、語順のせいもあり、魅力のない説明的な響きになる。雑誌連載時のタイトルは「ドナルド・エヴァンズへの架空の通信」であったが、「架空の」とみずからを規定することは二重に矛盾を犯すことになる、と連載中に気づいた。これは架空の国へのほんとうの旅だからである。

ようやく「葉書でドナルド・エヴァンズに」とする名づけかたがありうることに気づいたのは、一九九八年、新潮社版『カフカ全集』の註釈欄のゴシック体の小見出しが目に留った瞬間だった。「葉書でシェレーゼンに」というのは、カフカの或る手紙のひとさわりである。

刊行を妨げるもうひとつのより大きな要因、わが身に張りついたなまなましい時間を、どうにかして引き剝がさなければならなかった。これを解決してくれたのは、連続している時間をあちこちで断ち切るという編集方法だった。その方法に気づくのに、十年近くが必要だった。つまり、百八十六の葉書から、フィルムの齣落しのようにして、三十ほどの葉書を捨て去った。本のあとがきで私はこう書いた――「発信された百八十六通のうち、十余年をへた最近になって、いくつかの場所から散乱状態で、また部分的な欠損をともなって見つけ出されました」。

十二年という時間を口実にも実感にもして、発信したはずの葉書の発見・紛失という微妙な虚構を、もうひとつ施したのである。

また、「葉書で」とは、「破片《フラグメント》で」という表現に置き換えることもできる。フラグメントの方法は私の書きものの中心にある。それは、詩歌の本質はフラグメントとしての性質にあると考えるからである。まとめようとしたり説明しようとしたりすることが詩の発生の敵である、という直観的な判断があり、そこから、私はすべての著作においてフラグメントをつくり出し、フラグメントと戯れている。そして、日記や手紙がもつ普遍的な力もまた、そのフラグメント性によるというふうに考えている。


話は変って。

毎年九月に開催される根岸の子規庵での「糸瓜忌《へちまき》」特別展示に、私は幾度か研究者の立場から協力してきた。庭に建つ蔵の中からあらわれる遺品遺墨に目を凝らし、子規という人の精神の骨格を少しずつ取り出して示す作業である。その過程で見出したのは、俳人子規、歌人子規のほかに、次のような子規たちであった。

アイデアマン子規、デザイナー子規、エディター子規、プロデューサー子規、草花の画家子規。

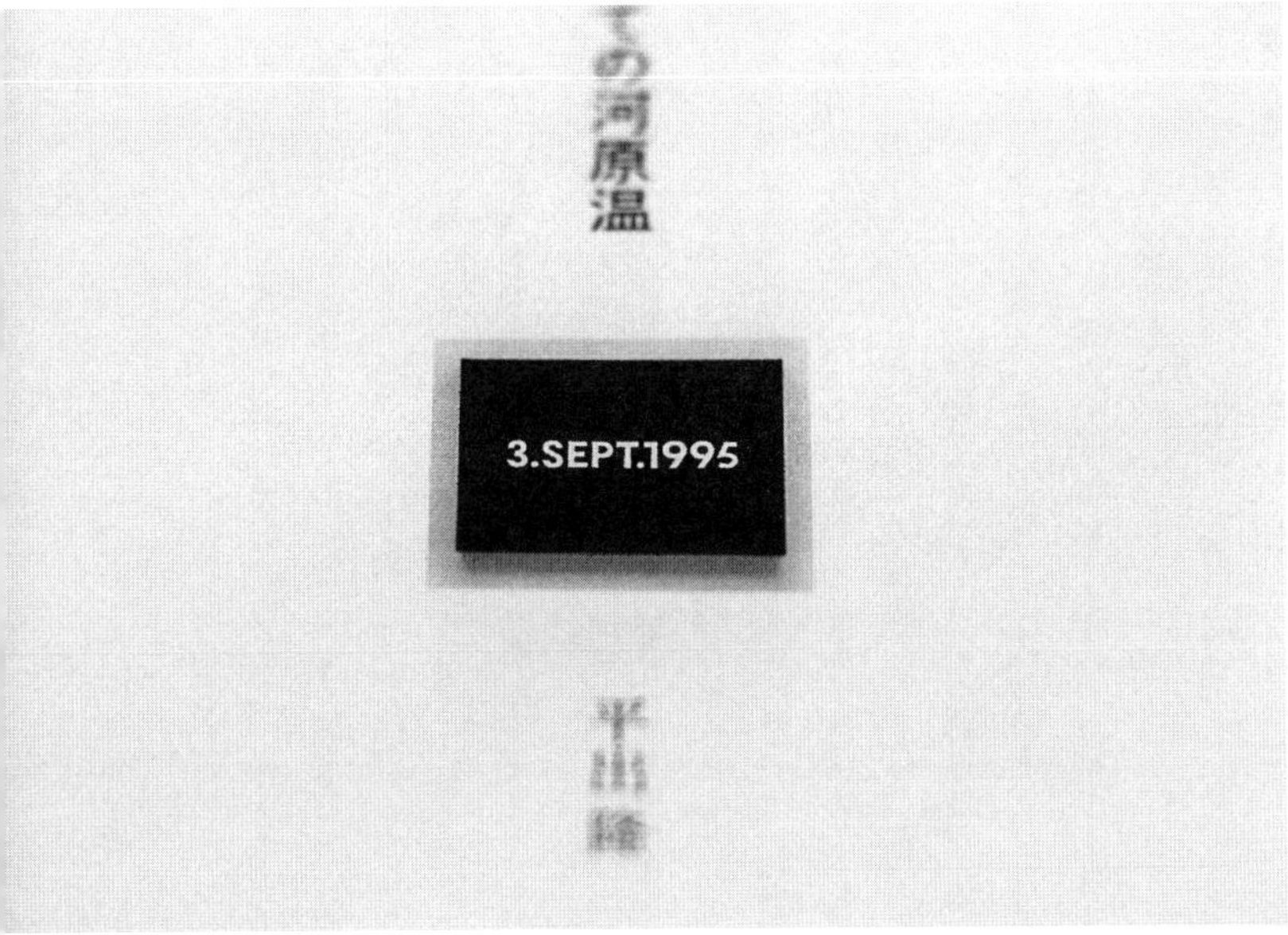
の河原温
3.SEPT.1995
平出隆

これ以前に私自身が野球愛好家として、ベースボール・プレイヤー子規、ベースボール伝道師子規にすでに出会っていたから、そのいくつもの顔はひとつの存在の多面を形づくった。

「アイデアマン」とは少し古臭い呼称だが、それも明治の人にはふさわしいだろう。そしてこの、発案者としての一面が、他の多面性を繋ぐ要にもなっている。少年時代にせよ青年期にせよ、その遊びかたにおいて、研鑽のしかたにおいて、子規は次々とアイデアを打ち出し、強烈な牽引力で仲間たちをも巻き込んでいった。

「デザイナー子規」の証拠には、松山中学時代の「罫画」が残されている。当時の美術教育で、方眼紙の上に正確に物を描け、という課題に応えたものである。さらには上京後、明治二十年当時最新であった写真製版による政府発行の地図を手に入れると、道路や地名の上に、子規はきれいに着彩した。地図の裏に秩序立てて書きつけられている地名の配置などにも、デザイナー感覚といっていいものが見出される。

数や形を主導させての思考の枠組づくりは、精神の研鑽手法としての広義のデザインといえる。そしてデザインにおける階層構造やグリッドの認識は、江戸時代の「俳句分類」という大仕事の手法につながっていく。たとえば「一家二十句」と決めると、一人の俳人からは二十の句を限りに採る。また、仲間たちとの句作遊びの「競《せ》り吟《ぎん》」では、あえて「揣速を尊ぶ」を旨として百句詠むこと、などと決める卓抜なルールづくりが機能した。

「エディター子規」はもっと若い時期にさかのぼる。なんと満十一歳で、自身の手書きによる回覧雑誌「櫻亭雑誌」を刊行した。みずから刊行を祝する文を掲載するなど、メディアへの意識の鋭さには特筆すべきものがある。北斎の案内書『画道独稽古』に学んで、イラストを描き込んだりもした。

「一帖を綴づ」と子規自身が語ったのは、半紙を二つ折りにして重ね、帖面にして綴じること。これは「櫻亭雑誌」から「筆まかせ」をへて「仰臥漫録」「草花帖」「玩具帖」に至る。筆と紙を人一倍つかったということが、子規の妹の律による証言にあらわれる。

「プロデューサー」としては、江戸時代からの月並俳句を打破するために組み立てた通信句会のシステムが挙げられる。子規庵での月例句会とは別に、新時代の郵便制度を利用して、郵便回覧句会「十句集」を催したのである。これは、同じお題で一人が十句を作り、幹事のところに送る。幹事は名前を伏せて清書、それを簡素な一帖に綴じて第四種郵便物として参加者の一人に郵送する。受け取った者は二十四時間以内に選句をして、次の参加者へ郵送する。郵便が一周して選句の結果が決る。

こういうことを指して子規一流のプロデュースというのは、遊びかたやルールの考案としてあたらしいためばかりではない。つまり、新時代のメディアや通信制度に敏感であっただけではなく、時代の情勢とめざす企図との合致ぶりが卓越しているのである。

江戸期から残ってきた古い俳句界の体質として、神社が主宰していた「文音所《ぶんいんじょ》」というものがあった。コンクール形式で俳句をあつめ、参加費をとって本にする制度である。壊したい相手もまた一種の郵便制度の上にあることを見抜いていたからこそ、同じ通信制度をゲリラ的に、あるいはむしろミニマルにつかって、刷新の武器にする、という洞察があったのだと思われる。

そうしたささやかな刷新が、次々と繰り出されてくるところ、それが子規という精神の場所であったといえるだろう。「草花の画家子規」は、その場所に、最後にひそやかにあらわれる。

　河原温作品との出会いを書いてみよう。一九八三年の夏、連夜の過酷な徹夜仕事を終えて休暇に入った私は、着いたばかりのニューヨークで疲れからひどく酔い、パスポートをなくしてしまった。アメリカ在住だった義兄の家族と自動車でカナダ旅行という計画が水の泡。再発行までニューヨークでおとなしくしていなければならない、という最悪の日程が決ったとき、寄る辺なさから、ソーホーの画家のロフトに寄寓中と聞いていた旧知の若い小説家を訪ねた。小説家は不在、そして画家も不在で、小説家の奥さんと少しばかり話して帰ったのだが、後になって思うと、そこは河原温のロフトだった。画家の姿も一点の絵も見当らないそのアトリエが、「河原温」との最初の、気づかざる出会いの場所だった次第である。

　その後、私は河原温の作品に強く惹かれるようになった。

　一九九五年九月、ケルン。当地の日本文化会館とケルン芸術協会の共催による河原温の展覧会が開催され、私は或る日本のキュレイターの発案でその会場での講演を行なうことになった。この美術家は、けっしてみずからの展覧会会場に姿を見せないことで知られるが、インタヴューに応じないこと、写真を撮らせないこと、みずからの生活をあらわさないこと、さらには、彼自身の厳格な基準にそわない場合は、展覧会そのものを破談にすることでも知られていた。翻訳作業が入るため、日本で早めに講演草稿を準備していた私は、何人かの親しい美術関係者から、河原温が事前に読んできみの渡独が取り消されることもあるかもしれないよ、と威されたものだった。

《出現－消滅》と題されたその展覧会は、一九七六年以降に制作された、ドイツ語で描かれた「日付絵画」を、日付の順に並べてギャラリーに展示するという骨格だった。画家はケルンの近郊に身を隠しつつ滞在して、新作を描いているらしい。描かれるたびにそれはギャラリーの右端に出現し、架けられたキャンバスは順にひとつずつ左へ位置をずらし、左端のもっとも古いものが展覧会から消えていく、というディメンションが獲得されていた。

「デイト・ペインティング」とも呼ばれるように、これはあくまでも絵画の形式だが、葉書や電報をつかう他のシリーズにあっても一貫しているのは、作家の不在、ということだ。くり返すが、河原温は、けっしてみずからの展覧会会場に姿を見せない。葉書や電報のシリーズにあってはいっそう、そのことが作品に強度や深度を与える。《I GOT UP AT》と起床時刻だけを伝えるレディメイドの絵葉書や《I AM STILL ALIVE》とかろうじての生存を伝える電報には生身の影があってはならないのである。

郵便の本質は、その送り手が姿をあらわさないということ、その代りに、一個の物質的存在が時空を超え、使者そのものとなって届くということではなかろうか。

郵便というかたちがいつも、私に多くのことを吹き込む。

そういえば、河原温に出会うはるか以前の幼年時代に、送り主の見えない郵便というものがたびたび舞い込んできて、面食らった経験がある。それは野球の大会でのプレーぶりや家庭の中での素行など、私の動向をどこかから見ながら断続的に語りかけてくるもので、文末には「素人」とあり、あるいは「素人より」とあった。小学生の私は正体不明の送り手に戸惑い、母に尋ねるのだが、母は笑ったまま小首を傾げ、答えようとしなかった。何通にもなるに及んで、それが近くに住む、小さな悪戯を好む母方の祖父であると分った。

中学時代には郵便物が、その送り主とともにあらわれた場合があった。

三学年の或る秋の日のことである。

最後の授業が終って、教室の出口へ向おうとすると、出入り口の角に全身を凭れるようにして、鳥山晴代先生が立っていた。投げやりに水に挿された花のような姿勢に私はただならぬものを感じたが、それはどかどかと出て行く生徒たちのあいだでとられた姿勢が、あまりにも不動だったからである。

構わずに出て行こうとする私に、その演技じみた姿勢のまま先生は、白い封筒を差し出した。封筒は二重になった繊細な紙質で、手に取ると、ロイヤルブルーの太書きのサインペンで、「ひらいでくん」とあった。

一睨みするように微笑んでから、先生はくるりと背を向け、教員室の方へ行かれた。友人たちに気づかれないように場所を移して、私はどきどきしながら指先で封を切り、便箋をとりだした。それは薄いオニオンスキンの紙に切れ味のいい筆跡で書かれた、こわれもののような美しい手紙だった。

心優しきひらいでくん

所用があって今日は稽古を見ることができません。友尾くんと田中くんをよろしくお願いします。ちょっと目を離すと、すぐにやんちゃをするんだから。

そのあとは憶えていない。私はクラスの演劇の演出家で、文化祭は迫っていた。ルナールの『にんじん』が演目で、友尾豊君はにんじん、田中雅文君はその父という役回りだった。

「ただこれだけの用事に、もってまわったことを」と、私は上気しながら、怒りのような喜びのような、えも言えぬ感情にとらわれた。

XIX

物置小屋の方へ

学校で学んだ先生のほかに、私が自然に、あるいは心から先生と呼べる人は幾人かと考えてみると、そんなにあるものではない。そう呼びたくなる人ほど、先生らしい振舞いから遠いから、ということだろうか。

川崎長太郎は筋金入りの私《わたくし》小説家で、すべての虚飾から遠くあることを望んだから、先生と呼ばれることを求めなかった。そこで各社の担当の文芸編集者たちはどうだったかというと、面と向っては先生と呼んだ。裏にまわったときは、川長さんと呼びならわし、ときには川長と呼び捨てにした。もちろん、それは親愛の情のせいであった。川崎長太郎を囲んでの祝いの酒席などで、酒のまわった上司が面と向って、「先生、私たちはふだん、川長、川長と呼んでおります」と、見境もなく言い募ったりした。しかし、陰にまわっても、私は川長と呼び捨てにしたことはない。

とはいえ、私もあまり、先生、先生と呼ばなかった。というのは、逆に川崎長太郎から先生と呼ばれつづけたからである。なにも私だけにではない。感興が昂じてくると、相手を持ち上げてはしゃぐような感じで、編集者に対して〇〇先生、と、川崎長太郎は呼びかけるのだった。

「旅にしあれば椎の葉に盛る、いいなあ。むかしの歌はスッと入ってくるんですよ。ヒライデ先生、今度は瀬戸内海の船旅を奢りましょうか」

当時八十歳を過ぎ、脳卒中の後遺症により、すでに歩行は困難であった。孫の年、三十をまわったばかりの私のほうが、呼ばわりではつねに守勢の「先生」であった。文壇を意識はしながら、川崎長太郎はまったく、文壇の外の人、野外を行く人であった。

戦前から戦後にかけての二十年、川崎長太郎は故郷小田原の海辺の物置小屋に住み、小説を書きつづけた。弟に譲った実家の魚商がもつ、漁具を納めるためのトタン板囲いの掘立小屋だった。東京での小説家としての生活を諦めながらの、それは一筋の道をつらぬこうという「背水の陣」であった。自筆年譜によれば一九三八年七月、「永住の覚悟で小田原へ引揚げ、物置小屋へ以後二十年起伏する身の上となる」。

戦中については、「一九四四年の九月、海軍の運輸部工員に徴用され横須賀へ」という記述があり、翌一九四五年については、「小笠原父島へ派遣される。終戦、十一月無事内地に帰還。小田原は殆んど変らず、物置小屋へはいる」とある。

満四十四歳だった。戦後すぐに、小田原の私娼窟通いに材を取った短篇を書きつぐようになり、まもなく『売笑婦』、『淫売婦』、『恋の果』と作品集を刊行した。一九五四年に至って『抹香町』が刊行されると、いわゆる抹香町ブームが起り、一躍ベストセラー作家となる。

しかしそれによっても、低きに徹した身構えは揺らぐことはなかった。物置小屋に起き伏しし、抹香町と呼ばれる私娼窟に出入りしてはその実地検分を書き留める小説家の様子は、世間の耳目を集めた。月刊誌「文藝春秋」に所属した若き日の田沼武能は小田原を訪ね、物置小屋や抹香町や競輪場での川崎長太郎の姿を、貴重なグラビア写真に記録した。

中山義秀など近しい作家は「長さん」と呼び親しむ一方、現代の「方丈の住人」と畏れを込めて称えたが、戦後文学の新興に気負う東京の文壇では、古くさい私小説の畸形的遺物とみなされもした。

蠟燭の灯りとビール箱の机とわずかの寝具とのほかに、ガスも水道も電気も通らぬ小屋での生活は、台風によって屋根が剝がれることで、ようやく終る。一九六二年、六十歳のときに読者の一人であった三十ほど歳下の女性と結婚して、或る旅館の離れに住居を借りた。編集者として私が小田原へ通うようになったころは、そこからもう十五年以上が経っていた。

ブームが去ったあとも、川崎長太郎は揺るがぬ姿勢で八十代の晩年に至るまで書きつづけ、燻し銀の凄みを帯びてゆくその文章に真と朴をきわめていった。私の小田原通いは最晩年の七年足らずであったが、単行本二冊、自選全集全五巻、選集上下二冊全一巻に結果した。

文芸編集者としての十年の歳月の中で、これほど多くを学んでつきぬ作家は澁澤龍彥のほかはいなかった。こうしたことには相性という理由があるのは否めない。だが、その澁澤さんに対してでさえ、澁澤先生と呼ぶ気にならないのに、川崎長太郎に対してそうなるのはなぜだろうか。おそらくそれは逆に、その人がまったく存在の底の底において、先生と呼ばれる高さから降りきっている人だからではないか、と私は考えている。
「背水の陣ですからね、こちとらは手ぶらの体当りですからね」とよく川崎長太郎は私に語りかけた。そして、随筆にもしばしば、「背水の陣」「丸腰の体当り」といったことばが書きつけられた。関東大震災の直後に小説へと転じる以前、アナーキズム系の詩人として出発したところから、このような捨て身の構えは、川崎長太郎文学の特徴であったろう。

足下にも及ばぬ覚悟ながら、それを聞く私にも、身に覚えがあった。少なくともいくつかの同人雑誌を刊行しては潰し、また、大学の新聞に詩論などを書き継いで、やがて商業詩誌に詩と詩論を発表する機会を得たあと、二十一歳の私は、いつか詩壇への幻想を失っていた。それには一九六八年から七〇年にかけての「革命」への昂潮の無残に退《ひ》いていくところを目のあたりにしてきたことと、その状況に自分の言葉をどう立てることができるかという問いとのあいだで、醒めていたからである。ジャーナリズムの舞台に上がることそれ自体に充足はなかった。そのような時期に、思いがけず未知の若い詩人たちとの遭遇が起りはじめた。

少しばかり詩の雑誌に露出した私を見つけて、稲川方人という未知の人が長い手紙をくれた。私の学生下宿に訪ねてきた彼は、訥々《とつとつ》と当時の詩の状況を話していたが、それは彼の六八年以降の「闘争」の経験と、自身の「出自」を語りあぐねることとのあいだから洩れ出るような、入り組んだ文脈のものだった。半分は不可解ながら、半分は頷けるものだった。それまで中学時代、高校時代、大学入学後までの七、八年のあいだに、いくつかのメディアを設計してきた私には、同人雑誌ではない小さく鞏固な雑誌の姿が見えていたが、それだけではなお不足なものを感じていた。

当時、さまざまに刊行されていた非商業的で独立的な雑誌に対しても、首を振っていた。非商業的であることや独立的であることへの、自己満足が透けて見えたからである。

稲川と私は、詩的メディアや思想的メディアのポリティクスに対して敏感に過ぎたかもしれないが、自分たちの拠って立つ場所の厳密な設計が必要と思われた。

二人で構想した「書紀」という雑誌の創刊の前に、「UR書紀＝紀」というものを限定二十部でつくった。ゼログラフィ（ゼロックスコピー）による、創刊に至るまでのプロセスをそのまま小冊子にしたもので、この人は、という詩人に送りつけた。この案は、稲川から出てきたものだったように思う。しかし、二人のどちらにとっても、メディアがもたらすだろう、生存と言語との断層を自覚する必要があるという考えは、共通していたと思われる。

二人が創刊を準備しはじめたころに、さらに未知の書き手からの一冊が届いた。その雑誌に河野道代という作者の詩が目に留った。こうして、二人の「UR書紀＝紀」を経て三人の「書紀＝紀」という媒体に腰を据えなおし、「草稿集」と呼ぶ、タイプ印刷のメディアをつくることになった。

B４の紙を横に二裁し、横長い一ページとした。それを重ねたものを真ん中で縦に折り、片側を束ねるように帯で巻いて表紙とした。綴じているようで綴じていない、行く末はばらばらになってもいたしかたない、三者の詩はそれぞれのプロセスにある、という簡素の極みの詩誌である。この同人誌と呼ぶしかな

書紀=紀
書紀=紀
第二号

いものを土台として進行させながら、他方では著名な、あるいは遠い書き手にも依頼をかけ、原稿料も支払う活版印刷の詩誌「書紀」を刊行しはじめた。一九七五年のことだった。

この活動は、それぞれの詩が当時の詩の状況に対して異議を差し出すはずのものであった。いまにして思えば、出発時から三人の資質はまったく異なっていたのだが、同時代の詩の集落に対する隔たりは共有していた。

そこから稲川方人は、『償われた者の伝記のために』という第一詩集で、詩の器にひそむ律動と意味とに対して、互いの矛盾を激化させる詩法をはじめた。それは詩の集落の内部で、既成の詩を瓦解させていくという、充分に奇態な闘争だった。生成する詩をその場で次々と否定しながら、その瓦解を現代詩の集落を更新することへ生かし、否定を詩法としてつくりあげていく。

私はといえば、詩を散文と戦わせる方途をとった。詩の集落からどれだけ離れ、遠くへ出かけることができるかを試しはじめた。これはジャンルからはぐれていこうという決意とともにあった。

自身の否定を現代詩という集落の運命とともに生かしめようとする稲川と、現代詩の集落を離れても本質を求めて遠出しようとする私とは、いまや偶然に出くわせぬほど離れてしまったのかもしれない。

当初から稲川と私の、そして詩の世界全般の新奇を争うかの状況主義に対して明確な異議をもちつづけていた河野道代は、生来拒否していた文学における女性性の偏重が、当時の詩のジャーナリズムによって「女性詩」として風潮化されたことを、みずからの孤立の契機とした。そして長い歳月をかけた二つの詩集『spira mirabilis』と『花・蒸気・隔たり』により、言語と物資とが交差し、形而上学と韻律とが融合する高みをめざすことになる。日本文学には、いまその高みを読み解こうとするほどの目はないが、おそらく長い歴史的時間で見れば、日本の現代詩の限界を、形式の核心のところから根底的に持続的に、しかも言説を弄さずに身をもって批判しえた、きわめて稀れな存在とされるだろう。

少なくともこの三人は、自分の信じるラディカリズムをつらぬこうとして果てまで傷つき、まったくばらばらの道を進むことになった。その共通点は、抽象性、形而上性、概念性、物資性、そして散文性の課題から逃げないことであり、しかし、あまりに逆行不能であるそれぞれの道行は、相互のあいだに決定的な対立さえ萌《きざ》さしめたようだった。

「自分にサービスをする、というのが、一番むずかしいんですからね」

或るとき、川崎長太郎はそのように私に語った。私はとっさに、自伝的エッセイ『歩いた路』の中に坦々と並ぶおびただしい小説家や詩人の名前、雑誌の名前を背景として思い浮べた。この柔らかいことばに、どれほどはるかな道のりと、どれほど深い傷が隠れていることか。その手負いの声を聴き留めようとした私は、そこから、私小説と現代詩という、一般に別ものとされる双方が打ち重なる領域を生きはじめることになったらしい。

また或るとき、川崎長太郎は次のように語った。

「どうも、小説を書いているという気がしないんですよ。日記に毛の生えたものかなあ」

虚構よりも記録に傾くという性向は、師弟に共通のもののようだった。たとえば、私にはルールによる自己拘束の志向があり、その証しは自由詩形式に出発した当初から、虚構としての作品より大事な生存の記録として、自分でも意識されていた。

或る家に住む、或る旅館の一室に泊る。すると、そこを立ち去るときに、部屋の天井の梁や長押や柱などのうち、なるべく人目につかない箇所を選んで、鉛筆で三つの文字を刻むようになった。この寄るべないルールの実践は、一九七四年から二〇〇三年に自宅を普請するまで、およそ三十年にわたってつづいた。

東京に出てから住んだ下宿は、新宿から京王線で二駅の幡ヶ谷だった。この部屋を出るときにはまだ文字は刻まれていない。伊良子清白の詩に出会っていなかったからである。しかし、次に移り住んだ阿佐ヶ谷の下宿を出る一九七八年春には、天井に張り渡されていた梁の陰の漆喰に、その三文字を書き刻んだ。

こうして、日本における私の学生下宿にはじまり、国際創作プログラムで滞在したアメリカの大学町アイオワシティの学生寮の家具の陰に及び、大学教員となってサバティカルで居住したベルリンの屋根裏部屋のバスルームにまで、それは刻まれた。

それどころか、つまらない社用であっても、短く滞在したさまざまな旅館、ホテルの内部空間に《旅籠屋》と書き刻んだのである。これは私の第一詩集『旅籠屋』にかさなるものであるが、伊良子清白の詩集『孔雀船』冒頭の「旅籠屋」という詩の一節、「蓆戸《むしろど》に／秋風《あきかぜ》吹いて／河添《かはぞひ》の旅籠屋《はたごや》さびし」がその背景にある。

この詩は、故郷を離れたはずの詩人が漂泊の過程で故郷に立ち寄るが、憩うべきわが家はすでになく、故郷の旅籠という逆説的な宿に滞留しながら夜空に亡き父母の俤《おもかげ》を見るというものである。

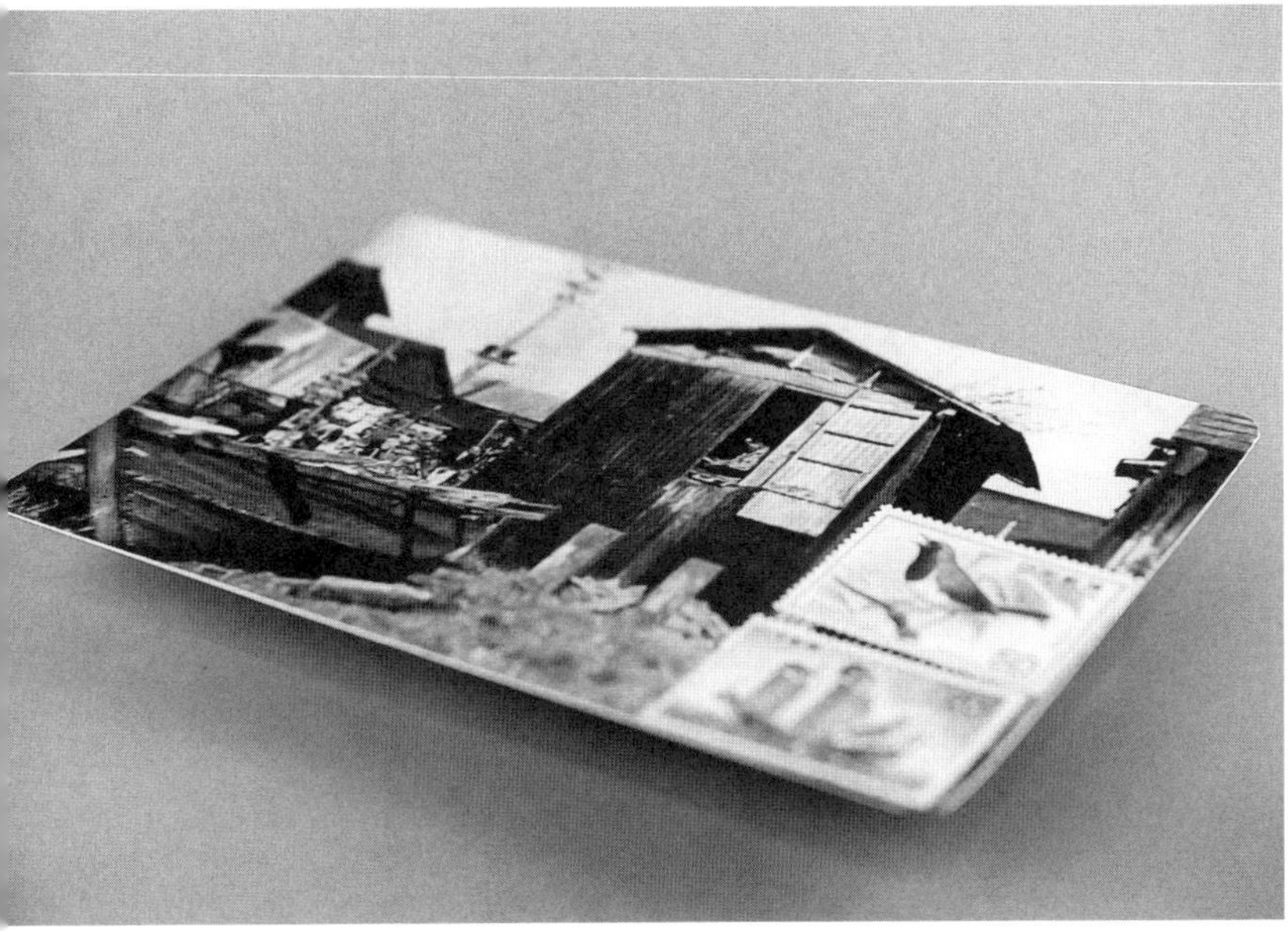

もうひとつ、ブリジット・フォンテーヌを聴きあさる中に、「L'Auberge」という歌（一九七二年）がとくに気に入ったのか、私の意識の中ではその曲がつねにこの「旅籠屋」連作の背景に流れるようになった。これは宗教音楽の調べにのせて「révolution」の語をゆっくりとくり返し歌い、「財産とは盗まれしもの」「すべての力を人民に」ともくり返す。その典雅にしてすっかり沈潜しきった曲調と、歌詞の意味する政治性との落差が、一九七四年から七五年にかけての私の心に沁み透った。

当時の私の詩にとっては、小屋の内部空間に踏み留まってあることが大切だったのだろうか。しかし、閉じこめられているような日々の滞留そのものがそのまま、すでに旅であり、歩行でさえあることを願っていた。

つまり、実生活から切断された空間をつくっているような詩作品にみえても、じつはつよく現実の特定の地点に繫留されているような詩的関係を、私は求めてきたようだ。そのために、鉛筆をつかって、実際に滞在した家屋のとある片隅に、そこを名ざす三文字を書き付けるという、一見子供じみた行為に及ぶことが、どうしても必要に思えたのかもしれない。

旅でなくその滞在
身を灼くための火の脚をもつ

このころから、私は自分の詩に、抽象性と私的な記録性とが乖離しながらも同居することを、同世代にくくられていた他の詩人たちとのちがいとして、はっきりと意識することになった。

川崎長太郎は、私に小説を書くことをつよく慫慂してくださった二人の小説家のうちの一人だった。しかし、私はなかなかその求めに応えることができなかった。根っからの筆の遅さということが響いた。俺の目の黒いうちに、とは口癖のようで、相好を崩しては囀るようにくり返された――「俺の目の黒いうちに、小説を見せてくれませんかね」。

二〇一五年の秋、小屋のあとに川崎長太郎が住んだ小田原中里の家の内部を整理する仕事がまわってきた。書棚には歿後にも夫人に送りつづけてきた私の本が並んでいたが、中に編集者として通いはじめたばかりのころの詩の業界雑誌があって、或るページの角が栞を兼ねるしかたに三角に折られていた。見ると、私について詩壇評論家の論評している箇所であった。

「赤と黒」というアナーキズム系の詩誌によって出発した川崎長太郎には、戦後も三十年を超えた当今の詩壇がどのように映っていたか、そのような話へは一切運ぼうとしない両者であったから、もはや知るべくもない。しかし、あれほどにくり返し「小説を読ませてもらえないか、俺の目の黒いうちに」といってくださったことの背後には、やはり裏をとるような軽い調査があったのかもしれない。

川崎長太郎の死後十六年もして二〇〇一年、私の『猫の客』という小説は書かれ、刊行された。実際の経験以外の要素を導入せず、ものをつかまえる仕草を空中に遅滞させながら書く、長太郎先生直伝の私小説の流儀である。しかし、「あの世からこの世をみるやうな眼」や、どこまでも低きに己を置く気魄には手が届かない。

そこで私は、自己拘束をより明確に規則化し、時間の設定については、日付を変更しない、起った事実の順番を変えない、ということを自分に課した。空間の設定についても同様で、いわゆる小説の舞台となる場所のありさまを書き変えるということは、一切しなかった。それからもうひとつ、一人称の語りであるにもかかわらず、「私は」「私たちは」という語を一切つかわずに最後まで通した。こういう実験めいたところは、あるいは川崎長太郎の嫌うところであったかもしれないと思いながら、どうしても私小説の可能性を、拡大された詩形式と重ね合せることで確かめようとしたくなっていた。

二〇〇五年にフランス語に訳されて静かに読み継がれていたらしい『猫の客』は、二〇一四年にニューヨークで英語版が刊行されると、さらにさまざまな国の言語に翻訳刊行されていった。

ところで二〇〇五年頃から、私は川崎長太郎の住んだ物置小屋の研究をめざすようになった。もう「旅籠屋」の三文字を刻むことがなくなったことへの補完でもあったろうか。

川崎文学の熱心な読者でありつづけた夫人と相談しながら、小田原市に「海辺の物置小屋」の再建あるいは再現計画を働きかけるうち、十年が過ぎた。だが、そのあいだに、このプロジェクトを担う教え子の建築家大室佑介に、篤実な川崎長太郎研究家の齋藤秀昭が加わり、さらに第一線の建築家青木淳という強い味方がついてくれた。歿後三十年の小田原文学館での展示では、地元の人々の協力も得られ、物置小屋の模型展示ばかりか、内部の二畳の書斎兼寝床の原寸大の再現が展示された。

四人は「川長組」を名告《なの》り、このプログラムをさらに深化させようとしているが、重要なのは、私小説を過去の残骸とみなしている文壇的詩壇的な文脈をとりはずしながら、むしろ建築的な言語への翻訳作業にそって、生存の直接性を語り進めていることだ。

私の務めは、『猫の客』のひろがりにともなっての海外からの質問に対して、私の小説は川崎長太郎の足下にある詩であり、長太郎の私小説は世界性をもつエクリチュールとして紹介に価する、と証明することにある。

海外の『猫の客』読者の反応は、今日ではインターネット上で次々と読むことができるが、その戸惑いぶりに、私は興味をそそられた。建物の記述や庭の植栽の記述がえんえんとつづくところなどに、人々が苛立つか喜ぶかしているらしい。こんなにささやかな物語が、すぐにあえかに途切れたり、あまりにもゆっくりと進むことについても、呆れている節も見受けられた。

ひとくちに「私小説」といってもさまざまであり、尾崎一雄が川崎長太郎のそれを「日本私小説の純血種」と呼んだ意味は、「人間の髄を描く」というところに収斂する。それは、「私」を押し出すこととは逆のことであろう。西欧の人々が「自我」の問題と格闘するのともまったく異なる。

この純血種の私小説作家は、「私の私小説とは私に即して私を抜け出る」ことと述べている。その記述に従って、「私」は身のまわりの、そして小屋のまわりの小宇宙へと溶け出す。そうして「私」は、広大な宇宙の中、極小の光となって明滅していくのである。

XX

本のこと　世界のこと

壁の時代の西ベルリンで獣苑《ティーアガルテン》にさまよい、荒廃した日本大使館のファサードのそばで二頭の狛犬に出会ったところから、この一連の回想を書き起した。

ベンヤミンのアイデアを借りて、わが生涯という迷路、を確かめてみようという試みだから、自伝のつもりははじめからなかった。時間軸をなぞるのではなく、「世界へ踏み出す少年」という図に限って、いくつ想起するかたちを描き重ねることができるか、ということに意を注いだ。

一九八八年の私のベルリン行そのものが、滞在先のアムステルダムで偶然再会した画家に唆されての、大きな旅程逸脱だった。あのとき、西ベルリンという不可思議の国に踏み入っていなければ、と考える。

一九〇〇年頃、ヴァルターという名の幼い少年が生家に近い橋を渡って、ベルリン市の中央にある広大な公園、ティーアガルテンの中に入っていった。この公園は、かつて王家の猟場であったという。少年はやがて四十の齢に差し掛かるころ、ファシズムが自分から奪いつつあるそのひろがりについて、そのひろがりが透かし出す世界の渾沌について、書き留めた。

私の過した北九州に置き換えて、慄きとともに新しい世界へ踏み込んでいく感覚を、わが道程の上に辿りなおした。門司は小さな半島の町であったから、海峡を望みながらあとじさりすれば、身体はすぐに山の中に入った。私の生家は照葉樹林帯にあり、海洋性の気候によって、いつも霧と風とともに変化しているような場所だった。


いくつもあったはずの岐路をふり返って、いちいち反実仮想に身を委ねてもしかたのないことではある。だが、私にとっては、未知のひろがりへ恐る恐る踏み入っていく子供の感覚が、それ自体が大人になってからもくり返されるにつれ、おそらくは幾分の滑稽感をともないつつも、大切なものとなっていった。大切なものとなって、老年に至ったいまも、できることならそれをくり返したいとさえ願っている。

死者たちを証し立て、死者たちで埋まっていることを示す場所と瞬間が、他の多くの都市以上にベルリンにはある、とベンヤミンは書いた。そして、こうした瞬間と場所に対するおぼろげな感覚が、おそらく他のなにものにもまして、幼年時代の思い出に、とらえがたいけれども同時に誘惑的で胸苦しいような性質を与えるのであろう、と。

これが真実であるならば、ベルリンほどの濃密さがない都市であっても、次のような真実につながるはずであろう。

いかなる先入観も持ち合せない幼年時代、子供は生者の国に首を伸ばしてゆくのと同じく、その土台である死者の国に対しても、心を配りながら親密な、そしてもちろんそれに劣らず控えめな態度を見せて近づく。

かつての王侯貴族の猟場に立つ彫像の類は、死者という生きものでもあり、とすると、かつて猟人でもあった王族が、獲物として立たされているようにも思えてくる。


若い人が新たに世の中に出立するというときは、存外はっきりした時日を刻むものらしい。

長く一緒に野球をやってきた、私より二十歳下の遊撃手がいた。学生時代に入団し、三拍子揃った選手として、またチームの若いリーダーとしても育っていった。十シーズンほどは、一年に六十五試合を、監督と助監督として、あるいは三塁手と遊撃手として、共に過した。時代は長い不況期に入っていた。彼は卒業後いくつかの職種を渡ったかと思っているうち、電話があって、聞けば決意を固めたらしい。二〇〇三年秋のこと、新宿のゴールデン街のはずれに店舗を見つけ、そこの独り主としてやっていくといってきた。

そうか、とだけ答えて感慨を深くしていると、なかなか店の名づけがむずかしい、とあらためて電話が来た。この種の名づけの依頼を、他人の運命にかかわるのはおおそれたことと、私は何度か断ってきたが、この場合、どうして引き受けえたのか、そこは微妙なことに属する。ひとことで、三遊間の仲とでもしておこうか。

ゴールデン街は編集者時代の私にとって、夜の職場の一部であったから、いわば馴染みの場所だった。

それでも店ごとに空気の質は変った。彼の店はよそと同じくカウンターばかりで狭いが、吹抜けの二階部分をもつひばり籠のような空間である。

命名のために、町内の素人大工がカウンターの中で普請をしている店内を眺めた。私はすぐに箱のオブジェをつくる作家ジョゼフ・コーネルのシューティング・ギャラリーの空間を思い浮べた。鳥の剝製を置いた射的場である。

一階カウンターの座席が埋まると、二階へ行くための後ろの通り抜けが厳しい。そこで、立飲みにしたいと遊撃手はいった。「立」という字があらわれ、射的場の「鳥」の姿が立った。

古語「鳥立ち」は「とだち」と訓む。貴族たちの狩猟の遊びの中で二つの意味をもった。ひとつは鳥が飛び立つさまをいう。これには若い主人の出発を祝した意味がこめられる。もうひとつは、狩猟場にあらかじめ鳥を集めておくことをいう。

私はこの名を受け入れてくれたバーの主人兼遊撃手に、あざといことを言い添えた。お客は店の名の由来を聞くだろう。第一の意味を答えておけばいいが、もうひとつの意味があることを自分でそのたびに確かめてほしい。これを口外しても得はしないだろう。だが、もうひとつの意味があると、そのたびに思ってほしい。

偉そうに書いているが、自分の出立のときはどうだったのか、問われそうである。

いつ思い出してもわが性質を怪しむのは、大学の卒業式のときのことである。あなたの卒業式に出たいという、九州の母親からの電話に、それでは式に出なくてはいけないのか、と答えたりしていた。

大学時代の六年間に学んだことは多すぎたが、それは通常の授業からではなかった。わざわざ北九州から上京してきた母親を式典に連れて行かないわけにはいかなかったが、欠席過多の学生には、晴れがましい式にだけ出席するというのは厚顔な振舞いに思えた。

そこで私は、国立市にあるキャンパスに入っても母と別れずに、一緒に兼松講堂の階段を昇りはじめた。二階席が父兄のために開放されていたのである。

このロマネスク様式の講堂は伊東忠太設計の建築の中でももっとも多くの怪獣像によって飾られているが、講堂に入るところでも、二階ロビーでも、私は怪獣たちに目をやるゆとりはなかった。

二階に上がろうとする息子に母親は驚き、戸惑い、挙句にはころころと笑いはじめた。二階の父兄席の真ん中に、この卒業生は陣取った。そのときの母の気持を思うといまでは申し訳ない限りだが、背後の高みから校歌を歌う同窓生たちの様子を見下ろしていると、いるはずの自分がそこにいない。すなわち、あの世からこの世を眺めている気分になったものだ。

そこにいて、そこにいない。ある意味でこれは、文学者としての私の、みずから選び取った現在の状態でもある。

式の間じゅう、母は居心地の悪さをことばにして話しかけてきたが、こうなればもう「不在の卒業生」の実在を、どこまでも澄まし顔でやり通すしかなかった。むしろ、壁面の怪獣たちを味方につけていたのかもしれない。さらに背後から寄せられる彼らの視線を受け止めることによって、無意識のうちに安らい

でいたというのが実相かもしれない。

その日が怪獣たちとの月日の終りのはずだったが、そこから四半世紀後に、別の新しい付き合いがはじまるとは思いも寄らないことだった。

大学のキャンパスに隣接する場所に終の棲家を構えることになったからである。目を覚ませば、キャンパスの緑が見える。雪の日に、かつては雑木林だった校内の繁みに居着いている狸が、わが家に紛れ込んでくることもある。ここまで深く母校とかかわりなおすならば、欠席日数を補って余りある、ということにはならないだろうが。


六年在籍し、その前に受験浪人で一年を費やしている私は、就職しようとして、ほとんどの会社で年齢制限に掛った。

ようやく見つかったのが、小石川にある大手の印刷会社だった。美學校で描いた博物細密画を面接で示すと大いに喜ばれ、アートディレクターのポジションも暗示された。

四月初めの入社式後、まず工場見学に一カ月が当てられた。業界で大手三社に入る本社工場には、下請けに出す小口印刷以外の、現代社会における印刷という印刷のあらかたの方式、その全工程を見ることができた。作業用の制服を着て、新入社員十数名と、ひたすら見学の日々をつづけて、四月が過ぎた。この一カ月は、印刷主義をひそかに標榜してきた私の宝となっている。

五月に入ると、勤務を終えて、まったく別の流れにある製本所に足を運んだ。私の最初の詩集が出来上がったのである。

版元になってくれた一歳上の詩人は、ジャーナリズムに書評を書かせようと製本所をせっついて、一冊ごとに製本させた。ために、最初の十部ほどは各冊の花布の色模様がまちまちになった。もとより自費出版なので、まとまった冊数が仕上がると、私はリュックサックを持って引き取りに行った。

勤め先の印刷会社は、吹上坂を下ったところにあった。坂の上には、土屋書店という一軒の古本屋があった。恐る恐る入ってみると、詩集を中心にした棚の表情が私を和ませた。

笑みを絶やさない上品な主人と言葉を交わすようになると、定年退職をして念願の店を開いたばかりだという。主人は出たばかりの私の詩集のことやそれに先立って刊行していた詩誌のことまで知っていた。

その詩誌「書紀」を印刷に付すために学生時代に足を運んでいたのは、その坂の下の茢部印刷という小さな活版印刷所だった。

吹上坂を下ってゆく
なにも知らずに

この二行を最終とする詩は、私が社会に出るときの不安と気負いとにみちているものである。坂を下るとき、一瞬足が宙に遊ぶさまを書き込んでいるが、読みどころはそのくらいだったろう。この「吹上坂」を収める詩集は、すぐに坂の上の古書店に収まった。

入社直後の工場見学のあと、希望したアートディレクションの部門にはただちに就けず、商業印刷の営業部署に配属された。三日ほどで、私は勤まらないことを自覚した。小口の発注を受けに業種の異なる各社を渡り歩き、ようやく受注しても、遅れに遅れる原稿や、追加に次ぐ追加の校正、あらかたは退屈きわまりないデザインの修正など、大量の印刷物が洪水のように発生する現場で、私は立ち竦んだ。

そもそも書き手としての私自身、原稿を書くまでに考える時間が長く、実際にとりかかるのが非常に遅かった。校正にも赤字を重ね、校了間際の編集者を悩ませていた。そんな者が、大洪水を目のあたりにしたのである。私は印刷や出版というものを、一から考えなおさなければならないところに追い込まれた。

退職を申し出るために悶々とする日々にも、一般の新聞や「月刊プレイボーイ」に詩壇の新人として記事が出て、上司や同僚にも正体をそれと知られた。

短い在社期間に一人、尊敬できる上司に会えた。五年も齢は離れていない係長で、毎朝電車を待ちながら、その日の仕事の手順をノートに書き留めるのだと語っていた。そう語るのに静かな喜びの表情を湛える人だった。

退社のとき、「いい詩の仕事を」と励ましてくれた彼に、私は殊勝な話しぶりで応えていた。

「原稿の遅れがいかに大変なことになるか、よく分りました。これからは印刷所を困らせないような書き手になります」

すると、まったく思いもしない応えが返ってきた。

「なにをいってるんだ。われわれを困らせるのがきみの仕事だよ。われわれを存分に困らせてくれなけ

れば」

笑みも浮べずにそう言い切った。いまも遅い筆を、このひとことのせいにするつもりはさらにない。しかしその後、あのような人が要所にいてこの社会は支えられている、と思い返す折ふしがあった。

父親のことにも、少し触れておきたい。あらかたは『鳥を探しに』という私小説に書いたが、書き残しに紙芝居の件がある。

門司の幼年時代のこと、鉄道員であった父は、私と姉に私家版の紙芝居をこしらえて、晩酌の折などに演じてみせた。『落したシッポ』というものである。Ｂ４判の分厚い馬糞紙に、クレパスで丹念に描いた同じサイズの画用紙を貼り合せている。

一枚目の紙はタイトルで、舞台の上らしく両脇には引き開けられた赤い緞帳が描かれ、中央に大きく、姉と私らしい二人の子供がタイトルの床置き看板を支えている。そこには「ポッシたし落」と大きな書き文字が書かれている。もちろん右から左への横書きだからそう読めるので、「落したシッポ」と読むのが正しい。しかし、姉と私はいつもこれを「ポッシタシオト」と呼んでいた。

出だしの「口上」だけははっきりと憶えている。「酔っぱろうたあ、酔っぱろうたあ、と歌うようにいいながら、月夜の峠の道を狐が歩いて帰っておりました」というものである。

タイトルから、あれはイソップの寓話を下敷きにしたものだったろう、と永いあいだ思い違いをしていたようだ。ところが最近、姉が実家を整理していて発見したというので、現物を送ってもらって見てみると、とてもイソップ寓話ではない。

イソップ寓話ならば、シッポを失くした狐が、他の狐たちからのからかいをしのぐために、シッポがないのを隠しながら、シッポがなければいかに便利かについて演説をする。そうして結果、恥をかく、というものだろう。

父のつくった紙芝居では、夜道に落ちたシッポを鼠たちが拾う。そして、古物商の栗鼠のところに運び込んで、買ってもらう。栗鼠が店先に吊るしておくと、狸がやって来て、そのシッポを購入する。最後のシーンでは、煙の中に着物姿の女の子が立っているが、それはもちろん、狸が化けたもので、後ろには狐のシッポが生えているはずである。

この話の面白さが、当時から分らなかった。けれども、「酔っぱろうたあ、酔っぱろうたあ」という、はじまりに響く父の声は愉快だったし、最後に狸の化けた女の子の容姿が姉にそっくりに描かれているので、家族一同、その唐突な終りに、仕方なくというように笑いこけるのだった。

この紙芝居のありがたいところは、簡単に酔っ払うな、ということのほか、教訓がひとつとしてないところであろうか。ただの連鎖系の話柄で、しかも狐に戻って循環を結ぶこともない。シッポは狐から狸に渡ってしまっただけである。

終りというものはこういうものでいい、と、幼い子供が学んだかどうか。

反逆というのには程遠いと思いながら、思考や思念の筋道において、天邪鬼のような傾向をもつことを、幼いころから意識してきた。「逆徒」ということばに出くわしたのは、大逆事件の弁護士平出修の全集を入手し、同題の小説を読んだ中学二年のときだった。

それは最初、名のもつ感触に過ぎなかったし、私はかねて政治的なあるいは社会的な反逆児からは遠いことを意識させられてきた。ところが、つねに「逆らう思考」というものが湧いてくると自覚するようになった。しかも、このことが私の場合、図画や工作を構想し、印刷や製本の方法を思考するときに萌してくることに気づいた。

五十年後のいまでも、まったく同じ幼さをもって、いや、より精巧な幼さをもって、印刷や造本に向かおうとしている自分に気づいているところである。

あまりのことに、これは、動物たちが、自然の環境の中で繰り出してきた生存形態の設計力を追いかけているのではないか、と考えるほどだ。「逆らう思考」を、私はこのようにして、動物たちの叡智と結びつけたいらしい。一個の動物として本をつくることができないか、とさえ考えている。

大きなひろがりに入っていく者は、すでにして、多くの背後からの呼び止めの声に逆らっている。入っていく先がより微小な空間であったとしても、未知への踏込みは、それ自体でひとつの明確な逆らい、思考としての逆らいではないだろうか。

ではなにに逆らうのかといえば、いま、ここという時空といえるだろう。上滑りしていく時間の流れに対して、強固な物質化の作業にめざめる本能があり、その者は、おのずから親密に、控えめに、死者の国につながる記憶の領域に触れていく。組み、つくるその工程において、彼はすでに書かれている歴史やそれに倣って書かれつつある本に対して、より強い逆らいの姿勢をあらわすのではないか。

版を組む、版を翻して刷る。この二つのことを考えるだけで、人は未知のひろがりの中に入っていく自分を感じ取ることができる。インクを刷る、絵の具を塗る、文字を消しては書く。そしてまた、ページを立て、それらを綴じる。これらは新しい迷路を組み立てることに等しいが、迷路を建築することは、それ自体で、通俗の歴史がこしらえてきた地上に立ちどまることへの逆らいではないだろうか。

本のことは、やはり世界のことである。

そして、本がままごとのようであればあるほど、世界はくっきりと姿をあらわして立ちはだかる。あらゆる本の彼方へと私たちを連れ去ろうとしない本に用はない、といったのはニーチェである。そしてニーチェはまた、動物たちから寄越される人間への批評、「きわめて危険なふうに健全さを喪失した同類」という批評を感じ取っていた人でもあった。

一個の動物として本をつくりたいと私が考えるのは、そのような意味においてである。


「鳥立ち」ということばは、じつは店をはじめる友人に贈る五年前に、歌づくりにつかった古語だった。故郷の半島の山に分け入ったとき、私は由来の分らない怒りにみちていた。

父の最期を看取ったあとだった。

末期癌の父親を置いたまま、ベルリンに一年居住した。帰ってきて、償うようにして早めの夏休みをとり、七夕から大暑までの二週間、小倉の紫川沿いの病院に通った。駆けつけた日、父はすっかり死相を帯びていた。次の日はさらに険しく、かつてビルマで戦った兵士の形相で私に詰め寄ってくるのだった。

「昨日、夜、殺された」

「負けたらいかんよ、私は死んだ。ひとり生きとったらええ。さよなら」

「あした、逃げなさい。あんたは国外逃亡しなさい」

弔って四週後、よく晴れた日に、私は山の中へ入った。半島の山、戸ノ上山である。深い林の中を行くと、ヤマモモの実が静かに落ちつづけていた。全身で、自分が一個の動物であると感じられた。


口づけて山の流れを吸ひをれば鳥立ちは近し怒りみつがに

これは父の最期の床ではじめられた短歌連作中の一首である。父のうわごとを書き記すことが、うわごとのゆえにどうしてもむずかしかった。しかし、ふと、短歌の器がいわば流動化する鉛をかっきりととらえる組版となることに気づいたことで、その連作ははじまった。

お盆に山に入ることは忌まれている。それでも入った山ふところの草叢で、小さな清流を見つけ、喉を潤そうと口をつけた。なにかの鳥がすぐ近くで飛び立った。それは私の怒りそのもののようだった。

遊撃手の出立に贈った店の名にも、踏まえがあった次第である。

「われらの獲物は一滴の光」と、かつて対独レジスタンスの闘士であったフランスの詩人ルネ・シャールは書いた。このとき、「われら」というのは猟師たちではなく、ほとんど、手負いの動物たちのことであり、その声だったのではないか、と私は最近になって思いめぐらしている。手負いの動物たちが、「われらの獲物は」と言い、「獲物は一滴の光」と断言する。

あとがき

祖父母の家の座敷で生れたそうだ。家はもう人手に渡ってしまったが、当時の地名では門司市御所町という界隈である。生家のある狭い路地からやや大きな通りに出ると、双葉写真館という旧風の店構えに突き当った。記念写真の並ぶそのショーウィンドウの左角からふたたび小さな路地に入ると、近道を切られたような斜行がはじまり、原田質店の前を過ぎ、すぐにこんもりとした御所神社に行き当った。

徒歩で三分ほどの柳の御所の緑の後ろに、私の大切な先生がいらっしゃるはずだ。教えを乞うた先生がたのことを書き継ぎながら、いかによき師に恵まれたかを痛感したことだったが、その御所神社裏の先生の影はまたちょっと別格である。ここに補わないわけにはいかない。

小学一年のときと四年のときと、二度にわたってクラスの担任となった若い、明るい、美しい、ハスキー・ヴォイスの女の先生だった。山間の丘の上にある小学校のプールは、その年にできたばかりだった。夏が来るとプール開きがあり、私は原口珠枝先生が鮮やかな青の水着でヴィーナスのように私たちの前にあらわれたときの衝撃を忘れられない。そのはちきれんばかりの全身、手足の輝きと笑顔、濡れた髪、水着の青の色さえはっきりと記憶していて、いまＤＩＣの色見本帳で指定するならばＦ51、すなわちフランスの伝統色のブルー・オリヤンというものに近い。泳げなかった私は、そんな珠枝先生に波しぶきの中で抱きかかえられた。輝くオリエントの青と美しく掠れた声が至近にあった。

珠枝先生はいつも溌溂としていた。授業時間中に隣のクラスのＹ先生が、あまり用もなさそうなのに何度も訪ねてくることがあり、私たち一年生は、珠枝先生があぶない、と囁きあって警戒を強めたものだ。珠枝先生は新婚時代にあり、ご主人は高等学校の社会の先生で画家としても知られていた。珠枝先生もまた美術がお好きで、絵の指導に熱心だった。

四年生の秋だったと思う。私は夏休みに見た花火の絵を描きかけていたが、途中で先生は「これはよく頑張ったけど、いちど黒く塗りつぶしてみようか」といわれた。驚きながらいわれるままに画面全体をクレパスの黒で塗りつぶすと、先生は次に、あの鳩を描いてみて、と教室の隅に置かれている小さな鳩小屋を指差した。黒い下地は鳩小屋の内部空間に変ったのである。

グレーを基調に鳩を描き終ると先生は喜ばれ、それからさらに画面右下の黒い余白に「さっきのあれを描いてね」といわれてから私の席を離れた。私は首を傾げながら大輪の花火の一片である長い感嘆符のような形をそこに描いて、先生が戻るのを待った。見ると、あっ、と驚かれたようだった。私は自分がなにかを誤解したのだと気づいた。鳩小屋の中に、鳩が数羽佇み、その足下にひとかけらの花火の閃光が落ちている。しかし先生はそのまま頷きなおすようにして、その絵を仕上がったものとして持って行かれた。やがて年が明け、県展に入選したと知らされた。

四年生が終ると、私は隣の小学校に転校した。新しい学校の男の先生は絵のセンスが悪く、私はその通俗的な講評に反抗的になって、わざわざ投げやりな絵を描くようになってしまった。絵の時間には決まって黒々とした感情とともに、珠枝先生が恋しくなるのだった。それにしても、感嘆符の花火のかけらの部分は、そのまま県展に出品されたのだろうか、それとも先生が黒のクレパスで花火だけ塗りつぶしてくださったのだろうか、直後に転校したせいで、絵は戻らず、そのことが不明のままになった。

あれから、もう半世紀以上が過ぎた。そのあいだ幾度も、御所神社の裏にあるという珠枝先生の家をお訪ねすることを考えてきたが、ついに一度も実現させなかった。あまりにも眩しい青の水着姿が眼裏に残っているので、それを永久に保存したいという衝動が、訪問を妨げてきたのかと思う。はじめてこのことを書くいま、私は次の帰郷の折には先生を訪問することを敢行しようかと考えている。これもまた、私のティーアガルテン行だろうか。


書くとはふしぎな行為である。

回想記のつもりではなくはじめたことが、回想記と呼ばれてもしかたのないものになったようだ。書いてみると、このような時間の迷宮か、とあらためて眺めなおす。それでも回想記ではない、という気構えがあるのは、文字や紙のメディアについての思考が軸になっているはずだと思うからだろう。

この本は二〇〇七年に岩波書店から刊行した『遊歩のグラフィスム』の続篇、あるいは姉妹篇と考えている。考察が基調である前著に対して、回顧が基調となったとはいえ、この生きかたあるいは行きかたの特徴は、二十世紀後半の印刷や印刷物の激動とともにあるだろう。謄写版があたりまえの幼少期から、インターネットがあたりまえの初老期まで、活版印刷での労働からコンピュータ言語の使用まで、書記技術の大きな変化を全身に被りつつ、ということはそれを避けようとせず、書くこと読むことを経験してきた。そのような世代の、物書き兼編集者兼造本家の一記録として示すことに吝かではない。

雑誌「scripta」での連載から単行本刊行まで、紀伊國屋書店出版部の和泉仁士さんには、情理を尽した感想と采配をいただいた。刊行によってこの時間が終ってしまうのが惜しいくらいである。特に記して深謝申し上げる。また、多摩美術大学芸術学科で私の開講してきた書物設計ゼミ出身の七宮さやかさんが、職人としてこの本の製本を担当してくださった。格別の嬉しさを覚える。

二〇一八年七月

著者識

文献一覧

公刊された書籍のみを対象とし、雑誌類は省いた。＊印は本文中に引用した文献。

I

世界へ踏み込む少年

＊「一九〇〇年前後のベルリンにおける幼年時代」小寺昭次郎訳　『ヴァルター・ベンヤミン著作集 12 ベルリンの幼年時代』　晶文社　一九七一年

＊「ベルリン年代記」小寺昭次郎訳　『ヴァルター・ベンヤミン著作集 12 ベルリンの幼年時代』　晶文社　一九七一年

II

はじめての本づくり

via wwalnuts 叢書　via wwalnuts　二〇一〇年—

III

詩のつもりではなかったこと

＊遠山啓『無限と連続』岩波新書　一九五二年

『定本 平出修集』春秋社　一九六五年

フロリアン・カジョリ『初等数学史 上巻』『初等数学史 下巻』小倉金之助補訳　改訂増補版　酒井書店　一九六〇—六四年

＊E・T・ベル『数学をつくった人びと』全四巻　田中勇・銀林浩訳　数学新書　東京図書　一九六二—六三年

リワノワ『新しい幾何学の発見——ガウス／ボヤイ／ロバチェフスキー』松野武訳　数学新書　東京図書　一九六一年

IV

三人の肖像

＊『ゲルハルト・リヒター 写真論／絵画論』清水穣訳　淡交社　一九九六年

＊ライナー・マリア・リルケ　星野慎一訳『世界文学全集 第14巻』河出書房　一九五四年
＊遠山啓『無限と連続』岩波新書　一九五二年
フロリアン・カジョリ『初等数学史 上巻』『初等数学史 下巻』小倉金之助補訳 改訂増補版　酒井書店　一九六〇—六四年

V

レンズの狩人

小石清『初夏神経』浪華写真倶楽部　一九三三年
高梨豊『われらの獲物は一滴の光』蒼洋社　一九八七年
平出隆『葉書でドナルド・エヴァンズに』作品社　二〇〇一年
via wwalnuts 叢書　via wwalnuts　二〇一〇年—

VI

鳥森様のこと

＊鷹司信輔・牧野富太郎著　三国久絵『鳥物語／花物語 小学生全集 65』興文社　一九二九年
中沢巠夫文 米内穂豊絵『源義経』講談社　一九五四年
平出隆『鳥を探しに』双葉社　二〇一〇年
＊田中貞美・峰芳隆・宮本正男編『日本エスペラント運動人名小事典』日本エスペラント図書刊行会　一九八四年
伊東三郎『ザメンホフ——エスペラントの父』岩波新書　一九五〇年
＊岡一太『岡山のエスペラント』岡山文庫　日本文教出版　一九八三年
＊柴田巌・後藤斉編 峰芳隆監修『日本エスペラント運動人名事典』ひつじ書房　二〇一三年
上村六郎『日本上代染草考』大岡山書店　一九三四年

VII

百獣のユニフォーム

平出隆『白球礼讃——ベースボールよ永遠に』岩波新書　一九八九年

平出隆『ベースボールの詩学』筑摩書房 一九八九年

VIII 仕込まれた歌

＊澁澤龍彦『狐のだんぶくろ──わたしの少年時代』潮出版社 一九八三年
川崎長太郎『抹香町』講談社 一九五四年
『川崎長太郎自選全集』全五巻 河出書房新社 一九八〇年

IX 思い出のハスキー・ヴォイス

澁澤龍彦『唐草物語』河出書房新社 一九八一年

XI 上級生たちの光彩

ハンス・クリスチャン・アンデルセン『絵のない絵本』大畑末吉訳 岩波文庫 一九五三年
ヘルマン・ヘッセ『車輪の下』高橋健二訳 新潮文庫 一九五一年
ジャン・コクトー『恐るべき子供たち』鈴木力衛訳 岩波文庫 一九五七年
平出隆『ベースボールの詩学』筑摩書房 一九八九年
平出隆『胡桃の戦意のために』思潮社 一九八二年
アルチュール・ランボオ『ランボオ詩集』小林秀雄訳 東京創元社 一九五九年

XII 美術の先生とその先生

平出隆『猫の客』河出書房新社 二〇〇一年

XIII　魚町、鳥町、けもの町

平出隆『遊歩のグラフィスム』　岩波書店　二〇〇七年

XIV　常盤橋の小屋

*「独身」『鷗外全集 第六巻』　岩波書店　一九七二年
*「うた日記」『鷗外全集 第十九巻』　岩波書店　一九七三年
*三島由紀夫「鶴田浩二論――「総長賭博」と「飛車角と吉良常」のなかの」『決定版 三島由紀夫全集 第35巻』　新潮社　二〇〇三年
三島由紀夫『文化防衛論』　新潮社　一九六九年
ジョルジュ・バタイユ『有罪者――無神学大全』出口裕弘訳　現代思潮社　一九六七年
*ポール・ニザン『ポール・ニザン著作集 1　アデン アラビア』篠田浩一郎訳　晶文選書　一九六六年

XV　京都の偶然

高橋睦郎『十二の遠景』　中央公論社　一九七〇年
アルベール・カミュ『異邦人』窪田啓作訳　新潮文庫　一九六三年
*『カミュの手帖 1　太陽の讃歌』高畠正明訳　新潮社　一九六二年
『カミュの手帖 2　反抗の論理』高畠正明訳　新潮社　一九六五年

XVI　映像の葬儀一九七〇年

中沢坙夫文 米内穂豊絵『源義経』　講談社　一九五四年
モーリス・ブランショ『文学空間』粟津則雄・出口裕弘訳　現代思潮社　一九六二年

モーリス・ブランショ『来るべき書物』粟津則雄訳　現代思潮社　一九六八年
グスタフ・ルネ・ホッケ『文学におけるマニエリスム――言語錬金術ならびに秘教的組合わせ術』全二巻　種村季弘訳　現代思潮社　一九七一年
ロラン・バルト『神話作用』篠沢秀夫訳　現代思潮社　一九六七年
マルキ・ド・サド『悪徳の栄え』澁澤龍彥訳　現代思潮社　一九五九年

XVII

獣苑の恩師

E・M・シオラン『歴史とユートピア』出口裕弘訳　紀伊國屋書店　一九六七年
ジョルジュ・バタイユ『有罪者――無神学大全』出口裕弘訳　現代思潮社　一九六七年
ジョルジュ・バタイユ『内的体験』出口裕弘訳　現代思潮社　一九七〇年
出口裕弘『京子変幻』中央公論社　一九七二年
出口裕弘『ボードレール』紀伊國屋新書　一九六九年
出口裕弘『行為と夢』現代思潮社　一九七〇年
モーリス・ブランショ『文学空間』粟津則雄・出口裕弘訳　現代思潮社　一九六二年
『ジョルジュ・バタイユ著作集　エロティシズム』澁澤龍彥訳　二見書房　一九七三年
出口裕弘『越境者の祭り』河出書房新社　一九八三年
出口裕弘『楕円の眼』潮出版社　一九七五年
平出隆『遊歩のグラフィスム』岩波書店　二〇〇七年

XVIII

郵便とともに

via wwalnuts 叢書　二〇一〇年―
平出隆『葉書でドナルド・エヴァンズに』作品社　二〇〇一年
フランツ・カフカ『決定版カフカ全集12　オットラと家族への手紙』新潮社　一九九二年

正岡子規「櫻亭雑誌」『子規全集 第九巻 初期文集』講談社 一九七七年
正岡子規「筆まかせ」『子規全集 第十巻 初期随筆』講談社 一九七五年
正岡子規「仰臥漫録」『子規全集 第十一巻 随筆一』講談社 一九七五年
正岡子規「草花帖」「玩具帖」『子規全集 第十四巻 評論日記』講談社 一九七六年

XIX

物置小屋の方へ

川崎長太郎『売笑婦』地平社 一九四七年
川崎長太郎『淫売婦』岡本書店 一九四八年
川崎長太郎『恋の果』小山書店 一九四八年
川崎長太郎『抹香町』講談社 一九五四年
稲川方人『償われた者の伝記のために』書紀書林 一九七六年
河野道代『spira mirabilis』書肆山田 一九九三年
河野道代『花・蒸気・隔たり』panta rhei 二〇〇九年
川崎長太郎『歩いた路』河出書房新社 一九八一年
*平出隆『旅籠屋』紫陽社 一九七六年
*伊良子清白『孔雀船』岩波文庫 一九七三年
平出隆『猫の客』河出書房新社 二〇〇一年

XX

本のこと 世界のこと

平出隆『鳥を探しに』双葉社 二〇一〇年
*平出隆『弔父百首』不識書院 二〇〇〇年

XI——147
原田剛穂「疎外された人々」1964
Takashi Hiraide / 2018

XI——151
渡辺芳郎「EN RE MINEUR」1964
Takashi Hiraide / 2018

XII——159
中村輝行「大樹」第 15 号目次カット
Takashi Hiraide / 2018

XII——163
「沙羅の樹」1965-1966
KARIN / 2015

XIII——171
金榮堂書店ブックカバー
Takashi Hiraide / 2018

XIII——175
「休暇」第 1 号 1970
Takashi Hiraide / 2018

XIV——187
トキワ映画劇場前で
Shigeo Itaya / 1969

XIV——191
1970 年年賀状
Takashi Hiraide / 2018

XV——201
「stylus」1992-1994
KARIN / 2015

XV——205
On Kawara *Today Series*
Takashi Hiraide / 2014

XVI——217
『源義経』講談社 1954
Takashi Hiraide / 2018

XVI——221
『源義経』講談社 1954
Takashi Hiraide / 2018

XVII——231
「書紀」第 3 号 1975
Takashi Hiraide / 2018

XVII——235
出口裕弘先生からの葉書 2007
Takashi Hiraide / 2018

XVIII——247
平出隆「ランディ島のドナルド」2012
Takashi Hiraide / 2012

XVIII——251
via wwalnuts 叢書 07 2011
takaramahaya / 2015

XIX——263
「書紀 = 紀」1974-1976
KARIN / 2015

XIX——267
TH_PPP-004-z
Takashi Hiraide / 2016

XX——277
伊東忠太設計による一橋大学の日時計台座
Takashi Hiraide / 2018

XX——281
平出恍一「落したシッポ」
Takashi Hiraide / 2016

図版一覧

章番号――ページ番号
人物・事物・場所
撮影者／撮影年

初出誌「scripta」二〇一一年秋号（第二十一号）―二〇一六年夏号（第四十号）

平出 隆

1950 年福岡県生れ.
詩人・作家，多摩美術大学図書館長・教授.

〔主要著作〕
詩集『胡桃の戦意のために』(思潮社，1982，芸術選奨文部大臣新人賞)
『家の緑閃光』(書肆山田，1987)
『左手日記例言』(白水社，1993，読売文学賞)
『雷滴 その研究』(加納光於との詩画集，書紀書林，2007)
小説『猫の客』(河出書房新社，2001，木山捷平文学賞)
『鳥を探しに』(双葉社，2010)
散文『白球礼讃』(岩波新書，1989)
『ベースボールの詩学』(筑摩書房，1989)
『葉書でドナルド・エヴァンズに』(作品社，2001)
『ベルリンの瞬間』(集英社，2002，紀行文学大賞)
『遊歩のグラフィスム』(岩波書店，2007)
評論『光の疑い』(小沢書店，1992)
『伊良子清白』(新潮社，2003，芸術選奨文部科学大臣賞)
『伊良子清白全集』(岩波書店，2003)の編纂など，伊良子清白に関する全業績で，藤村記念歴程賞

私《わたし》のティーアガルテン行《こう》

2018 年 9 月 13 日　第 1 刷発行

著　者　平出隆《ひらいでたかし》

発行所　株式会社 紀伊國屋書店
〒163-8636 東京都新宿区新宿 3-17-7

出版部(編集)電話 03-6910-0508
ホールセール部(営業)電話 03-6910-0519
〒153-8504 東京都目黒区下目黒 3-7-10

造本・平出 隆　印刷・精興社　製本・博勝堂

ISBN978-4-314-01163-1　C0095　Printed in Japan

JASRAC 出 1808015-801
定価は外装に表示してあります